/ 闽南师范大学学术著作出版专项经费资助 /

新文学发生期旧体诗论略

周　军◎著

图书在版编目（CIP）数据

新文学发生期旧体诗论略 / 周军著 . -- 贵阳 : 贵州大学出版社，2020.11
ISBN 978-7-5691-0394-6

Ⅰ . ①新… Ⅱ . ①周… Ⅲ . ①古体诗－诗歌研究－中国－近代 Ⅳ . ① I207.22

中国版本图书馆 CIP 数据核字 (2020) 第 227500 号

新文学发生期旧体诗论略

XIN WENXUE FASHENGQI JIUTISHI LUNLUE

著　　者：周　军

出 版 人：闵　军
责任编辑：段丽丽　吴亚微
校　　对：郭晓林
装帧设计：陈　艺　陈　丽

出版发行：贵州大学出版社有限责任公司
地址：贵阳市花溪区贵州大学北校区出版大楼
邮编：550025　电话：0851-88291180
印　　刷：贵阳精彩数字印刷有限公司
开　　本：889 毫米 ×1194 毫米　1/32
印　　张：10.25
字　　数：230 千字
版　　次：2020 年 11 月第 1 版
印　　次：2020 年 11 月第 1 次印刷
书　　号：ISBN 978-7-5691-0394-6
定　　价：40.00 元

引　言

晚清以来，“数千年未有之大变局”极大地改变了中国文学的生态环境，随着新文学的发生，旧体诗因新伦理价值观之冲击而受到一批现代文人的有意冷落，但在另一批文人，尤其是文化保守主义知识分子手中，旧体诗却得到了另一番礼遇与重视。学界越来越认识到，旧体诗作为现代中国文学同期发展的文学样式，以其独有的古典与现代交汇特质获得了深入研究的价值。在中国文化面孔缺失、民族文化亟待复兴的时代命题之下，本书将着力于探寻旧体诗文化价值在当代文学审美体验与文学教育中的角色与使命。王富仁先生的《“新国学”论纲》一文关于破除新旧、古今、中外藩篱建立新国学的设想以及由此引发的关于新国学的深入讨论，都给本书关于新诗、旧体诗是现代中国诗歌一体两翼的思路带来了有力的学理支撑。新旧诗戮力开拓中国当代诗歌的新局面、新气象，这必然有益于中国诗歌的健康发展，因此，本书不仅能就中国现当代文学图景的完整性与丰富性有所贡献，而且也必能为民族文化的复兴尽绵薄之力。

从国家级的科研项目来看，与现代旧体诗相关的国家社科基金项目有：刘纳的《中国现代旧体诗与新诗》；陈学祖的《中国现代新诗诗美建构与唐宋诗词》；刘梦芙的《近百年名家诗词及其流变研究》；杨景龙的《中国古典诗学与20世纪新诗》；陈友康的《20世纪旧体诗词研究》。国家级研究项目如此之多地指向这一领域也足以说明现代旧体诗研究的分量了。有关现代旧体诗研究的专著也不少，《民国旧体诗史稿》《二十世纪中国诗词史稿》《中国当代旧体诗诗词论稿》《中国现代分体诗歌史》《20世纪中国学人之诗研究》等著作就是其中的佼佼者。在中国知网上检索“旧体诗”，论文数量高达1093篇。研究现代旧体诗的主题大致分为以下几个类别：第一，旧体诗词可否入史；第二，将新旧诗做整体性对比研究；第三，旧体诗个案研究；第四，现代旧体诗的诗歌价值研究。刘纳的《旧形式的诱惑——郭沫若抗战时期的旧体诗》、王建平的《文学史不该缺漏的一章——论20世纪旧体诗词创作的历史地位》、陈友康的《二十世纪中国旧体诗词的合法性和现代性》、马大勇的《二十世纪诗词史之构想》、黄修己的《旧体诗与现代文学的啼笑因缘》、王富仁的《当前中国现代文学研究中的若干问题》、王泽龙的《关于现代旧体诗词的入史问题》等文章就围绕旧体诗的现代性与合法性展开了激辩。

将新旧诗做整体性对比研究的论文也很多，钱理群的《论现代新诗与现代旧体诗的关系》集中探讨了新文学家群体的旧体诗写作情况。蓝棣之的《新诗对于古典诗歌的传承》从“古典抒情传统”“晚唐象征主义传统”“宋代以文为诗的传统”三方面探讨了新诗对古典诗歌的传承。夏传才的《关于新诗和旧诗的创作问题》认为新诗自新文化运动以来至今仍然处于实践、探索的状态。毕光明的《新诗旧诗两种诗》认为新诗要在厘清新旧诗质区别的基础上吸收旧体的有用资源。尹奇岭的《民国时期旧体诗词遗风与新旧文学关系》一文考察民国时代雅集以及旧体诗的魅力、新旧文学的纠葛，认为新文学迷恋旧诗的写作范式且新旧文人之间的交往与斗争才是历史的真实面。应该说，在20世纪中国文学的整体框架下，展开新诗和旧诗的平行研究、对比研究、影响研究是非常有必要的。

旧体诗的个案研究呈现出几个热点，一是对革命家诗人群体的研究，比如尹子能的《20世纪革命家诗人群体的旧体诗词创作》。二是对学人之诗的研究，如刘士林的《现代学人之诗的两种范式》。三是对新文人旧体诗创作的研究，如李怡的《鲁迅旧体诗新论》。四是对旧文人尤其是遗老诸如陈三立、陈衍、陈曾寿、沈曾植等人的研究，以钱仲联先生的《沈曾植诗学蠡测》《沈曾植诗歌论》为代表。对现代旧体诗展开深入研究的博士论文也不在少数。从古典文学研究视野出发的博士论文如：卢川的《沈曾植诗歌研究》、杨晓波的《郑孝胥诗歌研究》、周薇的《陈衍诗学研究》、葛春蕃的《古今之际：晚清民国诗坛上的同光派》、孙艳的《同光体代表诗人心路历程研究》等；从现代文学研究的视野出发的博士论文有：孙志军的《现代旧体诗的文化认同与写作空间》、李仲凡的《古典诗意在当代的回声——新文学作家建国后旧体诗写作研究》、时国炎的《现代意识与二十世纪上半期新文学家旧体诗》、潘建伟的《对立与互通：新旧诗坛关系研究（1912—1937》、彭继媛的《西学东渐中的民国旧体诗话研究》、尹奇岭的《民国南京旧体诗人雅集与结社研究》等。

现代旧体诗诗歌选本、总集、别集资料建设工作已经初显成效，在现代旧体诗经典化的过程中起到了很大作用，但近代以来旧体诗的权威诗集、文献总目尚未出版，诗集以及相关研究著作的出版还是很少。目前权威的诗歌选本有陈衍的《近代诗钞》、钱仲联的《近代诗钞》《中国近代文学大系：1840—1919 • 诗词集》、钱理群和袁本良的《二十世纪诗词注评》、华钟彦的《五四以来诗词选》、杨子才的《民国六百家诗钞》、毛谷风的《当代八百家诗词选》《二十世纪诗词文献汇编 • 诗部》《近四百年五百家诗选》《清代诗文集汇编》等。另外，上海古籍出版社出版的“中国近代文学丛书”编选内容涉及 1840—1919 年间的清末文学，其中就收录有本书研究的单个诗人文集，还有黄山书社推出的“二十世纪诗词名家别集丛书”“当代诗词家别集丛书”，巴蜀书社的《二十世纪诗词文献汇编》都为诗歌选本做出了极大贡献。

具体到1917—1927年间旧体诗的研究，目前主要呈现为零散的状态。试以《民国旧体诗诗稿》和《二十世纪中国诗词史稿》两部专著为例，前者主要是以诗人群体的划分来进行研究，虽然该书第一章中有一节是专门论述此时间段的旧体诗，但该著也存在一些不足，比如，对1917—1927年间旧体诗的认识是“被冷落”，但就当时旧体诗出版的数量以及文坛影响力而言，旧体诗彼时并未被冷落，尤其是泰戈尔访华时专门拜访了陈三立，可见旧诗之地位与影响；其二，新文学善于利用现代文化传媒来扩大影响力，而旧体诗的刻板造成了在现代传媒生产方面的弱化，这种文化场域浮现率的反差以及对场域认识的缺失加剧了认知错觉，尤其是在今天被新文学规训的背景下，更容易形成旧体诗江河日下的印象，而该著作对此未保持足够警惕。《二十世纪中国诗词史稿》以时间为序选择诗人进行研究，但也类似于对诗人研究的罗列，编年史特征虽明显，但问题意识显得松散，缺乏对旧体诗在现代背景之下生态场域变迁的观察以及在新诗写作背景之下新旧诗之间的关联研究。现代期刊中旧体诗的写作内容显示了新时代之描写成为旧诗主动出击的领域，时代与期刊的双重动力客观上也推动了旧体诗的现代转换与对时代的适应，现代期刊与现代文人群体作为旧体诗现代化写作的强大引擎，他们极大地改变了旧体诗的生产机制以及诗歌内容。但问题是，在新文学写作背景下，尤其是在新诗写作的时代背景下，切入期刊场域变迁与现代文人群体来考察旧体诗的研究成果几乎为空白。总之，本书希望在对新旧诗坛情况梳理的基础上，通过对新旧诗学、现代期刊、现代文人群落等多个维度的考察与透析，还原旧诗不同侧面的历史生态面貌，探析旧诗在新文学发生期第一个十年独有的文化特质，以期为当下诗歌发展以及民族文化复兴提供有益参考。

目录

第一章　规训与变革：新文学第一个十年的诗坛概况

自鸦片战争始，清朝的天朝迷梦彻底破碎，中国开始进入饱受外辱、艰难挣扎的风雨飘摇期。天朝上国的美梦在西方列强的坚船利炮之下变成粉末的同时，伴随着欧风美雨的洗礼，中国现代化进程随即被动开启。随着国门洞开，在西方思潮大量涌入、国人开眼看世界、士子背负民族救亡意识的社会转型大背景下，中国文学样貌发生了巨大变化。具体到诗歌领域，经过晚清诗界革命以来诗歌演进之积淀，白话诗写作的革命性号角拉开了中国新诗的序幕。而新旧诗也成为中国诗歌发展路途中最为纠葛的文化迷路。胡适当年高举白话诗歌大旗，强力启动中国现代新诗的新航向，而旧体诗的创作以及旧诗学的调试并未因新诗潮的到来出现彻底覆灭的局面。相反，旧体诗仍然占据着文坛主流位置，而且很多学者甚至新文人出现了“勒马回缰作旧诗”的现象，这些纷繁复杂的文坛现象背后其实皆是中国诗歌现代化诉求过程的重要组成部分。在中国新诗发生的十年里，新旧诗在各自领域展现了不同实绩，而以往的现代文学史所描述的诗坛情况往往有意无意地抹杀了旧诗的成绩而夸大新诗的实绩。以最为流行的教材——钱理群版的《中国现代文学三十年》为例，在第六章中，文章在描述新诗出版数量之后，引述胡适的“新诗的讨论时期，渐渐地过去了”来暗示新诗站稳了脚跟，其后还明确“1921 年，新诗站稳了脚跟”[①]。事实上，在新文学的第一个十年，新文学尤其是新诗是否站住了脚跟还是个问题。具体到诗坛，旧体诗耆宿们还占据着文坛的统治地位，仅就新诗的数量来说也并不及旧诗[②]。但富有意味的是，现有的古代文学史著作在谈及近代诗歌之时，往往会为其贴上“暮鼓晨钟”之类的标签，貌似古典文学一至民国就只能苟延残喘、命系一丝了。马亚中先生在其专著《中国近代诗歌史》中谈到宣统民初的古典诗歌创作时就以“古典诗歌的余辉远霭”[③]作为标题来统摄。当然，这个论断从古典文学的历史长河来看非常精准，但客观上却是否也加剧了人们对现代文学发生史上古典诗歌产生偏误式看法，即认为五四

---

① 钱理群、温儒敏、吴福辉：《中国现代文学三十年》(修订本)，北京大学出版社，1998，第 121-125 页。

② 按照陆耀东先生在《中国新诗史》一书的统计，新诗集在新文学发生期第一个十年出版的有百余部，而笔者收集到在新文学发生期第一个十年旧体诗集的出版量多达 600 余部。虽然数量不能说明质量，但是从数量上能看出旧体诗写作群体之大，影响范围之广。

③ 马亚中：《中国近代诗歌史》，复旦大学出版社，2011，第 511 页。

新文学运动以来，旧体文学就此中断？而从发行量最广的教材——袁行霈版的《中国文学史》来看，仍然是这样的观点："这一时期，虽然旧的文学形态与守旧的文学流派并没有销声匿迹，但新的文学风气与充满新思想的文学作品，已成为文坛的主导潮流……文学各个方面都呈现出向新的文学时期过渡的征兆，预示着一个新时期的到来。近代文学走完了它的历程，完成了它的使命，迎来了'五四'文学革命，旧文学彻底结束了，中国的新文学时代开始了。"[①]

五四新文学一发生，旧文学就彻底结束，源出于新文学话语霸权的建构。此外这本书以《中国文学史》来命名本身也带有对现当代文学学科的一种复杂态度。不过，如果以中国现代文学史中特别看重的《新青年》为例来观察，《新青年》当年远非《新青年》本身以及后来史家所说的那样有影响力，鲁迅先生在《呐喊》自序中也谈到"那时的《新青年》仿佛不特没有人来赞同，并且也还没有人来反对"[②]，事实上，1918 年在致许寿裳的信中，鲁迅告知"《新青年》以不能广行，书肆拟中止；独秀辈与之交涉，已允续刊，定于本月十五日出版"，市场销售的困境直接导致《新青年》休刊四月。非常值得玩味的是，同样在这封信里，鲁迅抱怨"罗

① 袁行霈主编《中国文学史》第 4 卷，高等教育出版社，2003，第 473 页。
② 鲁迅：《鲁迅全集》第 1 卷，人民文学出版社，2005，第 441 页。

遗老出书不少……惜价贵而无说，亦一憾事”[①]。1918 年 3 月 15 日《新青年》双簧戏事件在现代文学史上每每被神话，其实，结合当年的休刊事件，不难看出，钱玄同与刘半农演戏的无奈与当时新文学不被认可的困境有着紧密联系。有学者就直言：“《新青年》并非一创刊就名扬天下，景从如流；‘新文化’亦非一开始就声势浩大，应者云集。”[②] 这些质疑也证实了我们的现代中国文学史实际上是一部自我遮蔽、自我建构的文学史，至少是以新文学为主的文学史。而在文学史建构与文学批评上甚至采取了以道德评判代替学术评判的方式来消解旧文学在现代文学史上的地位，有学者就指出：“由‘新诗’与‘旧诗’的称谓背后潜隐的是一个由‘新’‘旧’构成的时代性道德框架，”[③] 而这一替换直接造成了“旧文学”被遮蔽、被弱化的历史境遇。一旦返回历史现场，仅以旧诗写作为例，人们就不难发现，有诸如王国维、易顺鼎、陈三立、俞平伯等一大批文人在大量写作旧体诗，而全国各地的旧诗诗社更是数目众多难以统计，其中 1909 年成立的南社就有着巨大的社会与文学双重影响力。虽然新文学作为现代文学的发生以及后来占据文坛继而成为主流文学样式是历史事实，但无可回避的事

① 鲁迅：《鲁迅全集》第 11 卷，人民文学出版社，2005，第 357 页。

② 王奇生：《新文化运动是如何“运动”起来的——以〈新青年〉为视点》，《近代史研究》2007 年第 1 期，第 21 页。

③ 王桂妹：《缱绻与决绝：五四新文学家的‘新诗’与‘旧诗’》，《江汉论坛》2010 年第 8 期，第 107 页。

实是：随着现代汉语的迅速发展带来的新文学样式的更为成熟，地球村的形成日益加速了中国的现代性转型，而这些进程无不全方位拓展并丰富着中国文学对世界的想象与表达。

在世界文化相互激荡的时代背景下，古典诗歌作为具有中国特质的文学生物越发凸显出其民族性的可贵一面，尤其是在对抗西方文化殖民霸权方面、在消解现代化社会日常生活的单调、乏味方面，对于中国文人而言，旧体诗都发挥着不可替代的文本功能。在新文学发生期的第一个十年，旧文学并没有就此消亡，尤其是旧体诗的影响力显得更为抢眼与强劲，1924 年诺贝尔文学奖得主泰戈尔访华期间专门拜访了中国诗人陈三立就是力证。还需要指出的是，在被殖民的历史背景之下，以旧体诗为代表的旧文学写作还带有对“祖国”文化自我认同的功能意义。我们还需要看到，在新文学发生期的第一个十年所产生的新旧文学论争，实际上双方都带有拯救民族危亡的目的，只是彼此理念不一样而已。应该说中国古典诗歌在现代化浪潮冲击下出现了一些“疲惫”的状态。比如，在给儿童进行诗歌启蒙时，人们往往用唐诗宋词作为教育素材，但绝不会使用清末或者民国时代的诗歌，这就说明现代所写的旧体诗还远未达到经典化的阶段，旧诗现代性的表达一直处于摸索阶段，尚未取得世俗层面的文化认同。然而，这一切也事出有因，因此，重新梳理 1917—1927 年间新旧诗的发展态势有助于重新认清以往现代文学史对历史真实的遮蔽，并有助于客观探寻民族文学的现代之路。在全文展开讨论之前，需要说明的是，本书中“新文学背景”主要看重的是新诗写作浪潮发生之时代背景，借此凸显新旧诗平行对比研究的视角，以现代文学的学科意识来研究本时段内的旧诗，因此，新旧诗诗况都需要梳理，一方面，新诗的梳理作为旧诗研究的文学样式与思想观念的背景而存在，另一方面，对旧诗的鸟瞰也为旧诗研究的深入提供了宏观视野。

第一节　出走与回归：作为背景的新诗创作十年

自晚清诗界革命以来，诗歌革新的试验一直没有停歇，然而诗歌改革常停留在新词新语的简单应用上，新的形式迟迟未出。随着胡适、陈独秀等人高举“文学革命”大旗搅动诗歌写作的世界，中国诗歌的形式出现了惊人质变。如果说1917年《新青年》第2卷第6号刊发的胡适的《白话诗八首》拉开了现代中国新诗的序幕[①]，那么1922年出版的《新诗年

① 也有学者认为可以将1918年《新青年》第4卷第1号上刊发胡适、沈尹默、刘半农的几首诗作为新诗诞生的标志（详见陆耀东：《中国新诗史（1916—1949）》，长江文艺出版社，2005，第13页）。该说法显然采用了朱自清的观点，因为在《中国新文学大系·诗集》导言中朱自清曾言：“新诗第一次出现在《新青年》四卷一号上”（详见赵家璧主编《中国新文学大系·诗集》，良友图书出版印刷公司，1935，第1页）。

选》中的一段话似乎宣示了新诗在文坛的正统地位："胡适登高一呼，四远响应，新诗在文学上的正统以立。"[①] 尤其胡适先生《尝试集》的出版更是开启了白话新诗争奇斗艳的历史进程。从胡适号召"诗体大解放"的中国新诗草创，经郭沫若、李金发、闻一多等人的多路调试，新诗在新文学的第一个十年大致呈现出"自由诗""格律诗""象征诗"的三张面孔[②]，可以说，新文学第一个十年，新诗交出了一份不错的答卷。但是，纵观新诗十年的实绩，透过新诗写作变革之因来看，新诗的每一次转向都与旧诗强悍的"影响的焦虑"有着千丝万缕的联系，旧诗成熟的体制与美学特质时时拷问并制约着新诗的写作，这成为背景考察中最突出的印象。毫无疑问，新诗写作的十年，不论是对抗格律还是"趋律"式的回归，旧诗在新诗写作中或明或暗的印痕既是一道亮丽的风景，又是贯穿新诗写作过程的"灵魂"式帮手，谁是谁的背景，通过梳理新诗的变更轨迹就能得到明晰的答案。

一、逼上梁山：自由派新诗的发生

1922年，距离新诗在《新青年》的发表不过几年，胡适非常得意地在《五十年来中国之文学》中宣称"《学衡》的议

---

① 北社编《新诗年选》，载《一九一九年诗坛纪略》，亚东图书馆，1922。

② "三张面孔"借用了朱自清先生的说法（详见赵家璧主编《中国新文学大系·诗集·导言》，上海良友图书印刷公司，1935）。

论，大概是反对文学革命的尾声了。我可以大胆说，文学革命已过了议论的时期，反对党已经破产了。从此以后，完全是新文学的创作时期”[①]，但回首新诗发生的艰难历程，不免让人想起胡适另一篇文章——《逼上梁山：文学革命开始了》，因为新诗的历程充满了“逼上梁山”的艰辛。众所周知，胡适赴美留学耳濡目染亲身体验了西方文化，在民族救亡的赤子情怀驱动下，以文学来救亡启蒙的理念开始加速。而严复等人的进化论对胡适的文学革命有着潜在影响。在与美国友朋的诗学争辩以及诗歌写作的反复体验中，胡适以白话来写作诗歌的想法越来越成熟。打开《尝试集》的附录《去国集》，翻阅新诗写作前胡适写下的旧诗，深感其域外体验在旧诗写作中的别扭——诗中的表达与实际出现了巨大的裂缝，《耶稣诞节歌》《久雪后大风作歌》就是其中的典型。可以说，正是因为现代文化启蒙的需要，以及旧诗在现代表达上的短板，直接启发了胡适关于文学工具革新的思路，而深厚的中西文化的体验为胡适的新诗写作也提供了坚实基础，《尝试集》的成功出版更是夯实了新诗写作的道路。在白话新诗的创作中，胡适坚决贯彻了作诗如作文的诗学理念，以“诗体大解放”来推动新诗的发展，比如早期发表的《鸽子》《人力

① 胡适：《五十年来中国之文学》，载欧阳哲生编《胡适文集》第3卷，北京大学出版社，1998，第262-263页。

车夫》《一念》，读来平白如话却又别有风味，充满了现代的情愫，且以《一念》为例。

> 我笑你绕太阳的地球，一日夜只打得一个回旋；
> 我笑你绕地球的月亮，总不会永远团圆；
> 我笑你千千万万大大小小的星球，总跳不出自己的轨道线；
> 我笑你一秒钟行五十万里的无线电，总比不上我区区的心头一念！
> 我这心头一念：
> 才从竹竿巷，忽到竹竿尖；
> 忽在赫贞江上，忽在凯约湖边；
> 我若真个害刻骨的相思，便一分钟绕遍地球三千万转！[①]

此诗作于1917年秋冬之间，作者时在北京竹竿巷居住，突然想到家乡的竹竿尖山而作。诗语朴实却充满了现代气息，一洗为政治说教而作的诗风。以小清新、甚至调皮的现实面孔现身，在口语化的句式中借助西方科技知识将乡愁乡思的传统表达予以陌生化呈现。这首诗，仅就思想表达而言，如

① 胡适：《一念》，《新青年》1918年5月第4卷第1号。

果在民国遗老看来，至少在诗歌形式上旧体诗也难有此魄力。还应特别指出的是，该诗在艺术手法上安排得比较干净利落：以四个“我笑你”的排比句式层层推进现代情愫的表达，整首诗的节奏感很强，而分行写作的形式突破旧体诗写作的规则，切合了现代阅读求新的审美体验。诗篇幅虽短小，但是诗中思想的表达却是自由的，同时也切合了突出“人的伟大”这一时代主题的呼唤。在胡适写作的自由诗中还有很多此类作品，写于 1920 年的《湖上》，其意境的营造与《晨星篇》非常类似：“水上一个萤火 / 水里一个萤火 / 平排着 / 轻轻地 / 打我们的船边飞过 / 他们俩儿越飞越近 / 渐渐地并作了一个。”这首诗写的是与友人王伯秋夜游玄武湖时作的，整首诗以“萤火”为意象，以景寓情，将传统与现代的艺术手法溶于一首短诗之中，诗歌语言干净凝练、意境清新典雅、淡远含蓄。回环往复的吟咏、层层推进的韵味令读者难以忘怀，但不得不承认的是，胡适新诗的韵味形成却来自旧诗的审美体验。

在胡适、陈独秀、沈尹默、刘半农、钱玄同等人的影响下，以《新青年》为中心，中国现代新诗开始蹒跚起步。据刘福春先生的《新诗纪事》统计来看，仅仅是 1917—1921 年之间《新青年》一种刊物就先后刊发了《白话诗八首》《鸽子》《人力车夫》《相隔一层纸》《月夜》《宰羊》《车毯》《老鸦》《除夕》《丁巳除夕歌》《除夕》《新婚杂诗》《雪》《学徒苦》《梦》《爱之神》《桃花》《买萝卜人》《春水》《他们的花园》《四月二十五夜》《月》《三弦》《“人家说我发了痴”》《山中即景》《小河》《一颗星儿》《散伍归来的“吉普色”》《D- ！》《欢迎陈独秀出狱》《答半农〈D-!〉》《爱与憎》《牧羊儿的悲哀》《题在绍兴柯岩照的相片》《我们三个朋友》《秋夜》《慈姑的盆》《梦与诗》《莺儿吹醒的》《四烈士冢上的没字碑歌》《一个小农家的暮》《病中的诗》等诗歌。[①] 仅从诗题就能看出这些诗歌整体上趋向了口语化，用语平淡而清新，对现实生活关注深入、贴切，其叙事特征比较明显。这一批诗歌的问世从文本实验的角度证实胡适所开创的新诗路径是可取的，在很大程度上也回应了旧体诗人对新诗的质疑与嘲笑，尽管中间存在的问题也不少。不过，早期新诗屡为人所诟病的也正在于此：毕竟诗歌本是以抒情为主的艺术样式，一旦过度追求口语化也就弱化甚至取消了诗歌的审美艺术特征。而旧诗形成的审美阅读体验也逼迫着新诗力图克服口语化、散文化带来的弊端。

俞平伯在写给新潮社同人的信中敏锐地直陈白话诗的问题，他说：“我现在对于诗的做法意见稍稍改变，颇觉得以前的诗太偏于描写一面，这实在不是正当趋向。因为纯粹客观的描写，无论怎样精彩，终究不算好诗——偶一为之，也未

① 刘福春：《新诗纪事》，学苑出版社，2004，第1-13页。

尝不可。”[①] 郭沫若的《女神》以及以冰心和宗白华为代表的散文小诗、俞平伯的《冬夜》的横空出世在新诗坛掀起三股浪潮，为新诗坛带来了新的希望，而与此同时，湖畔诗人的爱情诗在新诗坛也引起了不小的争论。首先，郭沫若的《女神》以其气韵生动、惊天地泣鬼神的浪漫气息获得了广泛的响应，《女神》一洗《尝试集》旧体诗的印痕，冲决旧诗词格律的罗网，探寻雄浑气概的自由体诗新路，新诗面目为之一新。以胡适为代表的早期新诗写作的窘境基本上是当时新诗人的普遍困境，他们一方面大声疾呼要打碎旧体诗的枷锁，然而又常常不自觉地迎合旧诗的内在约束。但《女神》的出现在某种程度上缓解了早期新诗创作的尴尬，所以闻一多赞叹：“若讲新诗，郭沫若君的诗才配称新呢，不独艺术上他的作品与旧体诗词相去最远，最要紧的是他的精神完全是时代的精神——二十世纪底时代的精神，有人讲文艺作品是时代底产儿，《女神》真不愧为时代底一个肖子。”[②]《女神》的成功不仅因为其雄浑奔放的诗学特征，内容上时代美学之气息也引领了新诗的审美精神追求。其想象力之丰富、抒情之豪放，强力映照出了五四时期狂飙突进的时代精神。郭沫若诗中多采用极富生命力的意象来增强诗歌情感表达的力量，让时代感

---

① 俞平伯：《俞平伯全集》第 3 卷，花山文艺出版社，1997 年，第 516 页。

② 闻一多：《闻一多全集》第 2 卷，湖北人民出版社，1993，第 110 页。

情的奔涌有了强力表现的符码，而动人心魂的鼓噪力为新诗的大众化开辟了新路。更值得注意的是，《女神》在诗歌形式上大多不讲究整齐与押韵，在外在形式上摆脱了当时新诗人饱受旧体诗影响的困境，引导早期新诗逐步去除白话诗的粗糙，从而走向了真正的现代新诗。正如郁达夫所说："《女神》的真价如何，因为郭沫若君是我的朋友，我不敢乱说，但是有一件事情，我想谁也应该承认的，就是'完全脱离旧诗的羁绊自《女神》始'的一段功绩。"[①] 与此同时，《女神》中的《凤凰涅槃》《棠棣之花》《湘累》《女神之再生》等篇章为中国新诗的诗剧之路也打下了坚实的探索根基，时人资平在《文学旬刊》上撰文："我国对剧的研究本不发达。诗剧尤为凤毛麟角——可以说完全没有——的诗剧界得这篇《女神之再生》，做先锋去开辟路径，真是可喜的事。"[②] 这些同时代人所做的评论都充分说明了《女神》在当时已经取得了广泛认可。

当然，对自由体诗的探索具有功绩的还有"湖畔"诗人的创作和冰心、宗白华为代表的小诗创作。1922 年，汪静之、冯雪峰、潘漠华、应修人出版了他们的合集《湖畔》之后又有《春的歌集》出版，"湖畔"诗人于新诗的贡献主要体现在对情诗的勇敢抒写。在五四新潮的启蒙下，"湖畔"诗人高

① 郁达夫：《郁达夫文集》第 5 卷，花城出版社，1982，第 129 页。
② 资平：《致〈女神〉者》，《时事新报·文学旬刊》1922 年第 34 期。

擎爱情旗帜，强烈反对封建礼教，号召个性解放，在社会上引起了非常大的反响，同时也引来很多批评[①]。废名认为“康白情的《草儿》同《湖畔》四个少年人的诗，是新诗运动后自然的发展”，他还认为湖畔诗人的诗是“没有沾染旧文章习气老老实实的少年白话新诗”[②]。确实，“湖畔”诗人大胆熔铸中国古典诗歌的意境以及日本俳句的美妙，大胆歌唱青年人美好的情愫，他们的诗读来更显得率直、清新，尽管在艺术水准上仍显得不够老练，但正如朱自清所说：“中国缺少情诗，有的只是‘忆内’‘寄内’或曲喻隐指之作，坦率的告白恋爱者绝少，为爱情而歌咏爱情的没有。这时期的新诗做到了‘告白’的第一步，《尝试集》的《应该》最有影响，可是一般的趣味怕在文字的缴绕上。康白情氏《窗外》却好。但真正专心致志做情诗的，是‘湖畔’的四个年轻人。”[③] 如果说率真烂漫的湖畔诗风与充满叛逆精神的《女神》同时构建了五四诗坛的时代精神，那么1923年冰心的《繁星》《春水》以及宗白华的哲理小诗则为诗坛带来了清新的心灵安顿，这些小诗往往三五行成一首，短小隽永，令人思索回味。小诗的

---

① 比如胡梦华的《读了〈蕙的风〉以后》，《时事新报》(1922年10月24日)；张友鸾的《新诗坛的一颗炸弹》，《文学周刊》(1923年6月16日)。与此同时，鲁迅、周作人等为“湖畔”诗人与之展开笔战。

② 废名：《新诗十二讲》，辽宁教育出版社，2006，第122页。

③ 朱自清：《中国新文学大系·诗集·导言》，载赵家壁主编《中国新文学大系》，上海文艺出版社，1980，第4页。

出现是新诗在形式上的另一次突破，丰富了新诗在表现诗人内心细腻情感方面的内涵，为现代性的抒写提供了别致的舞台。业师罗振亚先生曾专文指出小诗域外传统的主体乃是日本俳句，小诗“冥想的理趣”与“感伤的情调”、“淡泊、平易、纤细的审美趣味”等古典风格受到了日本俳句的深刻浸染。日本俳句对中国小诗“诗意纯粹性的构筑”、“激发出‘冥想’的理趣”并形成“精神情调上充满感伤的气息”等方面有着潜在影响①。而日本俳句受中国古典诗歌影响很大，例如人们耳熟能详的日本俳句大家松尾芭蕉就对唐诗借镜甚多，其诗“今夜三井寺，月亮来敲门”让人很自然就想到了唐代诗人贾岛的“鸟宿池边树，僧敲月下门”；其“日月乃百代之过客，今岁又是羁旅也”同样让人想到李白之“夫天地者，万物之逆旅；光阴者，百代之过客也”。可见，日本俳句与中国古典诗歌之间存在着紧密联系，也因此，日本俳句与中国古典诗歌精神气质的相近性将中国20世纪20年代逐渐兴盛的小诗带上了古典诗词的诗路。再如，宗白华的诗集《流云》语言工巧，却自有出水芙蓉之色，其短诗在意境的营造上更为后人所称道，比如这首《红花》：

---

① 罗振亚：《日本俳句与中国‘小诗’的生成》，《中国社会科学》2010年第1期。

我立在光的泉上。
眼看那滟滟的波，
流到人间。
我随手掷下红花一朵，
人间添了几分春色。

整首诗仅仅五行，然而诗歌意境的开阔大合包罗宇宙万物的情思在里面。如同自己就立在光之泉上，让人浮想联翩，而那流到人间的滟滟的波，更是特别，仿佛站在天上俯瞰大地而思接千载。其诗将人生哲理与诗歌意境合二为一却不造作，实在难得。毫不夸张地说，宗白华的小诗真正做到了以小见大，不仅在篇制形式上丰富了新诗，而且在现代情感的表达上熔铸古典与现代，为新诗的发展做出了贡献。再如这首《夜》："一时间 / 觉得我的微躯 / 是一颗小星 / 莹然万星里 / 随着星流 / 一会儿 / 又觉得我的心 / 是一张明镜 / 宇宙的万星 / 在里面灿着。"无论是对诗人内心世界的叙写，还是对外界的描写上都显得大开大合又伸缩自如，作者以如此小的篇幅营造的却是如此美妙的意境，正如作者自己所言："这微妙的心和那遥远的自然，和那茫茫的广大的人类，打通了一道地下的神秘的暗道，在绝对的静寂里获得自然人生最亲密的接触。"[①] 此种

① 宗白华：《宗白华全集》第2卷，安徽教育出版社，第155页。

静怡的心境与诗情完全接通了古典与现代的哲思，宗白华曾经描述过当时写作《流云》小诗的情形："往往在半夜的黑影里爬起来，扶着床栏寻找火柴，在烛光摇晃中写下那些现在人不感兴趣而我自己却借以慰藉寂寞的诗句。"[①] 可以说，在幽暗的花火下写出宇宙空幽的诗情与宗白华早年受到旧体诗的熏陶有着紧密的联系，在宗白华看来，诗是"用一种美的文字——音律的绘画的文字——表写人的情绪中的意境"[②]，很显然，宗白华是以生命诗学来烛照古典诗歌的意境并且将之转化为现代诗意的诉求，这一努力丰满了现代诗歌写作路径，但这一努力也从侧面反映了宗白华小诗中语言的凝练与优美、意境的典雅与哲理在不知不觉中就有了中国古典诗歌的强大投影。而众所周知，这一投影并非个案，投身小诗写作的诗人非常之多，俞平伯、康白情、汪静之、沈尹默、冯雪峰、应修人、潘漠华等新诗人都曾投身其间，小诗的闲适、淡然、典雅等诸种情趣其实正是对旧诗所形成的阅读体验的正面回应。

无论自由诗在多大程度上取得了人们的认可，但新诗人内在的焦虑却无法掩饰。刘半农在 1920 年写给胡适的一封信中说道："旧体诗的衰落，是你知道的。但是，新体诗前途的

① 宗白华：《宗白华全集》第 2 卷，安徽教育出版社，第 155 页。
② 宗白华：《宗白华全集》第 1 卷，安徽教育出版社，第 168 页。

暧昧，也要请你注意。”[①]这说明，一方面，早期新诗人并没有止步于白话诗的探索，但另一方面，旧体诗给新诗诗人带来的压力也如影随形，当然，这种焦虑同时也带来了新诗的进步。不论是诗体的大解放还是《女神》式的抒情回归抑或是小诗的流行，都说明自由诗的种种变革其实始终难以摆脱旧诗的强大影响。

二、“勒马回缰”：现代新诗的格律新探寻

随着新文学运动的推进，早期新诗经历了白话文体的摸索，诗坛中的浪漫派与写实派充实了新诗发展的形式与内容，但旧诗强大而完美的形式以及中国诗歌阅读的形式体验都让新诗的散文化问题备受质疑，因此，新诗内在形式规范化的审美诉求开始不断发力，如何确立新诗的规范成为普遍的焦虑。1926年4月1日北京《晨报诗镌》的问世，预示着以闻一多、徐志摩、朱湘等为代表的前期新月派开启了新诗格律化的探索之路。

早在新诗自由化写作阶段，早期新诗人已经敏锐察觉到以白话写作新诗最大的问题就是没有服众的新诗样式。不论是胡适的《尝试集》，还是俞平伯的《冬夜》，他们都有意无意地使用旧诗旧韵以协调新诗的音韵美。这说明，新诗虽获

---

① 刘小蕙：《我的父亲刘半农》，上海人民出版社，2000，第218-219页。

得了自由书写的权利，但也陷入了旧诗有美韵的“影响的焦虑”。鲁迅先生也说过：“诗须有形式，要易记，易懂，易唱，动听，但格式不要太严。要有韵，但不必依旧诗韵，只要顺口就好。”[①] 从这句话不难看出，新诗还是需要注意格式和韵律的，虽然鲁迅先生指出不必依照旧韵，但能看出来，旧体诗在韵律方面对新诗形成的压力有多大。俞平伯的《冬夜》出版后也引起了很多关注，尤其是其在音节形式上的鲜明特色。“《冬夜》给我最深刻的印象是他的音节”，但闻一多对此又做了批评，他说：“诗底真精神其实不在音节上。”[②] 然而，1925 年闻一多给梁实秋的信中写道：“来示谓我之诗风近有剧变。然而变之剧者，孰过于此，”[③] 闻一多所说的剧变是用一首旧体诗来表达的：“六载观摩傍九夷，吟成鴃舌总猜疑。唐贤读破三千纸，勒马回缰作旧诗。”作为新文学家的闻一多，这番写作旧诗的宣言让人跌破眼镜，但也说明了新文学家在新诗探寻路上对韵律形式的普遍焦虑，而恰好是这种无形之中的焦虑也推动了新诗格律化的探索。闻一多 1923 年出版的《红烛》写于美国留学时期，作为二等公民漂泊异域时遭遇的民族歧视强化了诗人的民族情怀，所以《红烛》中对于古典诗歌特色的汲取也是随处可见的，比如《孤

① 鲁迅：《鲁迅全集》第 13 卷，人民文学出版社，2005，第 553 页。

② 闻一多：《闻一多全集》第 2 卷，湖北人民出版社，1993，第 63-76 页。

③ 闻一多：《闻一多全集》第 12 卷，湖北人民出版社，1993，第 222 页。

雁》《忆菊》《太阳吟》等诗篇就是其典型，尤其是《红荷之魂》无论是诗的内容还是形式都非常精美。在该诗中，诗人以其超凡脱俗的笔调勾绘出了一副极具民族特色的红荷图景，而在形式上基本遵循了四句一段的格式，加之诗作中“千叶宝座上的如来”“洞庭湖畔的骚客”等极富民族文化元素的意象的使用，全诗读来整齐雅致，意境优美。而《死水》较之《红烛》更注重诗歌外在的格律与形式。在诗词语言上闻一多还大胆采用古典诗词中的词汇，比如“幽怨”“户枢”“烟峦”“罡风”“寒燕”等等。朱自清先生还从爱情诗的角度对闻一多格律诗予以肯定，他说：“咏男女自然和旧诗不同，可是大家都泛泛着笔，也就成了套子……格律诗派的爱情诗，不是纪实的而是理想的爱情诗，至少在中国诗里是新的……徐志摩、闻一多两位先生是代表。”1928 年出版的《死水》则更深入地探寻了现代格律诗的架构。总体而言，闻一多既很好地吸收了西方文艺关于诗歌音节形式的长处，又结合中国古典诗歌韵律创造性地提出了新诗格律的主张，“音乐美”“绘画美”“建筑美”为中国新诗的规范化找到了一条新路。闻一多认为新诗的音乐美主要是音节、平仄、韵等方面形成的节奏。如诗歌《死水》《黄昏》都是每行以固定的三字尺或二字尺来控制诗歌节奏。早在 1922 年闻一多在给吴景超的信中就谈道：“现在我极喜用韵。本来中国韵宽；用韵不是难事，并不足以妨害词意。既是这样，能多用韵的时候，我们何必不用呢？用韵能帮助音节，完成艺术；不用正同藏金于室而自甘冻饿，不亦愚乎？”[①] 可见，闻一多对新诗格律的思考很早就开始了。如果说在新诗创作的早期，闻一多新诗的写作还只是停留在借用旧诗韵律阶段，那么之后《诗的格律》一文则比较集中地展示了闻一多对于新诗格律的思考。在闻一多看来，打破诗的音节，让诗语完全与言语一样，完全回归自然，是诗的自杀，好的诗歌需要艺术的打磨，诗之所以能激发读者的情感在于诗的节奏，而这个节奏就是格律。诗的格律对于诗来说很重要，因此不能废除。闻一多将诗的格律分成两个层面，即视觉和听觉：“譬如属于视觉方面的格律有节的匀称，有句的匀齐。属于听觉方面的有格式，有音尺，有平仄，有韵脚，但是，没有格式，也就没有节的匀称，没有音尺，也就没有句的匀齐。”[②] 所以，当我们看闻一多的格律新诗时就会发现，他注重诗的外在形式，比如，每行诗的字数固定，每节诗的行数也如此，换言之，“节的匀称”和“句的匀齐”成为闻一多格律新诗比较鲜明的特征。在音乐美方面，他是通过音节、平仄、韵律来控制新诗内在的节奏。当然，闻一多也区别了新诗格律与旧体诗格律，他指出，首先，新诗的格律超越了旧体诗形式的

① 闻一多：《闻一多全集》第 12 卷，湖北人民出版社，1993，第 78 页。
② 闻一多：《闻一多全集》第 2 卷，湖北人民出版社，1993，第 140 页。

古板，可以相体裁衣；其二，新诗的格律形式根据内容精神来决定；其三，旧体诗的格律是前人定的，而新诗的格式是今人自己的意匠之构造，不受前人束缚。当然，在新诗格律探索的道路上，还有很多诗人也做出了自己的贡献，比如孙大雨、朱湘、刘梦苇、于赓虞、饶孟侃、陆志韦等，事实上“第一个有意实验种种体制，想创新格律的，是陆志韦氏”[①]。很多期刊、文章也参与到新诗格律的讨论中，《少年中国》在 1920 年还特设了“诗学研究”专号。很多诗人专门研究诗体建设的问题，比如宗白华的《新诗略谈》、康白情的《新诗底我见》、李思纯的《诗体革新之形式及我的意见》等文章都谈到了新诗规范化的问题，有很多直接就指向了新诗格律的探讨。尤其是饶孟侃的《新诗的音节》细致分析了新诗的格调、韵脚、节奏以及平仄等要素在新诗写作中的位置，是闻一多系统展示格律诗三美理论之前比较系统地阐述新诗格律的理论文章。朱湘也非常重视诗的形式格律问题，他在引用柯勒律治“要看一个新兴的诗人是否真诗人，只要考察他的诗中有没有音节”之后说：“音节之于诗，正如完美的腿之于运动家……想象，情感，思想，三种诗的成分是彼此独立的，唯有音节表达出来，他们才能融合起来成为一

① 朱自清：《中国新文学大系·诗集·导言》，载赵家璧主编《中国新文学大系》，上海文艺出版社，1980，第 8 页。

个浑圆的整体。”[1] 此后，刘大白的《中国诗的声调问题》《新律声运动和五七言》更是专文讨论新诗格律的问题，陈梦家在总结新诗十年时也谈及新诗格律，他说：“我们不怕格律。格律是圈，它使诗更显明、更美。形式是观感赏月的外助。格律在影响于内容的程度上，我们要它，如画不能拒绝合适的金框。金框也有它自己的美，格律便是在形式上给予欣赏者的贡献。但我们绝不坚持非格律不可的论调，因为情绪的空气不容许格律来应用时，还是得听诗的意义不受拘束的自由发展。”[2] 应该说，陈梦家的此番议论基本代表了新月派对新诗格律化的认识：格律是新诗写作需要的元素，但还需要以诗意表达为主。

总体而言，新诗格律的探索是对新诗自由派写作的一种反驳，是新诗在第一个十年探索中较为重要的内在律动。但回过头来看，新诗从最初的激烈反对格律，到新月派诗人“明目张胆”的格律化追求，都充分证明了一个事实：在新诗写作发生的背景下，旧体诗的文化生命力极其旺盛。尽管旧诗的生长完全不需借新诗还魂，但显然，旧诗所形成的成熟体制、中国经验以及文化积淀总是在新诗写作中得到或明或

---

① 朱湘：《寄曹葆华》，载罗念生编《朱湘书信集》，天津人生与文学社印行，1936，第 29-30 页。

② 陈梦家：《〈新月诗选〉序言》，载杨匡汉、刘福春编《中国现代诗论》上编，花城出版社，1985，第 149 页。

暗地显现，新诗格律化的探索是新诗从出走到回归的双重反抗，新诗从“去律”到“趋律”的脉动反映了现代旧体诗强悍的吸引力。

三、“微雨”飘洒的空中：象征诗的现代抒写

新文学发生期的第一个十年，新诗诗坛比较引人注目的现代诗学探索便是象征诗派的创作。如果说新诗自由派属于中国新诗早期的草创，其功绩在于冲决旧体诗从形式到内容对现代人情感表达的束缚，那么以现代文字书写现代情感，新诗格律派属于中国新诗对散文化倾向的纠正，然而，象征派诗歌的创作则显示了新诗创作能量的威力：在现代性表达上，象征派诗歌所传达出来的艺术效果几乎可以让旧体诗在现代意识传达方面处于尴尬的境地。业师罗振亚先生对象征派诗特质的评价可谓一针见血：“象征诗派的诗是一种情态文本写作，是一种经验性客观具象的符号组织，它的视点不满足对象的表象世界超离，而总在主客融汇、双向同化的过程中超越之，传达私有化的个人情结，从而实现了诗意的现代性转换，与现代文学发难期以前的所有精神化石划开了美学界限。”[①] 也正因为其先锋写作的姿态，朱自清在《中国新文学大系·诗集》导言中赞许其为诗坛的“异军”，并且就新诗艺

---

① 罗振亚：《20世纪中国先锋诗潮》，人民出版社，2008，第8-9页。

术手法给予李金发很高评价，他说“至于有意的讲究用比喻，怕要到李金发氏的时候了”。[①]

象征诗派在中国新诗流派史上也是一个松散的群体，他们并没有像新月派那样拥有自己专门的社团组织，也没有核心的领导人物，该诗派的代表性诗人李金发的影响力也并未取得一致性的认可，而且象征诗写作也并非自李金发始，象征手法在新诗写作中一直处于潜隐的状态，只是到了李金发的《微雨》出版后才在诗坛引起广泛的注意，然而回顾一下新诗发展的历史就不难发现，象征手法在新诗写作中是不少的。早在新诗草创期，胡适的《鸽子》《老鸦》《湖上》就已经显示出了象征诗写作的端倪。《老鸦》一诗以乌鸦之兴象来象征作者不为权贵折腰、追求自由之精神以及自己作为文学先驱的苦闷与寂寥；被《新诗年选》编者视为“新诗乃正式成立”[②]的周作人所写的《小河》表面上以散文的手法记叙了小河被围堰困住后周遭事物与小河的精神对话，实际却托物言志表达了对自由的赞美以及对扼杀自由的谴责。诗人笔下小河痛苦的生存状态正是对自由呼唤的象征。沈尹默的《月夜》与胡适的《湖上》有着相似的艺术美，而且读来似乎更

① 朱自清：《中国新文学大系·诗集·导言》，载赵家璧主编《中国新文学大系》，上海文艺出版社，1980，第3页。

② 北社编《新诗年选》，载《一九一九年诗坛纪略》，亚东图书馆，1922，第251页。

有象征诗的味道，整首诗描写对象不过霜风、月光、树以及“我”，然而短小的诗却让读者产生无限想象。胡适言近旨远的诗学追求在这首诗里得到很好的展示，康白情在《新诗年选》中也赞叹《月夜》“在中国新诗史上，算是第一首散文诗。其妙处可以意会而不可以言传”。[①]事实上，康白情所说的“可意会而不可言传”其实正是象征诗征服读者的魅力之所在。若将历史的镜头拉回1917年的冬天，新诗的序幕刚刚开启，《月夜》所表达的诗境不仅具有了独立、自由精神的象征，而且似乎还有了开一片新天地的担当。田汉在《少年中国》上发表的新诗《黄昏》也颇有象征诗的味道。《黄昏》的第一节，诗人用天上的紫色、地上的黑色，树叶在晚风中低声歌舞来描写黄昏的沉默，从视觉的角度凸显了黄昏的存在特质，在第二节中则从声音的角度来完成对黄昏的刻写，诗人借诗中“笑的声音”“发令的声音”“跑的声音”等无数的声音来烘托时代的某种情绪，这种情绪虽然不是波特莱尔式那般的令人战栗，但隐约之间能让人感受到田汉面对“古神已死，新神未生的黄昏”[②]这一时代从而对新浪漫主义发出的呼喊，这一点在诗的结尾以象征的手法得以点染——“夏，黄昏的音乐 / 奏到最高点”。

---

① 康白情：《愚庵评诗》，载诸孝正、陈卓团编《康白情新诗全编》，花城出版社，1990，第236页。

② 田汉：《田汉全集》第11卷，花山文艺出版社，2001，第3-4页。

以象征手法来写作新诗的诗人其实不在少数，比如刘半农、朱自清、郭沫若、梁宗岱、陆志韦、王统照等，他们写下的《无题（梦中作）》《黑暗》《新生》《晚祷》《绿》《春梦的灵魂》等无不兼具象征主义诗歌的特色，而刘延陵、周无、黄仲苏、济橙、田汉等人在译介象征主义诗歌及理论方面也做出了贡献，比如《法国诗之象征主义与自由诗》《法兰西近世文学的趋势》《一八二零年以来法国抒情诗之一斑》《法兰西文学之新趋势》《新罗曼主义及其他》①。《小说月报》还译介了波德莱尔的诗《游子》，但真正令象征主义诗歌在中国诗坛引起人们广泛注意的还是李金发的诗作。李金发先后出版了《微雨》《为幸福而歌》《食客与凶年》三部诗集。其怪异而晦涩的诗句令当时的人们大呼难懂，然而吊诡的是“许多人抱怨看不懂，许多人却在模仿着”②。1925 年诗集《微雨》的出版基本成为象征派新诗从幕后走向前台的标志。李金发的成功其实得益于新诗诗坛内在的焦虑，因为自新诗诞生以来，诗歌语言粗糙，启蒙色彩压过了诗歌的艺术追求，其文学审美功能却被严重削弱，周作人就曾抱怨新诗“一切作品都像个玻璃球，晶莹透明得太厉害了，没有一点朦胧。因此也似乎缺

---

① 分别刊载于：《诗》1922 年 4 月第一卷第四号；《少年中国》1920 年 10 月第二卷第四号；《少年中国》1921 年 10 月 1 日第 3 卷第 3 号，《小说月报》1922 年第 19 卷第 9 号；《少年中国》1920 年 4 月第 1 卷第 12 号。

② 朱自清：《中国新文学大系・诗集・导言》，载赵家璧主编《中国新文学大系》，上海文艺出版社，1980，第 6 页。

少了一种余香和回味”[1]，因此格律诗派开始引导新诗走向规范化，象征诗派的异军突起则从独特的角度切入了新诗涅槃的新路。

在内容上，李金发的象征诗歌常指向人生与命运之哀叹、死亡与梦幻之无常、爱情之欢愉与痛楚；在情感传达上，他的诗往往与感伤、颓废的末世情绪勾连在一起；在艺术手法上，李金发一反胡适写实主义的思路，放弃直抒胸臆，常借用晦涩的意象、新奇的想象营造象征主义的意境，从而开辟了与自由新诗迥异的艺术风格之路。“长发披遍我两眼之前/遂割断了一切羞恶之疾视/与鲜血之激流，枯骨之沉睡/黑夜与蚊虫联步徐来/越此短墙之角/狂呼在我清白之耳后/如荒野狂风怒号/战栗了无数游牧……衰老的裙裾发出哀吟/徜徉在丘墓之侧/永无热泪/点滴为草地/为世界之装饰。”这首《弃妇》以酣畅淋漓的象征手法刻画了一位遭人抛弃的颓废妇人形象。弃妇的悲哀、孤寂、惶惑以及对世界假丑恶的愤怒让人读来无不战栗，尤其是诗中“战栗”一词的使用更让人联想到波德莱尔的《恶之花》，诗中“鲜血、枯骨、黑夜、荒野、丘墓”等压抑情感色调词语的使用，让审丑的美学情绪走向诗歌写作的前台。这种看似怪异晦涩的表达却有效地触及了现代主义情绪在深层次精神领域的自由流动。完美的世

---

① 周作人：《〈扬鞭集〉序》，《语丝》1926年第5期。

界在象征诗派笔下难以寻觅，世界之美被颠覆，荒冢、阴风、古城、残骸、荒村等意象占据了人们的视线，象征诗所营造的丑恶世界成为最大的现实城堡。李金发在意象选择和形式篇制上的出奇翻新为中国现代诗歌的先锋表达注入了一剂强心剂。王独清、穆木天、梁宗岱、冯乃超、姚篷子等象征诗人也各自开出了具有自己艺术特色的花朵。当然，需要指出的是，20 世纪 20 年代中期以来象征诗派走上新诗舞台前沿也是有着特殊的时代背景，尤其是其颓废情结的诗意表达与五四低潮之后的社会情绪暗合，社会震荡、群情昂扬的时代浪潮一旦过去，兴奋与呐喊也很快被社会的黑暗所镇压以至被消耗殆尽，而末世情结的抒写不仅切合了这种落潮的时代心理，更是为伤者提供了一个疗伤的平台。总体而言，在新文学发生期的第一个十年，李金发为代表的象征派诗人为新诗写作开掘出了一条新路，尽管曲折且命运波折，但正如业师罗振亚先生所言："象征诗派一定程度上承担了现代人灵魂的全方位呈现，恢复了现代人心灵中存在却常被人忽视或不愿提及的消极面，因为轻率地判断它是新诗发展中的逆流恐怕不妥，我们应该大胆地承认他们是人类灵魂真实的探险者。"① 而且，象征诗派在诗歌写作中沟通中外诗学的努力也颇值赞许，李金发在《食客与凶年》的自跋中就表达了此类想法，他说："余每怪异

① 罗振亚：《20 世纪中国先锋诗潮》，人民出版社，2008，第 19 页。

何以数年来关于中国古代诗人之作品，既无人过问，一意向外采辑，一唱百和，以为文学革命后，他们是荒唐极了的，但从无人着实批评过，其实东西作家随处有同一之思想、气息、眼光和取材，稍微留意，便不敢否认，余于他们的根本处，都不敢有轻重，惟每欲把两家所有，试为沟通，或即调和之意。”[①] 很显然，李金发认识到了中国传统诗学的不可逾越性，沟通也好，调和也罢，都有旧诗意象的影子存在，虽然，象征诗派的审丑艺术特质突破了旧诗唯美诗学的藩篱，但是从整个象征派的发展来看，以晚唐诗风为代表的古典诗艺对他们的创作都产生了巨大影响，可以说，象征诗派既是对旧诗的反抗，又有对旧诗艺术的回归。正如业师罗振亚先生深刻地指出的那样：“中国现代主义诗歌的一个共性风貌，那就是多数作品只承袭了西方诗歌的技巧，而象征思维、意象系统尤其是情感构成，都是根植于东方式的民族文化传统的。”[②]

在现代新诗史已经较为成熟的今天重新梳理1917—1927年的新诗样貌是件吃力不讨好的工作，因为在短短的篇幅里既无法展现新诗这十年的全貌，也难以与前人对话，但作为旧诗写作的时代背景，还必须以鸟瞰的形式对其做大致的回顾。不过，这一梳理又带来了新的发现，那就是关于现代诗

---

① 李金发：《自跋》，载《食客与凶年》，北新书店，1927，第435页。

② 罗振亚：《重铸古典风骨——中国现代主义诗歌对传统诗歌接受管窥》，《学术交流》2009年第10期，第173页。

歌写作的背景思考，旧诗的强大影响力证明援西革中并非新诗变革的唯一动力，在很大程度上来说，旧诗才是现代中国诗歌写作的强大背景。在中国这个以诗为最高缪斯的国度，新诗在近代演绎了凤凰涅槃般的精彩，尽管它存在这样那样的不足，而且常显得稚嫩与粗糙、生硬与飘摇，但新诗的历史贡献是不可抹杀的。抒情固然是新诗中的主题，然而，在历史激荡的新文化运动中，新诗中的说理仿佛成为新文学发展第一个十年的关键词，朱自清曾这样描述新诗第一个十年的演进轨迹："新诗的初期，说理是主调之一……那是个解放的时代，解放从思想起头，人人对于一切传统都有意见，都爱议论，作文如此，作诗也是如此。他们关心人生，大自然，以及被损害的人。关心人生，便阐发自我的价值；关心大自然，便阐发泛神论；关心被损害的人，便阐发人道主义……民国十四年以来，诗才向抒情方面发展。那里面'理想的爱情'的主题，在中国诗坛实在是个新的创造，可是对于一般读者不免生疏些。一般读者容易了解经验的爱情，理想的爱情要沉思，不耐沉思的人不免隔一层。后来诗又在感觉方面发展，以敏锐的感觉为抒情的骨子，一般读者只在常识里兜圈子，更不免有隔雾看花之恨。"[①] 然而，值得注意的是，在新文学发生期的第一个十年，新诗从自由派到之后的格律派

① 朱自清：《新诗杂话》，岳麓书社，2011，第19-20页。

和象征派，都与旧体诗产生了千丝万缕甚至割舍不掉的关联。自由派诗歌以斩断旧体诗的形式为要务，大力提倡“要须作诗如作文”以击碎旧体格律的形式束缚，然而新诗的审美功能被严重削弱，但自由派诗人们在写作新诗时却不由自主地使用双声叠韵等旧体诗的格律手法来进行补救，这一点在胡适、沈尹默、俞平伯等人身上尤为明显，朱湘虽然批评胡适《尝试集》中的诗过于平庸，但对胡适借音韵以补新诗之美也看得很清楚，他说：“音韵从胡适起就一直采用的。”[①] 可见音韵等旧体诗的元素在自由诗派身上或隐或显地得到了传承。等到闻一多为代表的新诗格律派的兴起，更是将格律因素引入了新诗的写作中，闻一多力倡新诗要培育出中西结合的“宁馨儿”。而象征派借助西方象征主义手法写诗的同时，也将中国旧体诗中“兴”的手法在新诗中予以复活，也算沟通中西共有的元素之努力。但问题的关键是，协调中西形式的冲突，实质却往往受制于旧诗对新诗写作的规训。新文学十年新诗的探路，在诗歌形式以及艺术审美上都取得了一定成绩，但新诗写作者的这些诗学尝试也纷纷指证：新诗虽受西潮影响很大，但中国古典诗歌对新诗的影响却深入到了血液。而回首新文学第一个十年，我们也发现了传统古典诗歌对新诗的导引：新诗问世时，过于非诗化、散文化的追求，

① 朱湘：《中书集》，上海生活书店，1934，第 362-390 页。

突出工具变革以启蒙大众的诗路明显削弱了诗歌的审美功能，为扭转这一局面，以郭沫若等人为代表的诗人开始以情感的表达回归诗歌的抒情本色，而抒情正是传统诗歌看重的文本功能；为了摆脱新诗草创期的苍白以及抒情的泛滥，闻一多、徐志摩等诗人开始在外在形式的整饬方面下功夫，以规范新诗写作，这一努力可以看作新诗写作中带有“趋律”性质的转变，旧诗的格律在新月派的诗歌改造中再次凸显出威力；而试图以语言的跳跃、意象的迷离来冲破新的外在束缚，从而追寻新诗的内在美，其实也是受旧诗影响而产生的焦虑，“让诗像诗”的美学追求显然包含了中国古典诗歌的阅读体验在里面，所以，从根本上讲，新文学第一个十年新诗最具有影响的三种尝试实际上或明或暗地都受到了中国古典诗歌的影响，旧诗或许作为研究背景更为恰切。

第二节 “前世今生”的转换：新文学第一个十年旧诗坛鸟瞰

自新文化运动以来，新文学借助现代期刊报纸的传媒之力很快就取得了很大的社会影响力，随着中国社会在近代转型的加速，新文学在传播西方思想拯救民族危亡的现代性诉求方面获得了社会的广泛认可，尤其是白话文的广泛传播，民族意识的进一步觉醒，新文学从一种新的文学形态摇身一变成为启蒙社会再造中华民族的“自由女神”，新文学的写作代言了“数千年未有之大变局”下中国人的普遍焦虑，从“作诗如作文”的文字工具改革的思考到《玩偶之家》的翻译引起中国人对妇女解放的社会大讨论，新文学不仅成为社会的时尚与潮流，而且也成了新思想、新文化的符号。随着时间的推移，是否认可新文学甚至成了社会评判个人思想是否进步的标准，新与旧从时间概念变成了道德评判的标尺，在此时代背景之下，以旧体诗为代表的旧文学仿佛一下子成了时代的“弃妇”而难以获得社会大众的广泛认可以及舆论同情。再加之，新文学构筑的文学史历来祭起道德评判的大旗将旧文学排斥在现代文学史之外，以致中文系的毕业生都以为新文学一来旧体诗就湮没了，更遑论普通大众对现代文学史的认识。然而，翻开民国时期的历史，我们却惊奇地发现，在新文学蓬勃生长的时期，旧文学并没有处于“百足之虫死而不僵”的状态，以旧体诗的创作而言，在国际上代表中国文学水准的还是中国古典诗，这一点从泰戈尔访华拜访陈三立可证，而国内诗坛的情形，也并非新诗的天下，旧体诗的写作仍然非常旺盛，以1917—1927年间诗社的活动为例，仅上海一地的文学社团：松风社（1917—?），他们刊刻了《松风草堂诗集》；淞社（1913—1925）拥有程颂万、夏敬观、吴昌硕、潘飞声、王蕴章、胡朴安等著名文人，社集57次；春音社（1915—1918）以词学大家朱祖谋为社长，徐柯、潘飞声、王蕴章、陈匪石、叶楚伧、姚锡钧等文坛名人也在其中；中国文学研究会（1917—），主任为诗坛耆宿陈衍，社员有林纾、易顺鼎、吴东园等；鸥社（1919—）云集了胡朴安、潘飞声、王蕴章、胡寄尘、汪兰皋、王大觉等著名文人，他们每月雅集，且其诗词歌赋的创作不在少数；而在南京成立的潜社（1926—）更是以吴梅、唐圭璋、常任侠、沈祖棻、卢前、王季思等今天我们熟悉的文坛耆宿为代表，南京一时也成为旧体诗词创作的重镇。① 正是这些旧文人团体尤其是诗社的雅集活动，让中国古典诗歌的余脉得以流传并继续产生应有的影响。当然随着传统诗学趣味被新文化不断冲击，现代意义上的市民社会不断成长，诗词阅读群体开始不断分化，这是不争的事实，然而，中国古典诗学却因为这群旧文化的传播者得到了存续。民国史上的军阀政要在中国古典诗词写作上有着良好修养，比如袁世凯、徐世昌、段祺瑞、吴佩孚等都有较高的国学功底，而袁世凯开设清史馆编撰实体，网罗了一大批前清遗老，这些遗老无不旧学功底深厚，在诗词歌赋上更是了得，清史馆馆长赵尔巽诗学造诣自不待言，后任馆长柯劭忞更是被国学大师王国维在 1925 年的《大公报》上推许："今世之诗，当推柯凤老为第一，以其为正宗，且所

① 汪梦川：《南社词人研究》，博士学位论文，南开大学，2007。

造诣甚高也。”[①] 大总统徐世昌组织一批文人编撰的《晚晴簃诗汇》在社会上产生了广泛影响，而徐世昌本人又是出身翰林，多有诗作，且质量很高。军阀吴佩孚同样也有较高水准的诗作，比如他兵败武昌城后，在白帝城写下的《感怀》一诗凄婉沉郁，难以想象其出自武将之手：“万山拱极一峰高，遁迹何心仗节旄。望月空馀落花句，题诗寄咏猗兰操。江湖秋水人何处，霖雨苍生气倍豪。笑视吴钩自搔首，前途恐有未芟蒿。”在新文化聚集密度最高的大学校园里，如果说东南大学聚集了一批推重旧体诗词的国学大师，那么北京大学、清华大学则展现了海纳百川的风范，旧诗词仍然得到了广泛传播，新文学家与旧文学家之间也并非完全像某些通行的现代文学史中所刻画的那样水火不容，如朱自清就旧体诗写作求教于黄节至今传为文坛佳话。就文学场域而言，期刊媒体对于新旧文学的态度也并非泾渭分明，而是进入了市场化选择的阶段，《东方杂志》《学衡》《甲寅》《华国月刊》以及一些报纸的文艺副刊栏目为旧体诗呐喊助威，这也带动了社会对现代旧体诗的关切，创刊于 1916 年的《民国日报》副刊如《艺文部》《文坛艺薮》等就刊登了大量的近体诗以及旧体诗话，该报后来创办的《觉悟》虽在提倡新文化新文学方面甚为用力，但旧诗词并没有退出这份报纸版面。再以《小说月报》《申报》

① 柯兰：《千年孔府的最后一代》，天津教育出版社，1998，第 142 页。

为例，在沈雁冰接手转型成为新文学刊物之后，商务印书馆又出版《小说世界》来填补《小说月报》改版后带来的空挡；《申报》副刊在周瘦鹃主持时为鸳鸯蝴蝶派的阵地，黎烈文取代周瘦鹃之后，副刊成为新文学的阵地，然而，《申报》又创办副刊《春秋》仍由周瘦鹃主持。从这两家刊物的变迁，也能看出新旧文学在场域转换方面处于共存状态，而非取代状态。就大学课堂的课程体系而言，课程教育还是以旧学为中心展开的，新文学的教育则要滞后一些。虽然朱自清 1929 年在清华大学开设了“中国新文学研究”课程，但课程开设的具体情况据王瑶先生说却是：“当时大学中文系的课程还有着浓厚的尊古之风，所谓许郑之学仍然是学生入门的先导，文字、声韵、训诂之类的课程充斥其间，而‘新文学’是没有地位的。”[①] 由此可见，新文学进入大学课堂实际上是一个缓慢的过程，而以古典诗歌为代表的古代文学在大学课堂上还是以国文教育为主流。而且具体到诗歌的出版发行，就数量而言，新诗和旧体诗相较后者似乎还占了上风。[②] 另外就当时人们受教育的背景来看，即便是引领新文学风潮的胡适、陈独

---

① 王瑶：《先驱者的足迹——读朱自清遗稿〈中国新文学研究纲要〉》，载朱乔森编《朱自清全集》第 8 卷，江苏教育出版社，1996，第 127-128 页。

② 按照陆耀东先生在《中国新诗史》中对新文学发生期第一个十年的新诗集的统计，新诗集只有 100 部，而笔者根据各种诗歌选本以及网络资料的不完全统计，新文学发生期第一个十年的旧体诗诗集正式出版量至少在 600 部以上。

秀等无不受过良好的旧学教育，普通民众也受惠于此，中国古典诗词在大众认可的层面上讲，旧体诗的地位要更高，所以，新文学发生期的第一个十年，旧体诗并没有被湮没，只是后来被新文学构筑的历史有意地遮蔽了。

一、从诗界革命到同光之流：晚清以来旧体诗诗坛的变革

新文学发生期的第一个十年，旧体诗并非是独立存在的形态，它有着晚清以来诗歌革命的铺垫做基础。而一时代有一时代之文学，1840 年鸦片战争撕裂了中国农业文明的大堤，以铁甲舰船为代表的工业技术大量涌入中国，面对工业文明的浸染，中国农业文明向现代文明转型的脚步也开始艰难前行。正如王德威的“没有晚清，何来五四”的警醒式追问所展示的那样，晚清以来的旧文学蕴含了现代性生发的丰富因子，可以试想，五四新文学的发生如果没有旧体文学的潜滋暗长作为基础，胡适登高一呼也未见得能够景从如云，因此，新文学与旧体文学之间的联系也是显而易见的。文学形态的变化与时代紧密相连且与先辈的积淀有着深刻关联，但作为给新文学提供养料的旧文学本身并非顽固不化。不容辩驳的事实是，晚清以来的中国文学也随着时代潮流追风赶月，从龚自珍以至黄遵宪、梁启超，中国古典诗歌“诗界革命”的风潮已经开始涌动。

鸦片战争的连续败局让中国朝野震动，天朝迷梦被击得粉碎。这样的历史书写读来往往让人觉得中国技术上太过落

后，所以才会饮下屡屡受辱的苦酒。然而事实并非如此，在现代化进程的技术层面，中国与世界接轨的速度并不慢，兹举两例：1871 年丹麦大北电报公司在上海设立电报业务，从此中国也有了电报技术，很快，1877 年直隶总督李鸿章下令铺设天津机器东局到直隶总督衙署的电线，中国拥有了自己的电报，而电报技术的发明不过始于 19 世纪 30 年代；1876 年贝尔发明了电话，时隔不过十余年，“1879 年，招商局在天津架设了一条从大沽口码头到紫竹林的电线，这是中国人自己铺设的第一条电话专用线”①。郑观应在谈到西方人电报技术之发达便利之时甚至认识到：“故电线、轮车、铁路、火器四事孰为之，天为之也，天将使万国大通，合地球为一统，非是不足以通往来达文报也。”②可见，开眼看世界的人们对于科技的认识已经到了很高的水准。这些器物层面的技术变革给当时人们生活带来的变化以及思想层面的触动在近代以来的诗歌中也多有表现，而“诗歌革命”以后，“新思想、新事物、新意境”引领新派诗的潮流。应该说，在彼时世界工业革命潮流裹挟之下，作为中国文化精英的诗人对世界文明的认识也逐渐深刻，诗文中对新知的认识也从早期对声、光、电的惊奇甚至延展到了政治文明的层面，西方国家的自由、平等、

① 张后铨：《招商局史》，中国社会科学出版社，2007，第 80 页。

② 郑观应：《郑观应集》上册，上海人民出版社，1982，第 666 页。

博爱的理念以及政党制度都进入了诗人们写作与思考的层面。诗人的审美情趣也从传统农业文明扩展到对工业文明的探寻，家国天下一朝一君的忧思背景也被全球视野所替代。比如黄遵宪的《纪事》就非常典型，试节选如下：

> “吹我合众笳，击我合众鼓。擎我合众花，书我合众簿。汝众勿喧哗，请听吾党语。人各有齿牙，人各有肺腑。聚众成国家，一身比尺土。所举勿参差，此乃众人父。击我共和鼓，吹我共和笳。书我共和簿，擎我共和花。请听吾党语，汝众勿喧哗。人各有肺腑，人各有齿牙。一身比尺土，聚众成国家。此乃众人父，所举勿参差。
>
> …………
>
> 某日戏马台，广场千人设。纵横鸟皮几，上心若梯级。华灯千万枝，光照帷撤。登场一酒胡，运转广长舌。盘盘黄须虬，闪闪碧眼鹘。开口如悬河，滚滚浪不竭。笑激屋瓦飞，怒轰庭柱裂。有时应者者，有时呼咄咄。掌心发雷声，拍拍齐击节。最后手高举，明示党议决。”

这首诗一方面对美国大选的来龙去脉予以非常细致的刻画，另一方面也在诗中凸显作者对西方政党制度的独立观察与评判，而这些见识在今天看来仍然属于较高水准的现代政治文明判断，如诗人认为美国之所以成为拥有世界影响力的泱泱大国是因为有着很好的社会制度："人人得自由，万物咸遂利。民智益发扬，国富乃备蓰。泱泱大国风，闻乐叹观止。"这首诗也映照出了时代背景对于文学发展的强力影响。梁启超非常推许黄遵宪，认为"近世诗人能熔铸新理想以入旧风格者，当推黄公度"，而且评论其诗"独辟境界，卓然自立于二十世纪诗界中，群推为大家，公论不诬也"。[①] 康有为也认为他的诗"上感国变，中伤种族，下哀民生，博以寰球之游，浩渺恣肆，感激豪宕，情深而意远，益动于自然"[②]。比黄遵宪年轻十岁的康有为与黄遵宪一样有着游历世界的经历，其创作的诗很多也属于此类，比如《地中海歌》《罗马怀古》《游柏林议院，前有俾斯麦像，瞻望感赋》《巴黎登气球歌》《游法兰西诗》《五渡大西洋放歌》等诗无不视野开阔、器宇轩昂、雄浑奔放，发传统诗歌未所发，兴传统诗歌未所兴，远非传统诗歌能与之媲美。可以说，随着政治体制演变以及现代传播手段的发展，旧体诗在传承传统文明基础上又多了一份新的文明体验与新的时代语境，对诗歌创作而言，不论

---

① 梁启超：《饮冰室诗话》，舒芜点校，人民文学出版社，1959 年，第 2-43 页。

② 康有为：《序》，载黄遵宪《人境庐诗草笺注》，钱仲联笺注，上海古籍出版社，1981。

是在诗歌内容的更新方面，还是在诗歌情感以及思想的表达方面，现代旧体诗都比古典文学时代的诗词多了一份新镜像、新情怀。在此宏大的时代背景之下，诗人诗作所取得的成就恰如刘纳先生所言："1912—1919年间，古典诗歌这个'仅仅剩此一脉'的'国粹'有了最后一次繁荣。诗人如云，诗作如雨，其气象，其水准，足以殿两千年的中国诗史。"①

此外，从旧体诗发展的宏观角度来看，现代旧体诗有着自己的内在逻辑与承传脉络。从清初以至乾嘉，诗坛旗帜有神韵、格律、性灵诸派。神韵派一鳞一爪不足以表现世纪巨变，格律之温柔敦厚也无冲决罗网之锐气，性灵派重言情取纤小，格局不足。及至道咸以后，包世臣、龚自珍、魏源、林则徐、姚莹等先驱渐开风气，尤其是龚自珍在诗歌领域的影响尤大。在万马齐喑或众皆迷梦的时代，龚自珍发出"我劝天公重抖擞，不拘一格降人才"的重磅呐喊，以诗歌革命唱政治革新之歌，其锐利的批判眼光以及激荡风云、想象瑰丽、才藻恣肆的诗风更是为僵硬的晚清诗坛带来了一股强劲清风，改良派与革命派诗人也多从龚自珍的诗歌中汲取营养。之后郑珍、何绍基所开创的同光体，黄遵宪、谭嗣同、林旭、陈三立、金和、江缇作革新之诗。晚清以来诗歌流派异彩纷

① 刘纳：《嬗变——辛亥革命时期至五四时期的中国文学》，中国社会科学出版社，1998，第209页。

呈，开始出现多元化诗学诉求，诗界革命派诗人康有为、梁启超、蒋智由、夏曾佑；宋诗派郑珍、何绍基、江堤；同光派陈三立、郑孝胥、沈曾植；中晚唐派樊增祥、易顺鼎；汉魏六朝派王闿运、邓辅纶、陈锐等无不各具特色，而且各派诗人在各自诗学主张的指引下为旧体诗开拓新天地做出了努力，尽管旧有的诗歌格式没有被打破，但是近代诗歌在语言、手法甚至体式方面都取得了新的进展，其所取得的成绩正如钱仲联先生指出："近代诗歌在艺术上的成就达到了唐宋、清初以来一个新的高度，成为古典诗歌在它发展后期矗起的又一座高峰。"① 另外晚清以来诗坛宗宋之风也将诗歌引向白话之途，这也为白话新诗的诞生打下了良好的根基，而康梁以来诗歌实践对诗歌内在发展的革命则起到了直接推动作用，康有为的《与菽园论诗，兼寄任公、孺博、曼宣》一诗就非常值得注意：

一代才人孰绣丝，万千作者亿千诗。
吟风弄月各自得，覆酱烧薪空尔悲。
正始如闻本风雅，丽葩无奈祖骚词。
汉唐格律周人意，悱恻雄奇亦可思。

新世瑰奇异境生，更搜欧亚造新声。

① 钱仲联：《近代诗坛鸟瞰》，《社会科学战线》1988 年第 1 期，第 276 页。

深山大泽龙蛇起，瀛海九州云物惊。
四圣崆峒迷大道，万灵风雨集明廷。
华严帝网重重现，广乐钧天窃窃听。

意境几于无李杜，目中何处着元明？
飞腾作势风云起，奇变见犹神鬼惊。
扫除近代新诗话，惝恍诸天闻乐声。
兹事混茫与微妙，感人千载妙音生。

这首诗非常华丽地诠释了康梁以来关于新词、新语、新思想纳入旧体诗写作的诗学追求。“新世瑰奇异境生，更搜欧亚造新声”一句就清晰厘定了旧体诗在新时代面临的新使命以及诗学诉求，换言之，旧体诗不仅仅是新词、新语的使用，现代的思想与意境也应该进入到诗歌中，更为可贵的是，康有为认为只要能写出感人千载的诗歌，对李白、杜甫也是可以不必在意的。钱基博在评价其《爱国歌》时说：“盖诗如其文，糅杂经语、诸子语、史语，旁及外国佛语、耶教语；而出之以狂荡豪逸之气，写之以倔强奥衍之笔，如黄河千里九曲，混灏流转，挟泥沙俱下，崖激波飞，跳踉啸怒，不达海而不止；返虚入浑，积健为雄；权奇魁垒，诗外常见有人也。”①

① 钱基博：《现代中国文学史》，上海书店出版社，2004，第255页。

及至民国时代新文学兴起，许多旧体诗人仍然承续诗界革命的倡导，安徽诗人许承尧就是其中的一位，许承尧在三十自寿中的诗句“放歌且复为新声”颇能代表旧体诗革新群体的心声。其诗中也多用新词：“茫茫大宇中，脑电纵横飞，云何得比例，光电无差池。”再如柳亚子写于1924年的《空言》：“孔佛耶回付一嗤，空言淑世总非宜。能持主义融科学，独拜弥天马克思。”该诗用词巧妙，融会新知于旧体诗中。所以，新文学发生期的第一个十年，旧体诗的创作是清代以来诗歌内在的延续与发展，但是新文学的问世则丰富了旧体诗创作的外围环境，由此，旧体诗的创作群体由过去的传统士大夫群体延展至面向新文化的知识群体，在拯救民族危亡的思想层面，后者对西方文明有着更为透彻的理解，因此在旧体诗的创作上有着比传统士子更贴近现代文明的思想表达，而新式传播媒介的诞生也让旧体诗有了更为宽广的传播平台。需要指出的是，现代旧体诗在现代性表达方面确实存在一些局限，耿传明先生就指出：“中国古典文学与近现代文学的差异是非常明显的。如果把文学当成一个生命体来看的话，遗传和变异是每个生命体的基本特征，古典的文学可以说是遗传占主导位置的文学，而近现代文学则可以说是变异占主导位置的文学。”①

① 耿传明：《决绝与眷顾：清末民初社会心态与文学转型》，复旦大学出版社，2010，第9页。

二、旧诗坛“走马观花”：诗人、诗作、诗派

在新文学发生期的第一个十年，创作旧体诗的主体大致有四类：其一，旧派文人的诗词创作，典型者如陈三立、沈曾植、樊增祥等。这些文人的诗词创作多因文化保守而对新文化没有更多的接受，对新诗的创作大多是不屑一顾的态度，当然，需要看到的是，从文化诗学的角度来说，旧诗本身具有的圆融品质也决定了他们不可能过多地与“俗文化”层次的文学形态去一争高下。有人指出这种不争论的态度是由旧诗本身的文化特质决定的：“‘五四’以前从未出现过一种，诗体新生就排斥、打倒旧体的现象，这是由传统文化贵和尚中、兼容并蓄、融会贯通、多元统一的特质所决定的。”① 其二，受西学熏染的新派文人。这个群体也比较复杂，由于在拯救民族危亡方面对西方文化的态度有很大分歧，大致又可以分为两个层面，比如鲁迅、郁达夫、俞平伯、闻一多等可以视为一个层面，他们诗词的创作更多是对现代社会的思考。而王国维、陈寅恪、吴宓、黄侃等人持文化保守主义，但恰是这部分人的旧体诗尤其值得关注，其创作的旧体诗整体上呈现出了“家国旧情迷纸上，兴亡遗恨照灯前”的文化

① 《二十世纪诗词文献汇编》编委会：《二十世纪诗词文献汇编》，巴蜀书社，2011。

心态。其三，普罗大众的诗词创作，这一部分主要是接受旧式教育成长起来的民众，因此，其诗词创作多与切身感受相联系。最后，军政要员、文化名人等社会名流可以视为一个创作团体，比如徐世昌、汪精卫、柳亚子、于右任、林庚白、吴昌硕等。政客的诗词既有个人风雅之作也有家国天下的忧思之作，而文化名流诸如书画家群体，在个人情绪表达上更趋向传统。辛亥革命埋葬清王朝之后，至少在政治制度层面上，中国的现代化进入了一个新阶段，而新文化运动的兴起，民众的国家意识、民族意识也焕然一新，在这种情势下，强烈的民族情绪与社会责任感让现代旧体诗在个人怡情之外多了一层现代性焦虑。就诗歌题材而言，诗史咏怀、议论时政、讽喻寄托、相互酬唱等多有表现，如果局限于此，那么旧体诗就只能是文学消遣的工具，但在强大的社会转型浪潮冲击下，新文学的第一个十年，旧体诗不仅有着风骚余韵的传统表达，而且面向新文化的现代性诉求更是引人注目。比如王国维、陈寅恪、吴宓、鲁迅、郁达夫、俞平伯、沈尹默、刘大白等以旧体诗的形式传达了现代情思与现代性的思考。

如果说新文学第一个十年文学社团裹挟西学思潮的涌动而以一种新鲜的姿态似乎要引领文学风气并开始呈现出新的文化气象，那么旧文学却也能凭借其强大的文化积淀与文化心理优势在社会上拥有牢固的基础，尤其是在诗歌领域中。虽然晚清白话文运动进一步拓宽了新文化前进的领域，然而在教育传播领域，在新文学发生期的第一个十年，旧体诗仍是中小学以至大学课堂教育的主要载体。蔡元培在总结新文学发展时也谈到民国元年前十年白话文比较流行的情形，他说："那时做白话文的缘故，是专为通俗易解，可以普及常识，并非取文言而代之。主张以白话取代文言，而高揭文学革命的旗帜，这是从新青年时代开始的。"[①]这说明晚清白话文运动目标旨在文化普及，而非语言体系的变革，但《新青年》带来的语言变革则需要时间的推演与积淀。但据黄延复介绍，1930年清华中文系课表中，可以代表新文学的只有朱自清与杨振声二人，大部分教员属于古典文学研究专家，比如刘文典、杨树达、黄节、俞平伯、陈寅恪、郭绍虞等，且他们开设的课程在今天看来都属于旧文学的范畴，而从介绍的课程名称来看，旧文学也取得了压倒性优势，黄节一人就开设了《文学专家研究》《曹子建诗》《阮嗣宗诗》《乐府》等多门古典文学课程[②]，而地处南京的东南大学在古典文学教育方面更是倾尽全力，学者沈卫威先生指出："1917年至1927年所谓新文学的第一个十年间，除侯曜、顾仲彝外，国立南京高等师范学校以及东南大学几乎没有出现或培养出一个知名新文学

① 蔡元培：《中国新文学大系·导言集》，上海良友图书印刷公司，1935，第9页。

② 黄延复：《水木年华：二三十年代清华校园文化》，广西师范大学出版社，2001，第330-331页。

家……他们的文学活动主要是写旧体诗词。”[①]这充分说明了旧体诗在大学教育中的分量，中小学的诗歌教育课程更是如此。旧体诗写作的语言基础文言文在中小学教育中被替代更是一个缓慢的过程，1923年邵力子看到180份中学生国文考卷，白话文不及十分之一，因此，邵力子在文中竭力倡导人们在教育领域要有所作为，为白话文开路[②]。然而事与愿违，尽管政府的教育部门一再下令要推行白话文教育，但吊诡的是，政府部门的公文却一直以文言的形式书写、传达，邵力子在《民国日报》的随感录中就屡屡批评黎元洪等人的电文使用繁文缛节的骈文，并且将填砌典故比作逐臭行为。[③]政府要人以及政府机构使用文言这一现象让胡适也甚为恼火，为此他还专门建议罗家伦督促政府在这方面有所改进，他信中这样写道：“我有一个小小的建议，要请你尽力主张，但不必说是我的建议。前天听说你把泉币司改成钱币司，我很高兴。我因此想，你现在在政府里，何不乘此大改革的机会，提议由政府规定以后一切命令、公文、法令、条约，都需用国语，并须加标点，分段。此事我等了十年，至今日始有实行的希望。若今日的革命政府尚不能实行此事，若罗志希尚不能提议此

---

① 沈卫威：《“学衡派”谱系：历史与叙事》，江西教育出版社，2007，第301页。

② 邵力子：《邵力子文集》，中华书局，1985，第838页。

③ 同上书，第848页。

事，我就真要失望了。”[1]这封信写于1928年，距离新文化运动已经过去十多年，然而文言依然没有退出官文领域，这充分说明官方在古典文学方面持有的文化态度，在此不难想象旧体诗在新文学第一个十年中在官方拥有的文化优势，而在以于右任等南社成员为代表的国民党政府要员大量诗词唱和的影响下，不仅为旧体诗写作推波助澜更使之成为文人雅士追求高雅的文体代表。

虽然新文化运动浪潮在一定程度上挤占了旧体诗的出版发行空间，但当时以各种方式出版的旧体诗集有很多，超过了新诗集在新文学第一个十年出版的数量，不过囿于很多旧体诗诗集是以手抄本、油印本等形式流传，所以相比新诗在正式书局的出版发行，其影响面会窄一些。当时刊布的诗集，就今人比较熟悉的而言，可稍举例如下：陈三立的《散原精舍诗》《散原精舍诗续集》；曾习经的《蛰庵诗存》；陈曾寿的《苍虬阁诗钞》；陈翠娜的《翠楼吟草》；陈夔龙的《花近楼诗存》；陈去病的《浩歌堂诗钞》；程颂万的《石巢诗集》；段祺瑞的《正道居诗》；樊增祥的《樊山诗词文稿》；范罕的《蜗牛舍诗浪游集》；冯煦的《癸亥生日诗》；黄节的《蒹葭楼诗》；胡怀琛的《胡怀琛诗歌丛稿》；胡思敬的《退庐全

---

① 耿云志、欧阳哲生编《胡适书信集》上册，北京大学出版社，1995，第474页。

书·退庐诗集》；江庸的《南游杂诗》；金天羽的《天放楼诗集》；柯劭忞的《蓼园诗抄》；林纾的《畏庐诗存》；罗瘿公的《瘿庵诗集》；吕碧城的《信芳集》；冒广生的《小三吾亭诗》；裴景福的《睫闇诗钞》；钱振锽的《名山诗集》；梁鼎芬的《节庵先生遗诗》；瞿鸿机的《瞿文慎公诗选遗墨》；沈尹默的《秋明集诗》；王国维的《观堂长短句》；王闿运的《湘绮楼文集，诗集》；吴闿生的《北江诗》；夏敬观的《吷庵诗钞》；徐绍桢的《南归草》；徐世昌的《归云楼题画诗》；许承尧的《乙亥黄山杂诗》；严复的《瘉壄堂诗集》；杨鉴莹的《江山万里楼诗钞》；姚永概的《慎宜轩诗》；叶昌炽的《奇觚庼诗集》；易顺鼎的《琴志楼编年诗集》；尹昌衡的《止园诗抄》；于右任的《右任诗存》；俞明震的《觚庵诗存》；郑观应的《待鹤山人晚年纪念诗》等，可以说这些诗集几乎都出自诗学大家之手，在文坛有着广泛影响力。吉川幸次郎在细读《散原精舍诗集》之后就赞叹："这些诗全都是清末民初民族危机之时的作品，忧世忧国、伤时感世之语，处处隐约可见，这固不待言。而最使我惊叹的是对自然的感觉之新。这些诗尽管处于传统形式中，但稍微夸张些，可以说它和以往的诗有着不同性质。"①

文人诗社创作的旧体诗也比较丰富，试以北京、上海、

① 吉川幸次郎：《中国诗史》，章培恒译，安徽文艺出版社，1986，第356页。

天津为例。1912 年左右在北京地区相继成立的寒山诗社、稊园诗社活动活跃，影响较大，他们的团体性诗歌写作持续到了 20 世纪三四十年代，其成员有易顺鼎、王式通、郭则沄、樊增祥、顾亚蘧等著名诗人。聚集在上海遗老组建的文人社团超社、逸社，其成员大多为晚清民国著名诗人，例如陈三立、沈曾植、樊增祥、沈瑜庆、梁鼎芬、周树模、瞿鸿机、缪荃孙等，虽然这个社团活动时间在 1913—1916 年之间，但诗人们的写诗活动并未停歇，新文学第一个十年恰好是超社、逸社诗人创作诗歌的高峰期[①]。作为南开大学创办人的严修在 1921 年组织了天津的城南诗社，该诗社活动时间也比较长，一直持续到 1948 年。严修作为诗社“祭酒”，聚集了一大批文学同好，比如冯俊甫、陈中嶽、高彤阶、谢履庄、杨意箴、胡浩如、卢子修、顾祖彭、步其诰、管凤和、徐世光、王仁安、陈宝泉、孟广慧、林墨青、赵幼梅等，后来陆续加入诗社的人达到上百人。从诗社的组成人员来说既有前清遗老也有社会名流，既有在职官员也有地方缙绅，诗社常举办雅集活动，诗作内容多为登高、修禊抒怀之作。《清末民国旧体诗词结社文献汇编》[②] 是最新出版的一套有关清末民初诗词社团文学活动的书籍，其中诗词集、文人传记、大小社团资料等

① 朱兴和：《超社逸社诗人群体研究》，博士学位论文，华东师范大学，2009，第 4 页。

② 南江涛选编《清末民国旧体诗词结社文献汇编》，国家图书出版社，2013。

都有收集，为我国近现代旧体诗研究提供了大量第一手资料，仅从其编目就能窥见新文学第一个十年诗词社团刊刻的诗集不在少数。检视《清末民国旧体诗词结社文献汇编》一书的目录就能看到很多诗社诗词创作的文学轨迹，例如：

小罗浮社唱和诗存四卷首一卷附白门消寒分会诗一卷　杨芃棫等辑　民国七年（1918）铅印本

支社诗拾　周长庚等撰　民国间（1912—1949）铅印本

今雨雅集社壬戌诗选存　赵继声选辑　民国十三年（1924）铅印本

丹山十才诗社集成一卷　章华撰辑　民国间（1912—1949）抄本

戊午春词　梦白等着　民国七年（1918）石印本

花近楼逸社诗存　陈夔龙等撰　民国间上海聚珍仿宋印书局排印本

希社丛编第八册　邹弢辑　民国十四年（1925）铅印本

快哉亭诗词　天津城南诗社撰　民国十五至十六年（1926—1927）粘贴本

武进苔岑社丛编　余端辑　民国八年（1919）铅印本

苔岑丛书　余端辑　民国九年（1920）铅印本

苔岑丛书　民国十年（1921）铅印本

松江修暇集　松江休暇社辑　民国七年（1918）铅印本

松风社同人集二卷　朱嗞碌茸　民国十四年（1925）铅印本

明伦诗社课存　袁金铠撰　民国间铅印本

春禅词社词　赵熙撰　民国六年（1917）铅印本

城南诗社集　王守恂编　民国十三年（1924）铅印本

南泠诗社一卷　谢恩灏辑　民国十三年（1924）新民印刷所铅印本

南雅诗社吟稿　由龙云辑　民国间（1912—1949）石印本

退闲吟社晚寒第七唱　陈香雪等撰　民国间（1912—1949）铅印本

胥社第一集　郁世烈等撰　民国十五年（1926）铅印本

瓶社诗录二卷　孙雄编　民国八年（1919）铅印本

棣华吟馆诗社　佚名辑　民国间（1912—1949）抄本

棠荫诗社初集四卷　张天锡编辑　民国九年（1920）铅印本

棠荫诗社二集六卷　张天锡编辑　民国十二年（1923）铅印本

棠荫诗社三集五卷　张天锡编辑　民国十五年（1926）铅印本

稊园二百次大会诗选　樊增祥等撰　民国十二年（1923）铅印本

江亭修禊诗一卷　樊增祥等撰　民国十四年（1925）铅印本

寒山社诗钟选丙集六卷　寒山诗社编　民国八年（1919）通译书局铅印本

虞社丛书（萍缘集）　俞鸥侣辑　民国十一至十二年（1922—1923）铅印本

筠社诗　陈诗辑　民国间（1912—1949）石印本

鸣社丙寅选刊一卷　吴鹏等撰　民国间（1912—1949）铅印本

漫社集二卷　张朝墉等撰　民国间（1912—1949）铅印本

漫社二集卷上　张朝墉等撰　民国间（1912—1949）铅印本

漫社二集卷下　张朝墉等撰　民国间（1912—

1949）铅印本

漫社三集二卷　张朝墉等撰　民国间（1912—1949）铅印本

瓯社词钞第一集　陈闳慧辑　民国十年（1921）铅印本

乐府补题后集甲编　拙庐等撰　民国十一年（1922）刻本

乐府补题后集乙编　拙庐等撰　民国十一年（1922）刻本

余社消闲吟集　周熙民等撰　民国十六年（1927）油印本

潜社汇刊　吴梅编辑　民国间（1912—1949）铅印本

灯社第十三集　陈宝琛等撰　民国十六年（1927）油印本

蛰园闵绲谖追未龚诗选一卷　郭曾炘辑　民国十四年（1925）铅印本

蛰园律社春灯诗卷　佚名辑　民国间（1912—1949）石印本

篸社乙丑花朝集　李次贡等撰　民国间（1912—1949）铅印本

藕香吟社消寒集九卷附二卷　阮寿慈撰　民国九

年（1920）铅印本

潇鸣社诗钟选甲集二卷 顾准曾编 民国六年（1917）铅印本

除了社团的雅集产生了大量诗作之外，杂志刊布的旧体诗也是非常可观的。晚清以来报刊的迅速发展带来了文学发展的新高峰，以前诗集的刊布往往多是私刻，甚至是后人刻前人的诗集，所以诗集流传的速度与质量都比不上现代化的报刊传播。从《中国近代期刊篇目汇编》[①] 所收录的杂志目录来看，晚清以来的杂志不论其刊载的主题是怎样，但大多都会开辟文苑专栏刊载旧体诗。《小说月报》《东方杂志》《学衡》《南社丛刊》等刊物刊登旧体诗已是众所周知，但是像《中国商业研究会月报》《中国实业杂志》《妇女时报》《宗圣汇志》《浙江兵事杂志》《商学杂志》《丙辰杂志》《太平洋》《南洋华侨杂志》《青年进步》《同德杂志》《国立北京农业专门学校校友会杂志》《尚志》《戊午周报》《微言》等杂志就刊登了陈宝琛、胡朴安、张君默、康有为、潘飞声、林传甲、叶德辉、易顺鼎、吴佩孚、林纾、夏敬观、陈三立、柳亚子、罗瘿公、诸宗元、柯绍忞、陈衍、陈诗、汪精卫、陈独秀、吴稚晖、傅钝安、马一浮、谢无量、王闿运、樊增祥、宁调元、吕碧城、吴芳

① 上海图书馆编《中国近代期刊篇目汇编》，上海人民出版社，1980。

吉、梁启超、吴虞、郑孝胥、梁鼎芬、王式通、黄侃、赵熙、梁鼎芬、严复、沈观、陈衍、黄节等一大批著名诗人的诗作[①]。如果将观察的时间点稍微前后延伸一下，则会发现五花八门的杂志，如军事杂志、农业杂志、商业杂志、教育杂志等都常有旧体诗的刊布，这说明旧体诗作为中国文学的高端文体，在时代更替、西潮涌动的强劲背景下仍然有着巨大的文化吸引力。

就新文学的第一个十年旧体诗坛的流派来看也是异彩纷呈，从大致轮廓来说，有维新诗派、革命诗派、同光体诗派、中晚唐诗派、汉魏六朝诗派等。首先，“我自横刀向天笑，去留肝胆两昆仑”的豪迈与洒脱让维新派诗歌在文学史上留下了深深印痕，应该说他们在晚清诗坛中占有较大的分量，该派诗人基本上都是那个时代积极向西方学习的士大夫阶层，严复、康有为、梁启超等在这一时期成为闪耀的诗人，而黄遵宪、梁启超等人推动的诗界革命也蔚然成为诗坛一股新的主力军，并且在民国仍然有着较大的影响力。该派诗歌有着良好的内在革新意识，并且在诗作中多描写新事物，诸如轮船、火车、电报、西方政治制度等。康有为周游外国时就写下了大量具有异域风情的诗歌，尽管这些诗歌写作不在新文

① 以上举例的旧体诗都是来自 1917—1927 年时间段内的，如果将时间前后延伸，旧体诗刊布传播情况更为可观。

学发生期的第一个十年，但康有为的影响力决定了其新派诗作在彼时段内仍然有很多人阅读与模仿。第二，因民族兴旺而崛起的革命派诗作也在当时成为人们关注的焦点，代表性诗人在民国时期也是多有诗作，他们是章炳麟、柳亚子、陈去病、高旭、苏曼殊、章士钊、刘师培等，当然这一流派的文人大多成了南社的核心力量，尤其是南社的专门刊物《南社丛刊》更是刊出了大量旧体诗词，他们以诗文来“呼唤革命、倡导革命、鼓吹革命”，开民智、移风俗、鼓斗志、宣民主成为诗文的绚丽特色，可以说正因为承载了反帝反封的革命理想，该派诗人写作的诗歌题材广泛、内容丰富，从形式到内容都有一定的创新，将诗歌引向通俗与多样化。如柳亚子“誓填沧海三千石，奈少铜山百万钱。一室古春原浩荡，横胸奇涕不因缘。何当北伐成功日，画出放翁团扇妍”“生前浑未识荆州，死后精魂入梦游。应为鼓鼙思将帅，北征心愿几时酬”等诗就具有了诗史之特色，在典雅的同时又通俗地记载了当时文人关心国家民生的赤子之心。第三，宋诗派在近代诗歌领域影响较为深远，该派以杜甫、韩愈、黄庭坚等为宗，其代表诗人有程恩泽、祁藻、曾国藩、郑珍、何绍基、莫友芝，后该诗派演化出同光体诗派，代表人物有陈三立、陈衍、郑孝胥、沈曾植、沈瑜庆、林旭等。同光派诗歌主张不墨守盛唐，以宋为宗，以新为贵，以奇险为上，提倡文气与学理相结合的诗歌创作技法。同光体在新文学第一个十年的表现可圈可点，先是印度诗人泰戈尔访华专门访问著名旧体诗人陈三立，且直到1930年代国际上举行笔会，邀请的中国代表仍有陈三立。学者袁进也指出："不要说那时的旧体文学的创作数量大于新文学，1936年，'英国伦敦举行笔会，邀请的中国代表参加，其时派代表二人，一胡适之，代表新文学，一陈三立，代表旧文学'。可见当时旧文学的社会影响。一直到40年代，文言作品依然在报刊和著作中时有出现。"①虽然同光体内部又有分别，从整体上说其诗风宗宋。按照钱仲联先生的划分，同光体诗人大致分为三派②，一派是以陈三立为代表，该诗派主要以南京为活动中心，王瀣、陈隆恪、胡朝梁等皆属此派。一派是以郑孝胥、陈衍为代表，该派的活动场所以福州、上海、武汉、北京等地为中心，沈瑜庆、陈宝琛、林旭、何振岱等属于此派，以陈衍的诗学来看，陈衍提出三元说，认为不必强分唐宋诗或抑唐纠宋，应该将唐宋诗平等待之，同时注重宋诗对唐诗的突破与创新，所以他说："余谓诗莫盛于'三元'：上元开元，中元元和，下元元祐也……余言今人强分唐诗宋诗，宋人皆推本唐人诗法，力

---

① 袁进：《中国现代文学中的旧体文学亟待研究》，《河南大学学报（社会科学版）》2002年第1期，第90页。

② 关于同光体诗派的划分采用了钱仲联先生观点。详见：钱仲联主编《中国近代文学大系（1840—1919）·诗集》卷十四，上海书店出版社，2012，第7页。

破余地耳。”[①] 纵观陈衍诗学，不难发现其变风雅、兴诗教、重现实的诗学指向，不过陈衍的诗却喜欢用典，显得生涩。最后一派是浙派，代表诗人是沈曾植，该派的活动场所以北京、武汉、上海等地为中心，主张沈曾植的“三关说”，袁昶、金蓉镜、马浮等属于此派。当然，宋诗派也随着同光体诗人内部的纠偏以及新文化运动的冲击，其影响也开始大减。第四，汉魏六朝派是近代以拟古诗风为特征的诗歌流派，以王闿运、邓辅纶等为代表人物，高兴夔、程颂万、陈锐亦属于该派，而在本文讨论的范围内王闿运、程颂万的影响较大。王闿运不满清代宗宋诗的风气，因此力倡汉魏六朝诗。陈衍认为王闿运的诗“湘绮五言古沉酣于汉魏六朝者至深，杂之古人集中直莫能辨，正惟其莫能辩，不必其为湘绮之诗矣。七言古体必歌行，五言律必杜陵秦州诸作，七言绝句则以为本应五句，故不作其存者不足为训，盖其墨守古法，不随时代风气为转移，虽明之前后七子无以过之也，然其所作于时事有关系者甚多”[②]。可见，在陈衍心中该派诗歌追求汉魏古风并不受其重视，而且陈衍认为他们的诗风过于守旧、不值得学习。第五，中晚唐诗派作为近代重要的诗派在民初也有很强大的影响力，其代表诗人首推樊增祥、易顺鼎，该派诗风近中晚

① 陈衍：《石遗室诗话·卷一》，载张寅彭主编《民国诗话丛编》，上海书店出版社，2002，第 21 页。

② 陈衍编《近代诗钞》，商务出版社，1923，第 322 页。

唐元白温李之诗风，作品大多工巧对仗、辞藻华丽、喜用典故，诗作以才气见称，在清末民初诗坛有较强影响力。但也因其遗老的姿态，其诗又显得诗品下滑，例如易顺鼎的捧角诗与樊增祥的香艳诗均受人诟病。汪辟疆虽对二人诗品有微词，但对于二人之诗才，他也认为："实甫才高而累变其体，初为温李，继为杜韩，为皮陆，为元白，晚乃为任华，横放恣肆……樊山胸有智珠，工于隶事，巧于裁对，清新博丽，至老弗衰。"[①] 柳亚子在谈到自己旧诗写作时也谈及民国诗坛的状况，在他看来，"从清末到民国初年，做旧诗的人，大概可分为三派：甲派是王闿运，乙派是郑孝胥陈三立，丙派是樊增祥易顺鼎"[②]。可见，在柳亚子心中这几个人在旧体诗诗坛的分量很重，他们对旧体诗坛的影响是相当巨大的。此外，一些民间贤达在彼时诗坛也是有一定地位的，比如民国四公子：张学良、溥侗、袁克文、张伯驹，成都五老七贤：赵熙、颜楷、骆成骧、方旭、宋育仁、庞石帚、徐子休、林山腴、邵从恩、刘咸荥、曾鉴、吴之英、交龙等等。这些社会贤达在旧诗写作方面都有精深的造诣，比如赵熙，被誉称为"晚清第一词人"，陈衍将其比之唐代诗人岑参，夸赞其"诗才敏捷，下笔百十韵或数十首立就。造诣在唐宋之间，所作不下

① 汪辟疆：《汪辟疆说近代诗》，上海古籍出版社，2001，第 22 页。

② 柳亚子：《我对于创作旧诗和新诗的感想》，载楼适夷主编《创作的经验》，江西人民出版社，1982，第 98 页。

二三千首，每首必有精卓不犹人语”[①]，其在巴蜀诗人圈中享有很高声望，汪辟疆视其为西蜀派之领袖。

晚清以来的旧体诗写作在新文学发生期的第一个十年仍然得到了延续与发展，所谓“延续”乃薪火传承自不待言，而发展表现为两个层面：其一，晚清以来，新名词、新事物、新意境已经通过新派诗的大力宣传进入诗词写作领域，并成为具有时代影响力的诗学范式；其二，随着器物层面的浸染以及西学思想层面影响的深化，现代思想的表达在旧体诗写作中也呈现出增长的趋势，尤其是以王国维、梁启超、陈寅恪为代表的诗作。此外，在此期间，不论旧派还是新派，从其传统诗学教育背景来说他们写作旧体诗的渊源都是比较深厚的。旧派文人之间的诗歌酬唱不必多言，即便是新派文人之间也多有旧诗酬唱，周作人五十大寿引发的文人唱和一时传为美谈，在新文化运动过去将近十年的1926年蔡元培写给胡适的一首诗也是如此，兹录如下：“何谓人生科学观，万般消息系机缘。日星不许夸长寿，饮啄犹堪作预言。道上儿能杀君马，河干人岂诮庭貆。如君恰是唯心者，愿与欧贤一细论。”(《戏赠适之　元寒通押》)[②]应该说，白话文学的兴起其实与晚清民初宋诗派的影响也有着莫大关系，正如学者葛兆光

---

① 陈衍编《近代诗钞》，商务出版社，1923，第1183页。

② 蔡元培：《蔡元培全集》第5卷，中华书局，1988，第112页。

先生指出的："从白话诗运动的主将们浸润于中国文化，谙熟中国古典诗歌这个事实中，从当时盛行宋诗这一背景中，我们应当看到白话诗恰恰与他们反对的中国古典诗歌有某些似反实正的渊源，在这里，我们尤其要拈出的是白话诗运动的精神与宋诗'以文为诗'趋向的微妙关系。"[①] 所以，新旧诗之间的界河表面上很清晰，而实际上他们内在的联系又非常紧密，胡适创作的很多白话新诗带着旧诗的印痕实际上都是内在自觉意识的推动做出的文化选择。总的来讲，旧体诗写作的时代烙印还是比较强烈的，试观如下几首诗：

纪事（1917年）

胡汉民

辫子军来万象惊，六师不整石头城。御书有分传南海，宝玺无缘送北兄。独使董公称健者，谁教殷浩负虚名？求人熏穴何辛苦，自有降王孺子婴。

沪江重晤秋枚（1918年）

黄节

国势如斯岂所期，当年与子辨华夷。数人心力能回变？廿载流光坐致悲。不反江河仍日下，每闻风雨

① 葛兆光：《从宋诗到白话诗》，《文学评论》1990年第4期。

动吾思。重逢莫作蹉跎语，正为栖栖在乱离！

洞庭舟中感怀（1919年）

陈隆恪

洞庭波暖草如烟，一梦惊回二十年。恸哭九原倾汉室，烦冤三户戴秦天。云心不乱游风外，春色难成落照前。此日君山同寂寞，独分眉黛下楼船。

壬戌九日（1922年）

郑孝胥

十年几见海扬尘，犹是登高北望人。霜菊有情全性命，夜楼何地数星辰。晚途莫问功名意，往事惟余梦寐亲。枉被人称郑重九，更豪谊语压悲辛。

偶忆湖楼之一夜（1924年）

俞平伯

出岫云娇不自持，为风吹上碧玻璃。卷帘爱此朦胧月，画里青山梦里诗。

释疑（1925年）

闻一多

艺国前途正杳茫，新陈代谢费扶将。城中戴髻高一尺，殿上垂裳有二王。求福岂堪争弃马，补牢端可救亡羊。神舟不乏他山石，李杜光芒万丈长。

大雪中寄刘三（1926年）

沈尹默

漫斟新酿写新愁，苦忆杭州旧酒楼。欲向刘三问消息，不知风雪几时休？

寄映霞（1927年）

郁达夫

朝来风色暗高楼，偕隐名山誓白头。好事只愁天妒我，为君先买五湖舟。

上面引的几首诗都是在1917—1927年这一时间段内创作出来的，是从各种诗选中挑选出来的，如果有挑选标准的话，那就是希望能避开诗坛流派的门户之见，尽量让选择变得随意。从作者身份来说，既有新文学作家闻一多、俞平伯、沈尹默、郁达夫等，也有遗老郑孝胥、政治家胡汉民、著名教授黄节、社会名流陈隆恪等，这足以说明新文学第一个十年间旧诗写作的人员具有社会身份多元化与知识背景差异化的特征。而由于时代焦虑的催化，旧诗写作也多指向了对于国事的关注。胡汉民诗中对于辫子军张勋复辟的嘲弄；黄节诗中呼唤人们面对乱世要“重逢莫作蹉跎语，正为栖栖在乱离”；陈隆恪“恸哭九原倾汉室，烦冤三户戴秦天”的警世之言无不证明时代对旧诗写作的强大规训。而时代变迁，又赶上屈辱乱世，文人悲凉之情绪也弥散于诗中。不论是郑孝胥的“晚途莫问功名意，往事惟余梦寐亲”，还是黄节的“不反江河仍日下，每闻风雨动吾思”，其悲凉意蕴的深透、沉郁有如姑苏城外的古钟之音。沉溺爱河的郁达夫，其“好事只愁天妒我，为君先买五湖舟”则显现了诗人放达于热恋之中的自我意识的舒展。俞平伯与沈尹默诗中“卷帘爱此朦胧月，画里青山梦里诗”以及“欲向刘三问消息，不知风雪几时休”，大胆启用新词新语，化口语于古典诗意中，用语新奇、格调清新，一下子在旧体诗中显得傲然不群，超越了古典诗歌自身固有的限制。而闻一多的“艺国前途正杳茫，新陈代谢费扶将”同样显示了新文人旧诗写作的新质，不过，值得指出的是，闻一多在这首诗中也展现了关于新诗应该向旧诗学习的思考，“神舟不乏他山石，李杜光芒万丈长”就是明证。当然，这些诗无法代表整个现代旧诗的风貌，但他们是一个小小的水滴，折射的是那个年代旧诗的风采。尤其旧诗中展现的新式古典气息在现代化曲折的中国，特别是在新文学发生期的第一个十年，其独特的艺术价值在现代性的追求中展现了令人沉思的内蕴。其写作的旧诗中田园气息的隐曲表达、闲适心境的现代舒展、报国士子的热血贲张，都仿佛一席席华贵的旗袍，风姿绰约挺立于乱世之中。在这里，我们会发现，与西方文化走得近的现代文人，其写作的旧诗显得浅近而深刻，而与旧式文人在现代旧诗中表达的怀旧情绪与郁结之剧痛有着深刻的勾连。沈曾植1922年所写诗《病得樊山寄诗依韵和之》中有“年年心绪凋残尽，念我桓山鸟失群”[①]等句，大概就是这种意绪表达的典型，该诗句化用以《孔子家语·颜回》中所叙恒山鸟母子别离之痛来勾勒诗人身处乱世的种种虚无之苦。诗人精神世界中往而不能返的时代沉痛成为中国诗歌特有的文化风景，古诗中的中国经验在对抗现代社会日常生活的单调、机械方面提供了宏阔的精神后花园，而与传统古诗相比，现代旧体诗又因为多了前所未有的时局因子而显出了别样的高贵新质。

值得重视的是，旧体诗写作者身份虽是新旧杂陈，但就数量而言，旧派文人创作的数量更多。论者在研究旧体诗时往往容易陷入遗老诗就等于落后、守旧等新旧二元对立的价值判断误区，事实上，即便遗老的诗也未见得就代表守旧，他们对新时代的态度并非铁板一块。例如在对待新文学的态度上，有的遗老比较保守，比如像陈夔龙曾言自己一生可以欣慰的事有三件：“一不联络新学家，二不敷衍留学生，三不

① 沈曾植：《沈曾植集校注》，钱仲联校注，中华书局，2001，第1488页。

延纳假名士。”[①]这种带有折衷味道的保守态度比较具有代表性。而有的遗老则与新文学家时有来往，新旧派文人之间多有交游，比如郑孝胥日记中就有“胡适来访”、“访胡适，不遇”[②]等多条记载。但需要注意的是，二人互有往来的时间是1924年，之后还有与高梦旦、徐志摩等交游的记载。学者袁进就指出：“‘同光体’诗人民国建立后被目为遗老遗少，被视为‘顽固派’，其实都是很片面的，‘同光体’诗人当年大都是改革者，并不是‘顽固派’，他们在文化上大都持一种开放的态度，并不反对引进西学。”[③]当然，不容回避的一个问题是，遗老对新文学态度的差异其实也与他们自身对现代文明的隔膜有关，钱锺书先生的一段回忆文字就证实了这一点：“不是一九三一、就是一九三二年，我在陈衍先生的苏州胭脂巷住宅里和他长谈。陈先生知道我懂外文，但不知道我学的专科是外国文学，以为准是理工或法政、经济之类有实用的科目。那一天，他查问明白了，就感慨说：‘文学又何必向外国去学呢！咱们中国文学不就很好么’。”[④]不过，写作旧体诗的文人不论对新文化持何种态度，他们大多对民族危亡之事记挂心怀，以黄节之诗为例，写于1919年的《春风城南花为

---

① 陈夔龙：《梦蕉亭杂记》第1卷，上海古籍书店出版，1983，第2页。

② 郑孝胥：《郑孝胥日记》第4册，劳祖德整理，中华书局，1993，第1776页。

③ 邱明正主编《上海文学通史》，复旦大学出版社，2005，第447页。

④ 钱锺书：《七缀集》，生活·读书·新知三联书店，2002，第101-102页。

丽云作》，本是为佳人所作，但诗中忧患之思不绝于弦：“世事十载间，沧海几回异。且如改革初，岂为帝议贰。再造失纪纲，大权落将帅。是非赏罚间，颠倒混淆备。贤豪迴心力，士夫自贪肆。一国在飘摇，与汝共遗弃。”九一八事变后，东北沦陷，黄节也写下《书愤》以抒发心中悲愤忧思：“危城昏语夜堂堂，辍讲程门有去方。不惜此身离乱际，北风犹说第三章。”张中行先生回忆黄节先生在北大课堂为学生讲授顾亭林诗文时，当念及亡国之痛的诗句“名王白马江东去，一片降幡海上来”，黄节仿佛要陪顾亭林痛哭流涕一般，这让在场的学生深受教育与感动。[①] 可以说，这种赤子情怀在旧体诗人中是比较普遍的文化现象，比如诗人陈衍，是典型的旧派学者、诗人、诗论家，当年与林纾联名上书与朝廷抗争，痛斥朝廷签订《马关条约》割让领土之行为，而在其主导《求是报》期间，《求是报》内容涉及中外新闻、中外法律、小说连载并译介西方科学，其社论针砭时弊，一时读者风行。事实上，许多旧体诗人大多参与社会变革并且有着投身报业、翻译界以及支持革命的经历：“晚清第一词人”赵熙在袁世凯网罗清廷旧属之际避居上海，为支持熊克武等人讨伐袁世凯称帝提供巨额担保；“寒庐七子”的诗人易顺鼎两渡台湾海峡，协助刘永福抗战保卫宝岛台湾；南社诗人群体虽然不能完全并入遗老群体，然而

---

① 张中行：《负暄琐话》，黑龙江人民出版社，1986，第8页。

其群体之复杂，其遗老成分也不少，但整体上看，该诗人群体基本都是反对清王朝腐败，而晚清至民国的报业虽有很多出身旧学的文人主持，但从中国社会的现代转型来看，正是海量的报纸杂志以及以林纾、恽铁樵为代表的翻译文学直接推动了古老中国的革新。而且由于旧体诗人们面临具体历史境遇的差异以及个人素养的分化，因此，从大巨变的时代背景下来看遗老的文化心态，呈现出了较为复杂的面貌。遗老对新时代做出了不同回应，但是士大夫的情怀却是他们诗歌吟咏的母题，当然囿于身份意识的一些束缚，他们中的守旧派一方面对新事物保持戒备，而另一方面又受文化惯性的束缚无法真正接受外界变化的事实。还有一些遗老诗人早年实际上比较有新派作风，可是到了晚年，其诗风却日趋保守，比如蒋智由就是一个典型。蒋智由早年力主变法，也曾与蔡元培共同发起成立中国教育会，与梁启超一道创办《新民丛报》以宣扬君主立宪思想，在诗歌创作上敢于创新，是诗界革命的典范诗人，梁启超对其评价非常之高："昔尝推黄公度，夏穗卿、蒋观云为近世诗界三杰。吾读穗卿诗最早，公度诗次之，观云诗最晚。然两年以来，得见观云诗最多，月有数章。公度诗已如凤毛麟角矣。穗卿诗，则分携以来，仅见两短章耳；近观云以其四长篇见观，读竟，如枯肠得酒酒，圆满欣美！"[①] 可以说，蒋智由早

① 梁启超：《梁启超全集》，北京出版社，1999，第5308页。

年的诗充满了革命气息，极力颂扬西方自由平等博爱的思想，反抗封建专制的压迫，可惜辛亥革命之后，他的诗歌思想开始日趋消沉，走向了封闭与保守，寓居上海的蒋智由最终成了遗老，这种由新至旧的变迁恐怕也并非蒋智由一人，在某种程度上说，康梁也可算作其中一员。康有为的诗歌从辛亥革命以至其逝世，大多成了“遗老诗”“复辟诗”与“清王朝的挽歌”[①]。20 世纪 20 年代康有为在观看杭州剧团演出《光绪痛史》时，因台上有饰演自己的角色而失态痛苦，其后赋诗十八首。康有为在其诗序中说：“壬戌年正月十四夜，自沪来杭，道过戏园，有告以今夕演光绪皇帝痛史者，下车观之。甫入场，即见面扮现老夫冠带地台上，观客指而议论叹息，不知老夫之在场也。感叹伤心，口占得十八章记之，后之读者应有感也。”这组诗颇值一读，试举两例：

“君臣鱼水庶明良，戊戌维新事可伤。廿五年来忘旧梦，无端傀儡又登场。”

“犹存痛史怀先帝，更复现身牵老夫。优孟衣冠台上戏，岂知台下即真吾。”

---

① 中山大学中文系编《中国近代文学研究》第 2 辑，广东人民出版社 1985，第 166 页。

康有为由观剧而回忆起历历往事进而痛哭流涕之后的沉痛之作让人不免嘘唏，想必康有为这首冷暖自知的旧体诗也很能代表遗老们的普遍心态：对前朝如影随形的眷念！但是，对于遗老诗人的诗作也许需要用更包容的眼光来看待，毕竟时代变迁让许多人难以很快就转换适应新时代，尤其在大时局变动之中，有些人的历史任务一旦完成而自己在思想上没有及时更新，尚未跟上时代的节拍，那么他很可能从时代的推动者被动变成时代的阻碍者，康有为就是一个这样的典型：当年推动中华大地维新变法的新派人物，到了晚年却站到了新文化的对面成为遗老。难怪胡适在 1919 年时说：二十年前，康有为是洪水猛兽般的维新党，现在康有为变成老古董了。思想的新旧在时代变迁面前显得有点苍白，个人思想的变化往往不及时代之变迁，严复当年也是积极呼吁西学以革新中国之士，早年他认为西方强盛在于“言学则先物理而后文词，重达用而薄藻饰”，而中国的教育“记诵词章既已误，训诂注疏又甚据”，因此富强之路需弃学诗词等无用之学，而至晚年严复思想则大变。换个角度来看，无论遗老对新文化的态度差异有多大，他们在中国现代化进程中面临西潮涌动的文化浪潮冲击而做出的文化反应，实际上也构成了中国现代化的一个重要环节，且他们写作的旧体诗更是现代旧体诗研究不可忽略的重要部分。

总的来说，在新文学的挤压之下，旧体诗的创作空间确实出现缩小的趋势，题材的表现出现了很多局限，但是在新文学发生期的第一个十年旧体诗人或旧文人他们所受的良好的古典文学教育让他们在写作旧体诗时非常优容，比如鸳鸯蝴蝶派文学家大多创作旧体诗，而且质量比较高，以苏州文人为代表的鸳鸯蝴蝶派小说家在其白话小说的写作中旧体诗也比较多地得到了应用，就阅读感受而言，旧体诗往往与小说互为应和，增强了小说的趣味性与观赏性。另外，旧体诗的创作在书画艺术家的创作中也是相得益彰，而且书画的特质决定了书画只能运用旧体诗，而绝不可能有新诗染指的机会。此外，就诗歌形式的革命演化路径来看，以胡适为代表的新诗诞生经历了新学诗、新派诗的诗学累积，白话新诗没有旧体诗诗学的变革累积则无法完成质的飞跃。就文坛变迁而言，无论新派诗人还是新文学诗人从形式上形成了与旧体诗的对峙，但以同光体诗人为代表的旧体诗仍然占据着诗坛的正统，柳亚子也曾说过："辛亥革命总算成功了，但诗界革命是失败的。梁任公、谭复生、黄公度、丘沧海、蒋观云……的新派诗终于打不倒郑孝胥、陈三立的旧派诗，同光体依然成为诗坛的正统，"[①] 此外，旧体诗在诗学特征上有学人之诗与诗人之诗的分野，从创作身份上看，大学教授与文学团体中的新

① 刘纳：《嬗变——辛亥革命时期至五四时期的中国文学》，中国社会科学出版社，1998，第 119 页。

旧诗人都会带来诗歌创作的异质。但无论思想层面的新旧差异如何内在牵制都很难影响旧体诗的创作，尤其像新月派团体中那些文人的旧体诗创作更是值得观察。就旧体诗人的代际更替而言，新旧之间，梁启超、王国维等为第一代，都是著名诗论家，梁启超的学识传自康有为，王国维与沈曾植交游甚密；鲁迅、郁达夫等为第二代，与梁启超、王国维大不同，鲁迅、郁达夫在更大程度上与西学接轨，文化保守的因子更少；闻一多、朱自清可称为三代，他们与前一代又不同，游学国外接受西学，但旧学的根基也好，在新文学上功绩颇深。由此看来，新旧文学之间的关系存在深刻的彼此交融和内在承传的联系。就旧体诗创作人员的思想区别而言，陈三立、陈衍、沈曾植为纯粹的旧诗人，南社文人群体则是以旧诗为革命的工具，部分诗作体现了梁启超旧瓶新酒的“诗界革命”理论，虽然古体诗所表现的内容以及声、光、电等新东西是否都适合旧体诗是另一个问题（将在新旧体诗诗学论争中进行讨论），但可以肯定的是旧体诗的外在形式有其不可取代的独特性，就如京剧一样，倘使演现代生活，如去其装扮即索然无味。章太炎、陈三立等诸多大家名流都为旧体诗辩护，各种新兴报刊媒体仍然在刊登旧体诗，而且旧诗话常以连载的形式牵动大众的阅读视线，众多旧体诗写作群体的存在让旧体诗无须制造任何声势就能轻易获得广泛的支持和坚固的文化壁垒。虽然新文化运动在争取拯救民族危亡的时刻积极向西方学习，新文学运动的领军人物开始占据国内文坛以及学术界的显要位置，而且新的文化价值体系也正逐渐消解旧有的文化秩序，但需要指出的是：一方面，新与旧并非截然对立的价值评判标准，而且自甲午战争以后真正纯粹的守旧派是不存在的[①]，新文学发生时期旧体诗的遗老们，面对西学的态度存在巨大的分化；另一方面，旧文学耆宿在旧有文化心理优势的前提下掌握了大量的大学文化教席以及文化资源，他们或教书育人或潜心学术研究，例如王国维、陈寅恪、汪辟疆、林庚白、黄节、沈曾植等，他们在旧体诗以及诗学的传授方面都留下了精深之作，为现代旧体诗的薪火传承做出了伟大贡献。与此同时，新文学家加入旧体诗写作的阵营也为这一文体的延续与发展带来了现代性的思考与文体更新的动力。而新诗在格律上的探索以及在旧诗学之间反复就格律问题进行争辩，恰好说明了旧体诗美学的重要性，所以朱自清在给俞平伯《冬夜》的序言中就谈道："我们现在要建设新诗的音律，固然应该参考外国诗歌，却更不能丢掉旧诗、词、曲。旧诗、词、曲的音律的美妙处，易为我们理解、采用，而外国诗歌因为语言的睽异，就艰难得多了。"[②]因

① 罗志田：《思想观念与社会角色的错位：戊戌前后新旧之争再思》，《历史研究》1998 年第 5 期，第 58 页。

② 朱自清：《〈冬夜〉序》，载俞平伯《俞平伯全集》第 1 卷，花山文艺出版社，1997，第 10 页。

此，不论新诗旧诗都是中国人的诗歌写作，二者在读者接受、审美心理等方面都“暗通款曲”，彼此之间有着诗学的流动。王国维说：“凡一代有一代之文学：楚之骚，汉之赋，六代之骈语，唐之诗，宋之词，元之曲，皆所谓一代之文学，而后世莫能继焉者也。”[①] 显然，时代之更替谁也无法阻挡，而承接晚清大变革的民国处于新旧文学交替之际，这种不新不旧、不中不西的中间态文学生态使得旧体诗在此阶段表现出近乎岿然不动的姿态。但岿然不动的姿态也出现了松动，正如曹聚仁所言：“时代环境，迫着现代的中国文人，要产生一种新的文体、新的诗体；于是‘旧’的诗人在变，新的诗人也在‘变’。”[②] 当然，如果仅仅看到以新诗为代表的新文学勃发之势而忽略了旧文学强大的文化根基，那么这样的文学史视野显然是有重大缺憾的。

---

① 王国维：《宋元戏曲史》，东方出版社，1996，第 1 页。

② 曹聚仁：《文坛五十年》，东方出版中心，1997，第 42 页。

第二章　二元对立下的诗学“触碰”：新旧之争与诗学转换

新文学发生期的第一个十年，新旧诗的论争不仅局限在语言形式变革上，更牵涉到其思想分歧。与此同时，新旧文学之间的论争由于新旧二元对立的驱动，学术上的论争逐渐转换成对伦理制高点的抢夺。随着新文化运动的深入民心，“新”成为压倒“旧”的“五指山”，一句话，是否“新”成为价值判断的标准。而这一价值标准的确立给旧体诗的发展带来了很大的伤害，旧文学动辄被加以“封建”“保守”等贬义标签，便是这一思路的延续。再加之旧文人的做派，他们甚至不屑与新文人辩难，他们不愿或不太会借助新媒体宣扬他们的思想，因此“旧”的声音被时代逐渐埋没。面对新文人对传播市场的“攻占”态势，旧文人抱着“君子固穷”的理念，从而缺乏必要的抵抗能力，而另一方面他们对新文人获取丰厚的市场利益产生了“妒忌”心理，比如，吴宓在日记中这样写道：“中国近今新派学者，不特获盛名，且享巨金。如周树人《呐喊》一书，稿费得万元以上。而郁达夫、张资平等，亦月致不赀。所作小说，每千字二十余元，而一则刻酷之讥诮，一则以情欲之堕落，为其特点，若宓徒抱苦心，自捐资以印《学衡》，每期费百金。"[①] 吴宓的抱怨显示，一方面是旧文学的刊物在获得市场认可方面出现艰难状况，另一方面，新文学在文化市场的盈利模式说明了市场的选择与分化。文化市场现实收益的差距在一定程度上也加剧了新旧文人之间的隔膜，学术的圈子更多形成新旧两大阵营。具体到诗歌而言，不能否认的是，虽然旧体诗也能表达现代性的情愫，但毕竟以胡适为代表的新诗运动在实质上突破了传统诗歌的形式变革，寻找到了更为适合现代性表达的形式，胡适等先辈在诗歌领域的贡献可以这样来评价："艺术的社会意义正在于此：它不停地致力于陶冶时代的灵魂，凭借魔力召唤出这个时代最缺乏的形式。"[②] 但需要指出的是，在新诗不断调整步姿的时刻，一方面，旧体诗并非完全不适应现代性的表达；另一方面，旧诗自身在现代性转换主导下，诗词创作以及诗学批评已经出现了很多变化。新旧诗学之间的辩难推进了中国新诗进一步的发展，表面的隔膜与漠视甚至敌视也无法掩盖新旧诗之间不自觉的潜隐互动。尤其值得注意的是，语言是否可以用进化观来看待也是个聚讼不已的话题。

---

① 吴宓：《吴宓日记》第4册，生活·读书·新知三联书店，1998，第17页。

② 荣格：《心理学与文学》，冯川、苏克译，生活·读书·新知三联书店，1987，第122页。

我们认为，语言主要是工具，“先进”或是“落后”的批判标准并不适用，语言只有适用或者不适用的问题，因此，新旧诗诗学理念的分野之复杂需要跳出进化观的藩篱来考察。

第一节　波动、辩难与经世情怀：新旧文学之争

晚清以来的“诗界革命”“小说界革命”“文界革命”等借由文学变革倡导社会变革的一系列文学活动，都为民智的开启打下了坚实基础，由胡适等先辈发起的新文化运动则成为中国知识分子寻求现代化之路上最为关键的“临门一脚”。如果说白话文运动带来了新文化运动的滥觞，那么“射门”动作则是由白话新诗的写作来完成的。胡适在回首建立新文学往事时就曾说过：“白话文学的作战，十仗之中，已胜了七八仗。现在只剩一座诗的壁垒，还需用全力去抢夺。待到白话征服这个诗国时，白话文学的胜利就可以说是十足的了。”[①]可见，诗歌是新旧文学博弈最重要的擂台。中国自古以来就有重诗教的传统，《毛诗序》有段话说得好：“治世之音，安以乐，其政和。乱世之音，怨以怒，其政乖。亡国之音，哀以

① 胡适：《四十自述》，载欧阳哲生编《胡适文集》第一卷，北京大学出版社，1998，第155页。

思，其民困。故正得失，动天地，感鬼神，莫近于诗。先王以是经夫妇，成孝敬，厚人伦，美教化，移风俗。”[①]此言虽有夸大文学社会功用的嫌疑，但也比较形象地说明了诗歌在中国社会中所起的作用。然而诗歌在新文学发生期的第一个十年因为新诗的崛起而导致诗歌文体的分裂，以致出现审美形态的价值分野。新文学发生期的第一个十年新旧文学在不断地纷争中共同构筑了中国文学在新时代探路的基石，因此，波动、辩难形成了新旧文学的外部形态和内在冲突，然而有意思的是这种冲突却有着一致的经世情怀：几千年来中国知识分子的那种治国平天下的士大夫情怀，尽管情怀一致，但因内在思路的分歧最终导致了新旧文学的争吵，因此，欲看清新文学第一个十年现代旧体诗的样貌，也需留意具体的文化语境以及旧体诗诗学理论的现代化演进路径。

应该说，伴随着近代以来中国历史进程的种种探寻，现代化是一个经久不息的讨论话题，一代代学人为此争执不下，具体到文学领域的新旧之争则在很多历史语境下成为现代化与反现代化之争的代名词。若将话题简化，文学领域的新旧之争大概集中到两个领域：其一，白话与文言的语言之争；其二，传统与现代的思想之争。从白话与文言的语言之争来

① 毛亨传：《毛诗正义》，载《十三经注疏》，北京大学出版社，1999，第8-10页。

看，晚清以来，文学语言的变革其实一直处于推进状态，严复翻译的西方思想著作以及林纾翻译的异域小说都给人们带来了对西方的重新认识，而梁启超以小说开启民智形成的新文风更是推动了文体的革命，“我手写我口”的诗人黄遵宪、“崇白话而废文言”的裘廷梁、设计“官话字母方案”与呼吁言文一致的王照、提倡拼音文字的音韵学家劳乃宣等晚清知识无不为晚清白话文运动立下了汗马功劳。但需要指出的是，晚清的白话文运动还只是停留在易懂的层面上，一切以方便开启国人心智为目的，恰如林庚先生指出的：“当时的白话其目的纯为可以教民，因为民不懂得文，所以非白话不可，至于懂得文的人自然还是用文言，这仿佛外国教士们因为要传教，所以把《圣经》翻译成中国俗语，至于教士们自己自然还是用原来的文字或拉丁文。白话运动的意义当时仅此而已。”[①] 但正是晚清以来的白话文运动、现代报刊的建立、科举制度的废除等诸多现代性因素的不断累积为新文化运动的爆发积聚了文学新变的力量，所以胡适的《文学改良刍议》、陈独秀的《文学革命论》等文章能形成对文学现状发难之势，文学革命之所以能够在社会上逐渐形成一种共识，有赖于前人打下的这些基础。任何新事物的崛起以至复兴往往都伴随着与阻碍力量的斗争，“随着危机的深化，其中许多人就会现

① 林庚：《新文学略说》，《中国现代文学研究丛刊》2011 年第 1 期，第 7 页。

身于具体的改革行动，以期变换制度，重建社会。这时，社会不免分化为互相竞争的阵营和党派，有的主张维持旧制度，更多的寻求建立新制度"[①]。具体到诗歌领域，正是近代以来的诗歌革新一步步累积文学变革的力量，旧体诗从时代的天之骄子经受了从经典走向徘徊的范式渐变，而作为现代性召唤下的新文学运动的新模型——白话新诗——的诞生也就必然引起新旧诗学的论争。

如果把文学变革比作是思想与语言的双轮革命，那么从中国文学的历代革新来看，语言的革新往往走在了文学革新的前面。从四言的《诗经》，到五七言的乐府，从自由的古体诗到格律形式严整的近体诗，语言形式的变迁都一再说明了形式的重要，王国维也曾指出："四言敝而有楚辞，楚辞敝而有五言，五言敝而有七言，古诗敝而有律绝，律绝敝而有词，盖文体通行既久，染指遂多，自成习套。豪杰之士亦难于其中自出新意，故遁而做他体。故谓文学后不如前，余未敢信。但就一体论，则此说固无易也。"[②]王国维虽然没有承认新事物必然先进，但他对诗歌形式沿革的轨迹描述得比较清晰，另外，他指出诗歌形式一旦形成，后来者就很难打破前人的束

---

① 托马斯•库恩：《科学革命的结构》，金吾伦、胡新和译，北京大学出版社，2003，第86页。

② 王国维：《人间词话》，载谢维扬、房鑫亮主编《王国维全集》第1卷，浙江教育出版社，2009，第476页。

缚，这一点非常精辟。其实新诗的变革也莫不先从形式上寻找突破的机会。新文学第一个十年间，新旧诗在语言形式方面的争议比较大，而这一争议不仅为看清现代旧体诗提供了一个诗学观察的视角，而且新旧诗学的论争本身也推动了旧体诗向现代诗自觉或不自觉地转型，因此梳理新文学第一个十年新诗与旧诗之间的辩难很有必要。不过有意思的是，新旧诗论争的人员主要由新文人与学衡派、甲寅派等有西学背景的人组成，旧体诗人比如黄节、陈寅恪、王国维、沈曾植、陈曾寿等人发起对新诗人的辩难却很少见，这大概与传统士大夫的中庸思想有关。除此之外，旧诗本身形式的圆熟与成就的辉煌让旧诗人大约觉得很不值与新诗人一辩，新文人高树的“文学革命”大旗，“完全出于旧文人们的意料之外。他们始而漠然若无视；继而鄙夷若不屑与辩，终而却不能不愤怒而诅咒着了”[①]。废名的回忆就很具有代表性：

> “大约民国六七年的时候，我在武昌第一师范学校里念书，有一天我们新来了一位国文教师，我们只知道他是从北京大学毕业回来的，知道他是黄季刚的弟子，别的什么都不知道，至于什么叫作新文学、什

① 郑振铎编选《中国新文学大系·文学论争集》，上海文艺出版社，1981，第5页。

么叫作旧文学，对于那时北京大学已经有了新文学这么一回事，更是不知道了，这位新来的教师第一次上课堂，我们眼巴巴地望着他，他却以一个咄咄怪事的神气，拿了粉笔首先向黑板上写‘两个黄蝴蝶，双双飞上天……’给我们看，意若曰：‘你们看，这是什么话！现在居然有大学教员做这样的诗！提倡新文学！’”[①]

从废名的这段回忆文字非常清晰地见证了旧派文人对新文学家的蔑视态度，他们觉得新文学家的东西简直不堪一击或者不值辩驳，所以直接交锋就显得稀少，但上面引文中被黄侃学生批驳的大学教员正是大名鼎鼎的胡适先生。然而要论最早在新诗形式的建立与探索上做出功绩的诗人当首推胡适[②]，尤其是胡适1920年出版的白话新诗集《尝试集》更是在社会上引起了较大的反响。“一部真正的艺术作品的特殊意义正在

① 废名：《新诗十二讲——废名的老北大讲义》，辽宁教育出版社，1998，第5页。

② 尽管也有研究者洪桥援引祝宽的考证，认为最先写作白话新诗并非胡适一人，郭沫若也在1916年写作白话诗（详见洪桥：《谁先写作白话新诗》，《社会科学战线》1984年第4期，第175页），但从形式到理论再到社会影响而言，胡适先生当之无愧为白话新诗第一人。卞之琳先生《新诗和西方诗》一文指出新诗“真正的突破阶段，我认为还是以郭沫若在1921年出版的《女神》为开始。《女神》这本诗集的出版，在新诗和旧诗之间，划了一个明确的分界线。这以后，新诗才真像‘新诗’”。

于：它避免了个人的局限并且超越于作者个人的考虑之外”[①]，白话新诗的兴起若不是胡适等人掀起白话诗写作新浪潮也不可能诱发《小河》《女神》《微雨》等后起新诗逐渐摆脱旧体诗的藩篱进而趟出新诗之新路来。由新事物引起的文学运动自然会引发更多人去阅读与体验，社会的从众心理在新诗写作上也发挥了很强势的作用，“当一个时代即将结束，或一个时代刚刚开始的时刻，新旧秩序处在转换的关头，旧事物风光不再但又不甘退出历史舞台，新事物挟创生风雷却又多灾多难，是最容易激发广大作家的创作动机的”[②]。郭沫若在《时事新报》的《学灯》上看到白话诗时的感受颇为典型：“我第一次看见的白话诗是康白情的《送许德珩赴欧洲》，是民国八年的九月在《时事新报》的《学灯》栏上看见的。那诗真真正正是白话，是分行写出的白话，其中有‘我们喊了出来，我们做得出去’那样的词句，我看了也委实吃了一惊，那样就是‘白话诗’吗？我在心里怀疑着，但这怀疑唤起了我的胆量。我便把我的旧作抄了两首寄去，”[③]正是因为听闻胡适等人在《新青年》倡导白话诗，恰巧又看见康白情那样的白话也

---

① 荣格：《心理学与文学》，冯川、苏克译，生活·读书·新知三联书店，1987，第110页。

② 钱谷融、鲁枢元主编《文学心理学》，华东师范大学出版社，2003，第148页。

③ 王训昭等编《郭沫若研究资料》上册，知识产权出版社，2010，第281页。

可算作诗，因此，郭沫若也开始尝试写作与投寄新诗，这样的写作行为也算社会从众心理的一种表现，从这个角度讲胡适等人对白话新诗的功绩善莫大焉。从客观事实来讲，胡适《尝试集》的出版在新诗写作史上成了一个可资众人品头论足的经典原型。荣格就认为："原型的影响激动着我们（无论它采取直接经验的形式，还是通过它所说的那个词得到表现），因为它唤起一种比我们自己的声音更强大的声音。"[①] 在新旧诗写作中，各种意义层面的原型也是存在的，而原型影响也显而易见，《尝试集》的问世打开了诗歌革命以来诗歌内质的真正变革，至少在形式上取得的成绩可以称得上是开一代诗风，中国诗歌在近代以来的变革一直就在寻找适合表达时代心声的形式，《尝试集》问世正好弥补了这一形式的缺憾。

然而在诗学上，最先与胡适展开辩难的是与他一道在美国留学的朋友们。胡适作为提倡白话新诗的急先锋，早在美国已经开始与留美朋友讨论中国文学的未来，任鸿隽、梅光迪对于胡适用白话写诗持反对态度。胡适认为白话可以入诗，而梅光迪反对用"文之文字"作诗，主张用"诗之文字"写诗，任鸿隽也认为"白话自有白话的用处"。梅光迪认为诗文有别，仅仅拿"文之文字"入诗称不上改良或者革命，诗是

① 荣格：《心理学与文学》，冯川、苏克译，生活·读书·新知三联书店，1987，第 122 页。

需要雕琢的，然而“大家之诗所以胜者，在不见其‘琢镂粉饰’之迹耳，”梅光迪还指出近代的诗界需要革命是诗家只注重诗歌形式，而并非古典诗歌本身的问题，所以他指出“吾国近时诗界所以需革命者，在诗家为古人奴婢，无古人学术怀抱，而只知效其形式，故其结果只见有‘琢镂粉饰’，不见有真诗，且此古人之形式为后人抄袭，陈陈相因，至今已腐烂不堪”①。在梅光迪等人看来，白话缺乏诗性，可以说理但用来写诗则不是很合适。任鸿隽针对胡适写的“打油”式白话诗，批评其“白话则诚白话矣，韵则有韵矣，然不可谓之诗。盖诗词之为物，除有韵之外，必须有和谐之音调，审美之词句，非如宝玉所言‘押韵就好’也”②，这个观点实际上已经指出了白话诗可能面临的两个困境：其一，评判诗的标准并非简单的押韵与否，按照旧体诗的诗学观来看，白话诗即便押韵，恐难称之为诗；其二，即使承认白话诗是诗，但白话诗因其白话的语言特质，其文学审美的特性可能存在先天不足的困境。由此看来梅光迪等人也并非完全固守之士，他们对于诗歌的论争实际上深化了胡适等新诗家对新诗探索的认识。

① 梅光迪：《致胡适信四十二通·第三十一函》，载罗岗、陈春艳编《梅光迪文录》，辽宁教育出版社，2001，第160页。

② 胡适：《逼上梁山——文学革命的开始》，载欧阳哲生编《胡适文集》第1卷，北京大学出版社，1998，第154页。

中国新诗从白话诗起步，于旧体诗之外另辟蹊径，并自成一系。胡适于新诗的功绩无法忽视，恰如库恩指出的：“从一个处于危机的范式，转变到一个常规科学的新传统能从其中产生出来的新范式，远不是一个累积过程，即远不是一个可以经由对旧范式的修改或扩展所能达到的过程。”[①] 当我们把诗歌领域的嬗变聚焦到胡适所处的时代，我们就特别能理解胡适当年高呼“诗体大解放”口号的苦楚与无奈，没有胡适对旧体诗的大力挞伐，没有诗歌形式新范式的建立，就不可能有中国新诗现在的面貌，因此，从某种意义上说，胡适关于文学改良八事的理论及其以《尝试集》为代表的新诗集的出版成了新文学第一个十年新旧诗学争论的中心焦点，而新旧诗学的论争正是彼时代诗人们创作的指南，极大地影响了当时的诗歌写作。因此，研究现代旧体诗，厘清当时新旧诗学的论争具有深远的意义。当时新旧之争不仅是文人之间理念的争斗，而且现代媒体成了这场论战的主战场，例如章士钊创办的《甲寅周刊》宣称拒绝白话文，而钱玄同、黎锦熙则组织出版《国语周刊》与之抗衡，明确宣告不刊登文言，当时许多刊物都加入到了这场新旧诗学的论争之中。新旧诗学的论争大致分布在四个领域：其一，文言与白话的语体之

---

① 托马斯·库恩：《科学革命的结构》，金吾伦、胡新和译，北京大学出版社，2003，第 78 页。

争；其二，音韵格律等诗歌阅读体验的形式之争；其三，审美诗学价值判断的美学之争；其四，语言表达的思想论争。

首先，以文言与白话之争来说。新旧诗的论争首先是文言与白话之间的语体之争。胡适的“要需作诗如作文”，以白话为活文学、文言为死文学的理路在旧文学家看来简直是大逆不道。民初旧文学文坛大约呈现三派，其一，以姚氏兄弟和林纾为代表的桐城派；其二，以刘师培为代表的文选派；其三，以章太炎为代表的朴学派。旧文学阵营中比较早对新文学发出质疑声音的是林纾，他在《论古文白话之相消长》中强调：“即谓古文者，白话之根底，无古文安有白话？”不过面对白话的影响力，林纾只能哀叹：“吾辈已老，不能为正其非，悠悠百年，自有能辩之者，请诸君拭目俟之。”①在给蔡元培的信中，林纾更是指斥使用白话之危害：“若尽废古书，行用土语为文字，则都下引车卖浆之徒，所操之语，按之皆有文法，不累闽广人为无文法之啁啾，据此则凡京津之稗贩，均可用为教授矣。”②胡适提出文言是死文学，白话是活文学，更是引起旧派文人的强烈反对，其好友梅光迪则站在新人文主义立场上指责新文学家：“彼等以推翻古人与一切固有制度为职志，诬本国无文化。旧文学为死文学，放言高论。

① 林纾：《林纾选集》，林薇选注，四川人民出版社，1988，第157-158页。
② 同上书，第166页。

以骇众而炫俗。”[①] 辜鸿铭在《反对中国文学革命》否认文言是死文学，而且称胡适等文学革命者把欧洲新式现代文学引进中国并将其带进了“一种使人变成道德矮子的文学”[②]，在他看来文言不仅不是死文学而且是高雅的代表，比白话文强很多。胡适的朋友朱经农在给他的一封信中也提出质疑：“古人所做的文言，也有‘长生不老’的；而‘用白话做的书，未必皆有价值、有生命……’‘文学的国语’，对于‘文言’‘白话’，应该并采兼收而不偏废……‘文学的国语’并非‘白话’并非‘文言’，须吸取文字之精华，弃却白话的糟粕，另成一种雅俗共赏的活文学。”[③] 在朱经农看来，真正的“活文学”是该用文言的地方就用文言，该用白话的地方就用白话，否则就会有失偏颇。胡适在应答朱经农的质疑时指出，白话诗有一个阅读适应的过程：“老兄初读我的‘两个黄蝴蝶’的时候，也说‘有些看不下去’。如今看惯了，故觉得我的白话诗‘是很好的’，老兄如多读别人的白话诗，自然也会看出他们的好处。”[④] 这说明，新诗有一个阅读接受的过程，而旧诗写新时代也面临同样的困境。胡适虽以“两个黄蝴蝶”为荣耀，

---

① 梅光迪：《评提倡新文化者》，载罗岗、陈春艳编《梅光迪文录》，辽宁教育出版社，2001，第 3 页。

② 辜鸿铭：《反对中国文学革命》，载黄兴涛编译《辜鸿铭文集》，海南出版社，1996，第 169 页。

③ 耿云志主编《胡适论争集》，中国社会科学出版社，1998，第 33 页。

④ 同上书，第 31 页。

但正是这句诗让旧派文人黄侃蔑称胡适为黄蝴蝶，在其著作《文心雕龙札记》中他还大骂白话诗是驴鸣狗吠，胡先骕在评《尝试集》时也讥讽白话文放在诗中犹如“非驴非马之言”[①]。胡适好友任鸿隽也质疑白话并非是做出好诗的关键，他就认为：“白话可作好诗，文语又何尝不可作好诗呢？”关于文学改良，他的建议是：“第一，当在实质上下功夫；第二，只要有完全驱使文字的能力，能用工具而不为工具所用就好了。白话不白话，倒是不关紧要的。”其建议虽然没有认识到白话在彼时代的作用，但也给白话诗提了一个醒，白话要做具有审美品质的好诗需要下很大的功夫，但他说的“公等做新体诗，一面要诗意好，一面还要诗词好，一人的精神做两用，恐怕有顾此失彼之用。若用旧体旧调，便可把全副精神用在诗意一方面”[②]。这说明新诗向旧体诗学习是必要的，然而让新诗完全采取旧体诗的形式，这一点无疑是在走回头路，因此，此类看似趋新的调和论对于新诗探索而言不过是在和稀泥，变相阻断了新诗前进之路，以赞同进而商榷的姿态出现的诗学论争对新诗的危害尤大。

文言与白话之争又常转化为新旧之争，章太炎的得意弟

---

① 胡先骕：《评〈尝试集〉》，载张大为等合编《胡先骕文存》上册，江西高校出版社，1995，第 34 页。

② 赵家璧主编《中国新文学大系·文学论争集》，上海良友图书印刷公司，1935，第 55-56 页。

子朱希祖则认为：“文学的新旧不能在文字上讲，要在思想主义上讲。若从文字上讲，以为做了白话文，就是新文学，则宋元以来的白话文很多，在今日看来就是新文学吗？”他的这一发问甚为深刻，新旧的实质应该落实到思想层面上，落实到价值判断上，落实到时代需要上，所以他批评说“我们中国旧派的人，读了几十年外国书，或通了三四国语言，思想仍是旧的；这就是不知现代的缘故”，在他看来“真正的文学家，必明文学进化的理。严格讲起来，文学并无中外的国界，只有新旧的时代。新的时代总比旧的时代进化许多”①。而且在表达现代之人生方面，朱希祖指出“文学最大的作用，在能描写现代的社会，指导现代的人生。此二事，皆非用现代的语言不可”②。这些论断无不说明新文学家抱着文学进化观来看待文言与白话的分歧，虽然有失偏颇，但在当时的语境下也是值得肯定的。蔡元培 1919 年在女子高等师范学校的演说中也谈及白话与文言之争，他对白话文的态度比较乐观，认为用白话来表达今人的观点更直接，而文言是古人的，在表达今人意思时更为间接，没必要人为地制造麻烦，因而他认定白话派将来一定占优势。如此看来，大多数新文人实际上还是抱着进化观在看待这一论争，郑振铎认为文艺本身并无新

---

① 朱希祖：《非“折中派”的文学》，《新青年》1919 年第 6 卷第 4 号。

② 朱希祖：《白话文的价值》，《新青年》1919 年第 6 卷第 4 号。

旧之别，新与旧也并非用来判断文艺的价值而是“指明文艺的正路的路牌”[①]。在新旧之争中，也有人认为可用文白兼容的方式来发展白话，唐钺就以《石头记》文白夹杂的优美语段为例来证明白话文对文言具有强大的吸纳能力[②]。新旧之争从整体上来看，还是新旧思想导致的论争，在诗学领域，实际也是以谁为宗的问题。钱玄同曾非常精辟的区分了新旧文学家的区别：“新文学家以真为要义，旧文学家以像为要义。”[③]具体到诗歌，新诗的开创者们以西方自由诗为宗，而旧派文人以中国古典诗歌为师，两套完全不同的话语体系在讨论时出现冲突也就难以避免了。但是，旧文学阵营提出的文学无新旧之分的观点也颇值得注意，例如吴芳吉在“文学惟有是与不是，而无所谓新与不新”立论基础上提醒众人对待文学的态度应该是“不嫉恶而泥古，惟择善以日新”。[④]章士钊也指出：“曰新曰旧之中，承旧以新，承新仍返诸旧，非不欲新也。以舍旧无可为新也。新旧如环，因成进化之必然之理。”[⑤]应该说吴芳吉、章士钊等人的这些言论带有很强的“欺骗性”，就主观而言，他们意欲披上外衣扮演积极接纳西方文化

---

① 郑振铎：《新与旧》，《文学周报》1924年第136期。

② 唐钺：《告恐怖白话文的人们》，载郑振铎编选《中国新文学大系·文学论争集》，上海良友图书印刷公司，1935，第259页。

③ 钱玄同：《随感录》，《新青年》1919年第6卷第3号。

④ 吴芳吉：《再论吾人眼中之新旧文学观》，《学衡》1923年第21期。

⑤ 章士钊：《章士钊全集》第5卷，文汇出版社，第211页。

的姿态以改变守旧之角色，但就客观而言，这些貌似趋新的辩难观点对于新文学的建设却不无裨益。

其次，对于用典故、讲对仗、重格律音韵等旧体诗的外在技术层面，新旧诗学论争比较激烈。格律问题的争执几乎成为新旧诗学争辩焦点的中心，新文学家周作人、康白情的旧体诗都写得很好，但他们在新文学发生期的第一个十年发表了强烈反对旧体诗的言论，而对格律更是鞭挞，康白情说：“旧诗大体遵格律，拘音韵，讲雕琢尚典雅……旧诗里音乐的表见，专考音韵平仄清浊等满足感官底东西，因为格律的束缚，心官于是无由发展；心官愈不发展，愈只在格律上下功夫，浸假而仅能满足感官，竟嗅不出诗底气味了。”[①] 在康白情看来，格律扼杀人性，不足以表达自由的心灵，是最该摒弃的因子。周作人进而说：“我自己是不会做旧诗的，也反对别人做旧诗；其理由是旧诗难做，不能自由的表现思想，又易于坠入窠臼。”[②]1922 年周作人在这篇文章里直言旧诗不是该不该做而是能不能做的问题，他认为即便要做旧诗也必须要以不像“李杜苏黄”为先决条件。

不过新文学阵营对待旧体诗的看法也并非铁板一块，就

---

① 康白情：《新诗底我见》，载吴思敬主编《中国新诗总系》第 9 卷，人民文学出版社，2009，第 39-41 页。

② 周作人：《做旧诗》，载钟叔河主编《周作人散文全集》第 2 卷，广西师范大学出版社，2009，第 607 页。

不用典而言，《新青年》对此展开了讨论，亦有不同意见，比如，李濂镗就对胡适提出的“八事”持反对态度：“不用典不用对仗两款，确有矫枉过正之弊。”[①] 他认为只要用典适当、对仗自然就可以，但不用则是不可以的。胡先骕认为只要用典不是出于炫耀自己才华也是可以的，而且用典有诸多好处，比如用典可以“以昔日之情事以寄托其意兴”“古人名言或名作引用入诗，苟点染入神，反倍生色。”“取其意义，融会入词，则尤见运用之巧，而生两重美感。”[②] 他说不只是中国诗用典，西方诗人也用典，在他看来，只要不是刻意用典且化用典故而不露痕迹是修饰之美德不应该被抹杀。朱经农给胡适的信中建议白话诗也应该有几条规则，他认为胡适的白话诗有音有韵，而且有意思，但是《新青年》上刊载的其他人的白话诗就不忍卒读，他觉得原因在于胡适有比较好的旧诗学根基，又读了很多西方的诗歌，因此学贯中西，做起诗来就能自成一派，然而他人就很难做到，因此“要想‘白话诗’发达，规律是不可不有的”。[③] 这个倡议算是有前瞻性的。事实上，文言与白话的争执，让支持白话的人们也提出白话也需要建设自己的规则，想怎么说就怎么说还是过于随

① 李濂镗：《与胡适书》，《新青年》1917 年 4 月第 3 卷 2 号。

② 胡先骕：《评〈尝试集〉》，载张大为等合编《胡先骕文存》上册，江西高校出版社，1995，第 37-38 页。

③ 朱经农：《致胡适的信》，载耿云志主编《胡适论争集》，中国社会科学出版社，1998，第 33 页。

便，不利于新文学的发展，比如朱我农也认为“笔写出来的白话”与“口说的白话”有分别，在某种意义上说，笔写出来的白话不过是新的文言，“我以为欲建设新文学文法是不可少的”。[①] 其实这些提议多少也映照出了旧体诗格律对新诗的影响，他们急于让新诗也披上形式完备的外衣以利于新诗的建设，可惜新诗尚处于草创阶段，难以立下可操作性的规则，也不适宜于建立规则，所以胡适断然否定了这一建议。

诗韵的问题在当时也是一个焦点问题，曹聚仁与章太炎之间的争论就是一个典型。1922 年章太炎在上海、苏州等地的国学讲演中提出诗与文的界限是“有韵的今人称为‘诗’，无韵的称为‘文’”，新诗无韵在他看来就不是诗。章太炎对于新旧诗的态度很明确，他认为中国的古典诗才是正途，他指出“诗至清末，穷极矣。穷则变，变则通；我们在此若不向上努力，便要向下堕落。所谓向上努力就是直追汉、晋，所谓向下堕落就是近代的白话诗”[②]。曹聚仁则反驳，他认为韵只是诗歌的外表与符号，他将韵比喻成妇人的衣裙，认为“诗与文之不同，不在形式，精神上自有不可混淆者在”，在曹聚仁看来，古诗与今诗在精神气质上是一脉相承的，在表

① 朱我农：《革新文学及改良文字》，载郑振铎编选《中国新文学大系·文学论争集》，上海良友图书印刷公司，1935，第 62 页。

② 章太炎：《国学之派别》，载曹聚仁整理《国学概论》，上海古籍出版社，1997，第 49-66 页。

现人生理想上有着共同的文体功能，而且“语体诗之为诗，依乎自然之音节，其为韵也，纯任自然，不拘于韵之地位、句之长短”[①]。曹聚仁在《民国日报》发表的文章《新诗管见》中也进一步辨析诗韵问题。曹聚仁辩护的观点可以归结为三点：其一，韵不过是旧体诗的形式符号，诗之所以是诗乃是诗的精神内质；其二，新诗也是有韵的，是自然韵，不受旧体诗的诗韵与形式束缚；其三，新诗是新事物，还有发展、完善的空间，不能苛求在草创期就完美无缺。南社邵力子还指出了章太炎矛盾的文化态度：“他知道无韵的新体诗也有美感（但不必叫彼作诗），他知道《尚书》是当时的白话文，他知道白话文能使人易解，他并非一概抹杀。”[②] 换言之，章太炎也感受到新诗自有美学价值，只不过新诗之美与他的诗歌美学观发生了冲突。显然，以旧的诗学价值体系来衡量新诗必然会觉得新诗不顺眼，但章太炎的矛盾恰好也反映了文化保守派其文化自信的松动。但我们也应看到，这种矛盾心态有着历史的语境，章太炎意在补救文化激进之失：“大抵稗贩泰西，忘其所自，得矿璞以为至宝，而顾自贱其家珍，或有心知其非，不惜曲学以阿世好，似盖萦情利禄，守道不坚者

---

① 曹聚仁：《讨论白话诗》，载曹聚仁整理《国学概论》，上海古籍出版社，1997，第 76 页。

② 邵力子：《志疑》，载曹聚仁整理《国学概论》，上海古籍出版社，1997，第 73 页。

也。民国即建……睹异说之昌披，惧斯文之将坠，尝欲有所补救。”[①]

态度矛盾的其实不止有反对新诗的章太炎，实际上，在关乎格律的问题上，胡适的诗学主张也具有两面性，一方面他指斥音韵格律不过是旧体诗的小把戏，而另一方面他又大量使用旧诗旧韵入白话诗，这也是胡适的诗被具有旧学功底的朱经农等人读来顺眼顺耳的重要原因之一，但胡适毕竟清醒：“那些用旧调旧诗体的人有了料，须要截长补短，削成了五言，或凑成七言；有了一句，须对上一句；有了腹联，须凑上颈联；有了上阕，须凑成下阕；有了这韵，须凑成那韵。”[②] 对新诗颇为支持的梁启超在 1925 年与胡适的通信中也建议，新诗要注意“韵”的存在及位置，他认为新诗的韵：“固不必拘定什么《佩文韵斋诗韵》《词林正韵》等，但取用普通话念去合腔便好。句中插韵固然更好，但句末总须有韵，若句末为语助词，则韵挪上一字。我总盼望新诗在这种形式下发展。”[③] 胡先骕则站在旧体诗形式基点上批评胡适说：“诗之有声调格律音韵，古今中外，莫不皆然。诗之异于文者。亦以声调格律音韵故。”他详细分析了胡适《尝试集》中新旧

① 章太炎：《华国月刊发刊词》，载姚奠中、董国炎《章太炎学术年谱》，山西古籍出版社，1996，第 347-348 页。

② 胡适：《新文学问题之讨论·胡适致任鸿隽》，载郑振铎编选《中国新文学大系·文学论争集》，上海良友图书印刷公司，1935，第 59 页。

③ 梁启超：《梁启超全集》，北京出版社，1999，第 6057 页。

诗的比率，批评胡适并没有打碎诗歌镣铐，这恰好说明“诗之有格律，实诗之本能”，在考察西方诗歌发展之后，他判断“可知在欧美各邦，古今来大诗人大批评家，除少数自谓为新诗人者外，靡不以整齐之句法为诗所不能阙之性质”，而且他非常推崇五言古诗，认为该形式既可言志又可以抒情，还能体物，是中国诗歌体式中最好的。因此，胡先骕总结说：“中国诗以五言古诗为高格诗最佳之体裁……无论何种题目何种情况皆有合适之体裁。以为发表思想之工具。不至如法国诗之为亚历山大体所限。尤无庸创造一种无纪律之新体诗以代之也。”[①] 郑振铎则针锋相对地指出旧体诗的格律形式已经过时，不必再去学习，旧瓶装新酒的思路是最笨的。

由此看来，新旧诗的论争从最初的形式质疑转向了雅俗之争。其实，新文学阵营对于格律的认识也并不一致，蔡元培一方面肯定白话诗的成绩，但同时他也指出旧体诗文的美学价值，他说：“旧式的五七言律诗，与骈文，音调铿锵，合乎调适的原则，对仗工整，合乎均齐的原则，在美术上不能说毫无价值。就是白话文盛行的时候，也许有特别传习的人。”[②] 在蔡元培看来文言与白话各有用途，但白话应用面更广，文言则处于雅文学层面，所以他称文言应在美术文

---

① 胡先骕：《评〈尝试集〉》，载张大为等合编《胡先骕文存》上册，江西高校出版社，1995，第27-30页。

② 高平叔编《蔡元培全集》第3卷，中华书局，1984，第358页。

中使用。此外，旧文学观占据文体观察的主导，旧文人拿着旧体诗格律形式的尺子来衡量新诗当然会看不下去。但正如胡适对胡先骕的批判那样，旧体诗家在面对现代文明时出现了“失语”状态，明明是在电灯光之下，却非用“荧荧夜灯如豆”，所以胡适提倡诗体大解放，认为破除格律之束缚对于新诗探索来说是必经之路，而刘半农提出的“破除旧韵，重建新韵”“增多诗体”[①]的建议则不仅呼应了胡适诗歌改革的理路，而且还较早具体地提出了新诗音韵形式建设的对策。从总体上看，新文学家对于音韵格律采取了相对包容的策略，“一方面他们并不赞同现代人去做骈文律诗，但也并不忽视国语中字义声音两重的对偶的可能性，觉得骈律的发达正是运命的必然”[②]。可以说，新诗的发展从一开始就饱受旧体诗形式的挤压，新文人在音韵格律问题上的“骑墙主义”态度正好说明了这一点，但要摆脱旧体诗的形式又是新诗必须迈出去的脚步，因此，在格律形式上，二者的分歧是很难弥合的。

复次，从诗意上来说，草创时期的白话诗最大的一个问题就是缺乏诗意。卞之琳在谈论胡适的新诗时就认为他做的旧体诗还尚可，但其新诗读来则是索然无味。[③]而在这一方

---

① 刘半农：《我之文学改良观》，《新青年》1917 年 5 月第 3 卷第 3 号。

② 周作人：《国粹与欧化》，载钟叔河编订《周作人散文全编》第 2 卷，广西师范大学出版社，2009，第 517 页。

③ 卞之琳：《新诗和西方诗》，《诗探索》1981 年第 4 期，第 39 页。

面给予较为有力质疑的是胡先骕，其《中国文学改良论》以层层批驳的方式“攻击”了白话诗缺乏诗意的要害。在胡先骕看来：“诗理想极高洁而冲合，岂近日白话诗人所能做者？”刘半农的《相隔一层纸》不及杜甫的《自京赴奉先县咏怀五百字》，沈尹默的《月夜》不及阮大铖的《春夜》，与古典诗歌相比，这些新诗“直毫无诗意存在与其间，真可覆瓿”，而旧体诗无不言情达意且典雅之致，他说诗词这类韵文“傅以清逸隽秀之词藻，以感人美术道德宗教之感想者也。故其功用不专在达意。而必有文采焉”。胡先骕甚至断言：“故欲创造新文学。必浸淫于古籍。尽得其精华。而遗其糟粕。乃能应时势之所趋。而创造一时之新文学。如斯始可望其成功。”[①] 在他看来诗文各有功用，胡适的诗总给人经验教训的味道，缺乏美感，而这些说理的功能应该由其他文体来承担，而旧体诗的音韵格律形式使得旧体诗的句法整齐、音韵谐美从而极大地增加了诗歌的美感。应该说，胡先骕以明晓中西文化专家的身份援引大量西方文学知识对新文学发起的进攻是比较有力的。针对胡先骕的发难，罗家伦展开了还击，他在品评古今中外名著的基础上指认白话文学的优势，认为：“论起艺术来，白话文学的艺术，比文言文学的艺术难多了！”

① 胡先骕：《中国文学改良论》，载张大为等合编《胡先骕文存》上册，江西高校出版社，1995，第 1-6 页。

在罗家伦看来文学字句只有适当与否而没有典雅与不典雅的区别。在论及诗歌时，他认为诗注重"想象""情感""音韵"，无论何种诗歌"只是有思想能表现批评得人生好，而有那几种特质，就是好诗"，白话不仅可以将对人生的感悟与批评表现得细致入微而且白话的声调近于自然，因此白话诗可以比文言诗做得更好。胡先骕指摘沈尹默、刘半农的诗浅薄，而罗家伦认为胡先骕没有读懂那些新诗。他还引述 Yeats 等人的观点总结近代诗的特点，认为新诗"重精神而不重形式""用当代的语言""绝对的简单明了""绝对的诚实""音节出乎天籁"[1]。罗家伦实际是围绕"艺术是为人生"这一论点展开论证的，在当时语境下有其合理性以及时代的紧迫性，但就艺术审美的角度而论，初创期新诗的诗意与美感比较苍白这是客观现实。在当时针对白话新诗缺乏诗意与美感方面提出具有实质性建议的文人是俞平伯，他在《白话诗的三大条件》中详尽阐释了白话诗如何应对缺乏诗意这一审美批判，他首先承认了诗歌是抒发美感的文学，他说"雕琢是陈腐的，修饰是新鲜的，文辞粗俗，万不能发抒高尚的理想"。因此，白话诗要想承载文学功能就应该满足三个要件："用字要精当、做句要雅洁、安章要完密。""音节务求协适，却不限定句末用

---

① 罗家伦：《驳胡先骕君的中国文学改良论》，《新潮》1919 年 8 月第 1 卷第 5 号。

韵。”“说理要深透、表情要切至、叙事要灵活。”[①] 无论是针对新诗草创的语境还是当时新诗发展的趋势，俞平伯提出的这三条可谓针针见血。在新诗发展初期，人们对于白话诗的看法，除了因旧体诗的阅读经验造成的质疑以外，最重要的一点就集中在了审美批判上，而用字精当、作句雅洁、结构严密的要求正是从白话诗缺乏诗的美学这一具体问题入手，给出的切实可行的建议。

最后，语言的分歧不仅仅属于文本表达形式的分歧，从语言是思想表达的工具来说，语言形式为表达思想提供了便利。从现代性的技术性表征来看，现代性带来的技术变革最表层的一个表象就是点对点的精确，从这点上说，便利的语言工具又为思想表达的精确提供了有效的载体，甚至直接推动了思想的深化。众所周知，晚清以来，西学渐开，中国知识分子在向西看的认识上出现了许多分化，尤其值得注意的两派是：其一，从向西看转向了守旧。比如严复在近代也是比较深入观察西方、学习西方的知识分子，当年翻译出一部《天演论》震惊中国思想界，其“物竞天择，适者生存”的经典翻译传诵至今。然而当新文化运动兴起时，他却站到了时代对立面，在林纾发起对白话文运动责难时，严复批评林纾的行为迂腐可笑，原因就是不值得辩驳，他认为陈独秀、胡

① 俞平伯：《白话诗的三大条件》，《新青年》1919 年 3 月第 6 卷第 3 号。

适等人的“发声”“则亦如春鸟秋虫，听其自鸣自止可耳”。[①] 再如康有为，从维新变法的领军人物一下子变成民国遗老，1912 年他甚至在其创办的《不忍》杂志上宣称：“彼以孔教为可弃，岂知中国一切文明，皆以孔教相系相因。若孔教可弃也，则一切文明随之而尽也，即一切种族随之而灭也。嗟乎！中国人而有此也，是何心哉？”[②]1923 年，这是新文化运动已经深入人心的时刻，康有为在西安的演讲中仍在宣称：“孔子圆通无碍，随时变通，无所不有，无可议者也……又近有通博之学者，久游欧洲，昔甚反攻孔子，今亦改而遵从孔子，亦可知真理不可破也……”他还劝谕众人：“无惑于异说，毋入于歧途，外求欧美之科学，内保国粹之孔教。力行孔子之道，修身立志，以为天下国家之用。”[③] 这一守旧思想其实还是没有脱离“中体西用”的思想藩篱，但从积极方面来讲，传承中华文化何尝不是中国现代化进程的一个组成部分？他们创作的旧体诗词更是华夏文明的魅力表征，从文体上来说几乎也是独一无二的。同时旧体诗的写作也成为此派文人情感寄托的象征，一如艾略特所说：“用艺术形式表现情感形式的

---

① 严复：《与熊纯如书》，载王栻主编《严复集》第三册，中华书局，1986，第 699 页。

② 姜义华、张荣华编校《康有为全集》第 9 卷，中国人民大学出版社，2007，第 345 页。

③ 姜义华、张荣华编校《康有为全集》第 11 卷，中国人民大学出版社，2007，第 278 页。

唯一方法是寻找一个‘客观对应物’；换句话说，是用一系列实物、场景，一连串事件来表现某种特定的情感；要做到最终形式必然是感觉经验的外部事实一旦出现，便能立刻唤起那种情感。”[①] 也许梁启超的观点颇能代表旧派诗人的心态，他说：“过渡时代，必有革命，然革命者，当革其精神，非革其形式。”[②] 旧体诗的形式无论在技术层面还是在情感层面都能唤起旧文人对民族文化的认同，因此，旧体诗必然固守其本来形式样貌。其二，从向西看转向文化保守主义，希望从中国旧学中返本开新，以吴宓为代表的学衡派便是这一思路的典型代表。实际上，早先国粹派的思想与吴宓等后来文化保守主义的思想一脉相承，比如，邓实针对一味向西看就提出批评：“忧时之士，愤神州之不振、哀黄民之多艰，以谓中国之弱，弱于中国之学；中国之学，必不足以强中国。于是而求西学。尊西人若帝天，视西籍若神圣。方言之学堂、翻译之会社，如云而起。”[③] 姚光在《国学保存论》中批评：“今日欧化东渐，新学诸子，以神州之不振，归咎于国学之无用，乃欲尽弃其学而学焉。”他援引印度、波兰、蒙古被灭的惨例以及日本振兴有赖国学之保存范例，说：“今日欲保我种族，必

---

① 艾略特：《艾略特诗学文集》，载王恩衷编译《哈姆雷特》，国际文化出版公司，1989，第 13 页。

② 梁启超：《梁启超全集》，北京出版社，1999，第 5327 页。

③ 邓实：《国学保存论》，《政艺通报》1904 年第 3 期。

先保存国学。而保存者，非固守不化之谓也，当光大之，发挥之。至于泰西学术，为我学所未及者，亦极多焉。当取其精华，弃其糟粕，融会而贯通之，而后国学庶能复兴。”[①] 姚光的思路显然是要先跟上时代浪潮，继而撇清守旧之符号，难能可贵的是，面对西学姚光并未一概否定，而是采取了兼收并蓄、为我所用的姿态。学衡派则试图以中西贯通的姿态发起调和中西以谁为宗的矛盾，吴宓的观点就非常典型：“国人动忧国粹与欧化之冲突，以为欧化盛则国粹亡。言新学者则又谓须灭绝国粹，而后始可输入欧化。其实二说均非是。盖吾国言新学者，于西洋文明之精要，鲜有贯通而彻悟者。苟虚心多读书籍，深入探幽，则知西洋真正之文化与吾国之国粹实多互相发明、互相裨益之处，甚可兼收并蓄，相得益彰。诚能保存国粹，而又昌明欧化，融会贯通，则学艺文章，必多奇光异彩。”[②] 吴宓的见解不可谓不深刻，但在当时语境之下，这样似是而非极具包容性的言论却有淡化新旧界限、模糊中学与西学之别的嫌疑，尤其在“整理国故”的大环境下，新派与旧派界限崩塌，尤其旧派文人以诗词骈赋等作为国学向社会宣传读经救国之类的思想，一时引起社会不小的震动，而西方学者杜威、罗素等人对东方文明不明就里的赞叹

---

① 姚昆群等编《姚光全集》，社会科学文献出版社，2007，第 11 页。

② 吴宓：《论新文化运动》，《学衡》1922 年 4 月第 4 期。

更是博兴了国学之势，这种情势下，五四蓄积起来的新文化力量有被复古浪潮尘埋的危险，因此，陈独秀、胡适、吴稚晖等一大批文人都纷纷撰文驳斥复古浪潮，1927 年胡适还撰文《整理国故与“打鬼”》以明确“整理国故”的意义。面对反对新文化运动势力混淆视听的种种言论，周作人也曾一针见血地指出：“向来有一种乡愿的调和说，主张中学为体西学为用，或者有人要疑我的反对模仿欢迎影响说和他有点相似，但其间有这一个差异：他们有一种国粹优胜的偏见，只在这条件之上才容纳若干无伤大体的改革，我却以遗传的国民性为素地，尽他本质上的可能的量去承受各方面的影响，使其融和沁透，合为一体，连续变化下去，造成一个永久而常新的国民性。”① 实际上新文学家欧化之目的不在模仿而在于吸收、借鉴，他们不仅反对模仿古人也反对模仿西人，他们打破陈旧的目的在于建设一个新时代的社会与公民。但回头来看诗歌领域的思想争执，从“国粹”到“学衡”，文化保守主义者在策略上都没有全面拒绝对西方文化的学习，只是身处新文化浪潮的背景下，不合时宜或者说稍显超前的“声音”容易被时代所误解。旧体诗作为中国传统文化精华的符号象征，也是文化保守主义者必然坚守的写作文体，因此，他们

① 周作人：《国粹与欧化》，载钟叔河编订《周作人散文全编》第 2 卷，广西师范大学出版社，2009，第 516-517 页。

必定在诗学上与新诗展开纷争，但问题在于，其论争一旦处于阻碍时代进步的文化位置，争论的结果必然会被扭曲。

此外，新旧论争中的调和论调在当时也是值得注意的现象。陈子展就这样说过："这里所谓新派旧派，本无截然的界限。其实诗须是诗，派无分于新旧。而且他们诗的外形都是因袭的，绝少创体，不好分出什么新旧来。何况你方以为新的，转瞬又已成了旧的呢。不过为了叙述便利起见，姑且假定略已感受外来学术思想的影响，或时代潮流的刺激，渐能运用旧格律熔铸新材料的为新派（其中如黄遵宪已自命为新派）；又把能够运用旧格律翻译西洋的也附于新派。"[①] 如果说陈子展的这番言论代表了新派文人在中西文化上的缝合态度，那么，新派文人高举时代精神来指斥旧体诗的合法性则有待商榷。胡适一再批评江西诗派等遗老的旧体诗写作不过增添了几件复古的赝品，还算不得真古董，其意就是站在时代精神的立场上来质疑旧体诗的合法性，而且胡适新诗学的主张"言之有物""务去陈词滥调"，其指向就是强调新诗要有现代思想与情感的表达。支持白话文运动的南社文人邵力子也站在时代精神的立场上批判吴佩孚对新诗的反对，他说："吴佩孚自己所做的诗，我们也早领教过，虽然都是七个字一句，每句讲平仄，句与句之间也押着韵，但迂腐的见解，加以鄙

① 陈子展：《中国近代文学之变迁》，上海古籍出版社，2000，第150页。

吝的词头，是否可算是‘诗’，怕还是个疑问。”[①]很显然，邵力子这种以新诗美学标准来批评旧体诗，其攻击是相当有力的，切中了旧体诗的软肋，毕竟旧体诗在现代情感、现代意识的表达上存在短板乃是公认的事实。不过有意思的是，在新旧诗学的论争之下，新旧诗的创作也发生了一些变化，新诗在新文学第一个十年其浓厚的旧体诗印痕是众所周知的事。不过在新诗写作的影响下，旧派文人的旧体诗写作也出现了白话诗的一些特征，比如胡先骕在批评胡适的《尝试集》时所举的例子——陈三立的诗《崝庐述哀诗五首》中第一首："昏昏取归途，惘惘穿荒径。扶服崝庐中，气结泪已凝。岁时辟踊地，空棺了不胜。犹疑梦恍惚，父卧辞视听。儿来撼父床，万唤不一应。起视读书帏，蛛网灯相映。庭除迹荒芜，颠侧盆与甑。呜呼父何之，儿罪等枭獍。终天作孤儿，鬼神下为证。”[②]吴宓读此诗时说："《崝庐述哀诗五首》，真挚悲壮，为集中上上之作。”[③]胡先骕举这首诗就是为了证明旧体诗也善于白描。确实，读惯新诗的人，也深觉此诗哀痛之情至深，未见雕琢也未见玄奥之语，但诗人哀痛之情就自然流淌出来

① 邵力子：《吴佩孚反对白话诗》，载傅学文编《邵力子文集》，中华书局，1985，第999页。

② 陈三立：《散原精舍诗文集》，李开军校点，上海古籍出版社，2003，第16页。

③ 吴宓：《读散原精舍诗集笔记》，载袁行霈《国学研究》第1卷，北京大学出版社，1993，第546页。

了，非常具有感染力。与之相辉映的是，新文学家在彼时期写下的很多旧体诗也深具白话的味道，胡适《尝试集》中的旧体诗自不待言，且看胡适1918年给钱玄同的一封信中的一首诗："野竹遮荒冢，残碑认故臣。前年亡虏日，几个采薇人？"这首诗虽也用典，讲究韵律，但是读来通畅晓达，叙事性较强，诗人感时之情也容易感知，胡适也不好意思地在信中说："这首诗有点旧派习气，先生定笑我又'掉文'了。"[①]胡适在应答章士钊时的一首诗中如是说："但开风气不为师，龚生此言吾最喜。同是曾开风气人，愿长相亲不相鄙。"再如，杨杏佛1919年也有一首诗比较典型——《叔永过汉，余与厂事不得久谈，书此致别》："联翼涉美亚，归道忽东西。君作游天龙，吾为笼内鸡。值此千里逢，难同一日栖。友情空复热，心远暮云低。"相对格律诗常常为了讲求层次与内容的丰富因而字词紧凑从而显得典奥难懂，白话诗则以白话口语入诗以生动、形象制胜。不论是胡适的应答诗还是杨杏佛的旧体诗，无不典型地演绎了白话在旧体诗中的生动与畅达。当然，并不是说所有诗人写的旧体诗都出现了白话的倾向，但因为白话文运动，旧体诗的创作出现了微妙的变化已是不争的事实。需要指出的是，白话诗一旦在旧体诗中蔓延，确实也会出现梅光迪所批评的如莲花落的问题。比如朱经农

① 耿云志、欧阳哲生编《胡适书信集》，北京大学出版社，1995，第11页。

曾写一首诗："日来作诗如写信，不打底稿不查韵……觐庄若见此种诗，必然归咎胡适之。适之立下坏榜样，他们学之更不像。请看此种真白话，可否再将招牌挂？"[①] 胡适认为写得很好，读了"欢喜得不得了"，但就诗歌美学来讲，这样写诗确实破坏了诗歌的美感。针对这些争论，学者姚鹓雏在 1919 年所提出的观点值得深思，他说："旧体诗好比是中国式的瓷器碗，新体诗就好比是洋瓷碗，形式上固然有新旧，好丑却不在形式，而在碗里的东西，讲究的是滋味。"在他看来："会作诗而又有新学术新思想的人，不妨做做新体诗，万一他的新体诗做得好，受到欢迎，这不是新诗形式的功效。这是研究新学术新思想的功效……反之，思想学术果真新了，仍旧做做旧诗，也未尝不可。旧瓶装新酒，旧碗盛佳肴，我看滋味还是不错的。"[②] 换句话说，形式并不重要，思想新旧在旧体诗的写作中也不会有太大区别，旧体诗的文化溶解力非常强势，这一思路给新旧文化的和解似乎直接架起了一座桥梁。

由《骸骨之迷恋》一文引起的笔战以及文坛争论无不显示了新旧诗学的文化交锋。新诗人以"陈陈相因、滥用典故、使用生僻字、玄奥难懂、声律束缚"等问题质疑旧体诗写作。梁启超在《〈晚清两大家诗钞〉题辞》一文中关于旧体诗写

---

① 耿云志主编《胡适论争集》，中国社会科学出版社，1998，第 29 页。

② 姚鹓雏：《也谈新体诗和旧体诗》，载章培恒、胡明、梅新林主编《中国文学古今演变研究论集二编》，上海古籍出版社，2005，第 3 页。

作“四个排斥”[①]的论述是与新文学家几乎相同的诗学批判态度，这也充分说明了新旧诗学斗争的价值。我们清楚，新诗学一方面尚处于探索期，处处受制于旧诗学的影响，而另一方面他们直陈旧诗模式化、僵硬化，陈陈相因，这些也是客观事实，尤其是在现代化开始影响中国社会方方面面的过程中，新诗越来越显示出其适应时代表达的一面。新诗人发现“旧诗的文字是极精炼纯熟的，可是经过了几千年循循相因的使用，已经有极端的精炼和纯熟流为腐烂和空洞，失掉新鲜和活力，同时也失掉达意尤其是抒情的作用了”[②]，从这一层面上来讲，新诗又逐渐往上走。但需要看到的是，在新文学发生期的第一个十年，新诗与旧诗之间的论争也在一定程度上促进了其各自在现代化领域的调试，而且相较之下，拥有千年文化底蕴的旧体诗无论在文化功绩还是在诗歌形式上，无论是在阅读体验还是在写作方式上都占据了一定的优势，所以人们会看到新诗内部的调整每每会涉及音节、形式等问题展开，刘半农在1926年《扬鞭集》的自序中谈道：“我在诗的体裁上是最会翻新花样的。当初的无韵诗，散文诗，后来的用方言拟民歌，拟‘拟曲’，都是我首先尝试。至于白话诗的音节问题，乃是我自从一九二零年以来无时不在心头的

---

① 梁启超：《梁启超全集》，北京出版社，1999，第4931页。

② 梁宗岱：《诗与真·诗与真二集》，外国文学出版社，1984，第169页。

事。”[①] 刘半农的这一“心病”非常形象地刻画出了新诗人们面对具有成熟写作机制的旧体诗时的压抑，可见，旧体诗对新诗的影响不仅显而易见，而且是持久的，尤其在新文学发生期的第一个十年。但反过来看，新诗在新文学发生期的第一个十年与旧体诗展开的诗学抗争又何尝不是旧体诗在“他者”中的自我调适？毕竟，新旧诗都是中国诗歌的重要组成部分，任何部分的缺失，于中国诗歌而言都是不完整的。

第二节　对旧诗的反抗与新诗的自身调试——以胡适为中心

毫无疑问，任何民族传统的形成都是文化积淀的结果，而传统一旦形成则势必使拥有这一传统的族群成为一个稳定的共同体，尤其在农业文明非常辉煌的中国，传统几乎意味着社会和族群是超级稳定体。传统也是文化传递的隐形载体，没有传统，文化无法得以传递与丰富，民族文化的纽带也将丧失。然而，当旧传统无法适应时代巨变之时，反抗传统的情绪就会潜滋暗长并迅速发展成为燎原之火，新的传统因此可能应运而生，尽管这一过程比较曲折，但新传统作为推进

① 刘复：《刘半农诗选》，人民文学出版社，1958，第3页。

文化发展的强势发动机，人们又会缓慢地成为其坚定的支持者。恰如勒庞所言：“无论新传统还是旧传统，倘若没有一个传统存在，文明就不可能延续；而如果没有新的传统，文明也不可能进步。”[①] 旧体诗作为中国传统文学的典范，其稳定性也是不容置疑的，然而在西学涌动的晚清民国，对于新诗的呼唤已经有了较为深厚的积淀，因此，当胡适等新诗先辈以白话诗点燃新文学运动的火把时，旧体诗也就难免要遭受到巨大冲击，然而，旧体诗作为传统文学的典范，其巨大的稳定性以及文化底蕴也让新诗遭受了“影响的焦虑”，不过，这种压力之下，新诗内部的调试却为旧体诗的转向提供了向现代转换的某些思路，因此，新诗的反抗与调试也成了观察现代旧体诗的一个窗口。作为中国新诗的开创者，胡适是从旧体诗写作向新诗转变创作的伟人，因此，本节将以胡适的诗学转换为中心展开对新诗的观察进而明确旧体诗在新文学第一个十年间对新诗历史的推进。众所周知，中国新诗的建立，不仅得益于传统诗学自身的文化积淀，更归功于五四时期以胡适为首的众多文人的白话诗创作与理论探索。胡适诗学于中国新诗学不仅具有建立文学新范式、开风气之先的价值，而且他在现代性理念的引入与追求方面也为中国现代文学的

---

① 古斯塔夫·勒庞：《乌合之众：大众心理研究》，戴光年译，新世界出版社，2010，第78页。

发展开辟了新路，因此，其新旧诗学的转换在中国新诗史上就有了重大的意义。就白话诗的创作而言，从《去国集》到《尝试集》，胡适经历了从旧体诗写作到白话诗写作的转换与尝试。就诗学理论准备而言，《谈新诗》的系统阐发与《逼上梁山》对新文学发生史的回望，胡适实现了从传统诗学迈向现代诗学的局部突进，胡适新旧诗学的转换不是对西方诗学的简单模仿，而是中西文化交融的产物。他所引发的五四白话文运动“真正开创了中国诗歌发展的新纪元”[①]。

一、从“去国”到“尝试”：“中间态”新诗的样貌

作为中国第一部白话新诗集《尝试集》，其出版后曾一度洛阳纸贵，甚至引起章士钊对时人的激烈批判：“一味于《胡适文存》中求文章义法，于《尝试集》中求诗歌律令。”[②]但梁启超则赞叹：“《尝试集》读竟，欢喜赞叹得未曾有，吾为公成功祝矣。”[③]然而一个不为人所熟知的事实是《尝试集》中还附录了一辑旧体诗《去国集》，胡适指出：“既已自誓将致力于其所谓‘活文学’者，乃删定其六年以来所为文言之诗词，

① 龙泉明：《中国新诗流变论》，人民文学出版社，2003，第13页。

② 章士钊：《评新文化运动》，载《章士钊全集》第4卷，文汇出版社，2000，第212页。

③ 耿云志主编《胡适遗稿及秘藏书信》第33册，黄山书社，1994，第15页。

写而存之，遂成此集。”[①] 从旧体诗的写作到白话新诗的集结出版，胡适诗学存在着新旧诗学转换的问题，其间也展现了其建立新诗学的强烈诉求。从《去国集》到《尝试集》，新旧诗的楚汉河界异常清晰。

《去国集》中诗歌样式丰富，既有相对自由的五言诗、七言诗、骚体诗，也有词韵严整的词。具有浓烈古风气息的《去国行》、典雅灵动的《水龙吟·绮色佳秋暮》等无不是古诗古韵之作，可以说，无论是形式体裁还是韵律的合辙，《去国集》都属成熟的旧体诗样式。但需要特别指出的是，《去国集》以旧体诗形式描述西方所见所闻，一个明显的特征就是力图以中贯西，胡适这一努力在形式上虽成功，但在文化传递上却遭遇了“失败”。他自己也说“《去国集》里的《耶稣诞节歌》和《久雪后大风作歌》都带有试验意味”[②]。细读这两首诗就会发现问题之所在：旧体古风欲描写之景是西方的，但稍懂西方文化都会看出诗中所描完全是中国人眼中的外国景，旧体诗的形式未能准确传递西洋景象背后的文化。比如《耶稣诞节歌》中“明朝袜中实饧粆，有蜡作鼠纸作虎”，本欲刻写圣诞老人送礼物之场景，但表达效果之差显而易见。

① 胡适：《去国集·自序》，载欧阳哲生编《胡适文集》第9卷，北京大学出版社，1998，第183页。

② 胡适：《去国集·自序》，载欧阳哲生编《胡适文集》第9卷，北京大学出版社，1998，第71页。

看来，《去国集》名虽“去国”实则“怀国”，本质上讲是以中国文化本位立场看待西方，但客观现实是，黄遵宪式的以中贯西的诗学思路走不通。诗语形式上的言不达意，这种文化差异导致的严重分裂催动了胡适诗学的新变，《尝试集》正是追求这种新变努力的结果。

首先，从《去国集》到《尝试集》最大的改变是“诗体大解放”诗学理念的逐渐摸索。文学作品外在形式的变更一定会影响文本意义的生成，诗歌结构体式的变化也是如此。承“诗界革命”之余绪，胡适认为格律形式严重束缚了现代人思想情感的表达，情感“复杂细密一点，旧诗就不够用了”①。而“诗体大解放”“就是把从前一切束缚自由的枷锁镣铐，一切打破：有什么话，说什么话；话怎么说，就怎么说”。② 检视《尝试集》即会发现，诗作多以长短不一、自由奔放的句式呈现，以白话入诗、追求诗歌的散文化，力图打破旧体诗歌的形式束缚，在语言表达上践行了“作诗如作文”的理念。如《一颗星儿》，若将分行拆除，黏结起来就是一段小散文，而且类乎内心独白，抒情地自由书写。在音节构成上，此诗音节自然松散，既有三音节的“风雨后”“月明时”，

---

① 胡适：《谈新诗》，载欧阳哲生编《胡适文集》第2卷，北京大学出版社，1998，第136页。

② 胡适：《尝试集·自序》，载欧阳哲生编《胡适文集》第9卷，北京大学出版社，1998，第81页。

也有四音节的“闷沉沉的”“杨柳高头”；在诗意表达上，《一颗星儿》以现代文明的自我意识为引导展开，诗人心中淡淡的愁绪以及心灵的波动无不是清新自然地流露，诗人孤高、不屈的心境也非常自然地刻写了出来。连对胡适诗歌多有微词的废名也赞美《一颗星儿》：“诗的句子写得好，清新自然，诗的情绪也是弓拉得满满的，一发便中，没有松懈的地方。”① 在废名看来，这首诗不仅是句子好、诗意美，而且结构紧凑。虽然胡适也承认在这首诗中使用了旧词旧韵来辅助新诗音节和谐，但整体观之，全诗与旧体诗相比，无论是形式的安排还是内容的表达都充满了现代气息。

《尝试集》与《去国集》的变革还表现在讲究言之有物、不因句造词上。旧体诗因为格律形式的要求，得一佳句为诗不免会遇到因韵设句、因句找词的问题，但胡适认为诗歌是思想表达的工具，新诗写作必须打破凑句的格式安排，所以他一再强调：“五七言八句的律诗决不能容丰富的材料，二十八字的绝句决不能写精密的观察，长短一定的七言五言决不能委婉达出高深的理想与复杂的感情。”② 在胡适看来新诗的任务首在表达现代人的复杂思想与情绪。诗《一笑》较好地体现了这一诗学主张：“十几年前 / 一个人对我笑了一笑 /

① 废名、朱英诞：《新诗讲稿》，北京大学出版社，2008，第 30 页。

② 胡适：《谈新诗》，载欧阳哲生编《胡适文集》第 2 卷，北京大学出版社，1998，第 134 页。

我当时不懂得什么 / 只觉得他笑得很好 / 那个人后来不知怎样了 / 只是他那一笑还在 / 我不但忘不了他 / 还觉得他越久越可爱 / 我借他做了许多情诗 / 我替他想出种种境地 / 有的人读了伤心 / 有的人读了欢喜 / 欢喜也罢伤心也罢 / 其实只是那一笑 / 我也许不会再见那笑的人 / 但我很感谢他笑的真好。”这首情诗在胡适《尝试集》中算不上优秀，读来甚为平淡，但细读之下却会惊奇胡适构思之巧妙，的确，人一生珍贵的记忆其实不多，然而心上人回眸一笑却是芸芸众生觉得珍贵的最美记忆，那愈久弥深的回想与往事在白话诗歌的刻写之下显得如此从容却又有种淡淡的伤感涌上心头，情海深处的辛酸苦辣娓娓道来似乎闪现了“拈花一笑”式的智慧。

《尝试集》与《去国集》的变革不仅在内容取舍上更多展现了现代人关心的诸如个性解放、民主自由之类的问题，而且在现代诗的审美风格上，《尝试集》更是力求平实、淡远、含蓄。《一念》《人力车夫》《老鸦》《关不住了》等诗篇充满了现代文明的关怀，而《晨星篇》不论是诗意的表达还是诗美的建构都堪称胡适现代诗歌的典范。该诗首段以叙述的方式回忆去年往事：“我们吹了烛光 / 放进月光满地。”非常典雅幽静，其间又充满了诗人浪漫的想象，此句恰到好处地实现了现代与古典的双重协奏，诗第二段：“去那欲去未去的夜色里 / 我们写着几颗小晨星 / 虽没有多大的光明 / 也使那早行的人高兴。”将理想比喻成小晨星，希望那微弱的光芒也能带给早行人光明，用语平实却闪现智慧的光芒；第三段诗人以他者的身份设问以自嘲：“他念着我们的旧诗 / 问道，‘你们的晨星呢 / 四百个长夜过去了 / 你们造的光明呢’。”诗人内心的苦闷、懊恼、自责甚至彷徨在设问中展现得淋漓尽致。最末一段则表达了诗人继续“努力造几颗小晨星”的恒心，在诗人看来“虽没有多大的光明 / 也使那早行的人高兴”。全诗情感的流露自然，用语清新、古雅，完全回避了朱湘所批评的粗糙问题，实现了语言与内容的高雅交融。《尝试集》中内容与诗美并重的还有一些诗篇，比如，《湖上》意境的营造与《晨星篇》非常类似：“水上一个萤火 / 水里一个萤火 / 平排着 / 轻轻地 / 打我们的船边飞过 / 他们俩儿越飞越近 / 渐渐地并作了一个。”诗歌语言干净凝练、意境清新典雅、淡远含蓄，回环往复的吟咏、层层推进的韵味令读者难以忘怀。

二、建构新诗学的理论自觉

如果说从《去国集》到《尝试集》展示了胡适新旧诗学在实践层面的转型，那么，《谈新诗》等诗论则集中展现了胡适为中国新诗理论开山的勇气与自觉。胡适新诗学的理论建立经历了传统诗学与现代诗学从对立到交融的转换，其新诗学核心理念可概括为：以白话入诗，不拘格律，言之有物，追求平实、淡远、含蓄的意境。为建构上述新理论，胡适做了诸多有效尝试与探索。

首先，诗歌语言表达的形式问题是胡适新诗学首先关注的焦点。胡适认为新诗写作的形式问题事关新诗写作合法性："若想有一种新内容与新精神，不能不先打破那些束缚精神的枷锁镣铐。"[①]没有新的表达方式，新诗最关键的特质则无法表现出来，也就丧失了新诗新质的合法性，他认为只有诗体得到大解放，"丰富的材料、精密的观察，高深的理想，复杂的感情，方才能跑到诗里去"[②]。换句话说，只有解决了文体语言形式才能创作出有效的新诗。胡适以历史进化的眼光观察中国诗歌之变迁，认为"诗的进化没有一回不是跟着诗体的进化来的"[③]。在《逼上梁山》中胡适也说："我认定了中国诗史上的趋势，由唐诗变成宋词，无甚玄妙，只是作诗更近于作文！更近于说话，近世诗人欢喜做宋诗，其实他们不曾明白宋诗的长处在哪儿，宋朝的大诗人的绝大贡献旨在打破了六朝以来的声律的束缚，努力造成一种近于说话的诗体。"[④]胡适还举周作人的《小河》为例做了阐释，认为《小河》成功表达了细密的观察，超越了旧体诗对新诗写作影响的焦虑。此外，胡适还举了自己的诗《应该》为例进一步证实白话新诗

① 胡适：《谈新诗》，载欧阳哲生编《胡适文集》第2卷，北京大学出版社，1998，第134页。

② 同上书，第134页。

③ 同上书，第137页。

④ 胡适：《逼上梁山》，载欧阳哲生编《胡适文集》第1卷，北京大学出版社，1998，第144-145页。

的妙处，他嘲笑旧体诗连“他也许爱我——也许还爱我”都表达不出来，胡适诗作中“我”字高频率浮现显示了胡适新诗学在此方面的努力。

第二，新诗音韵问题貌似是胡适新旧诗学转换与冲突最为激烈的地方，其实不然。关于音韵问题，胡适采取了调和的姿态：一方面力避格律对新诗的束缚，另一方面却“借尸还魂”——借旧词调补新诗音韵美的缺憾。胡适也曾在《四十自述》中不无嘲弄地说：“做惯律诗之后，我才明白这种体裁是似难而实易的把戏；不必有内容，不必有情绪，不必有意思，只要会变戏法，会搬运典故，会调音节，会对对子，就可以诌成一首律诗。”① 在胡适看来，中国诗歌从诗到词的样式转换恰好说明了语言白话化的大趋势。他反感只有音律没有情感的诗词：“单有音律而没有意境与情感的词，全没有文学上的价值……没有情感，没有意境，却要作词，所以只好作‘咏物’的词。这种词等于文中的八股，诗中的试帖；这是一班词匠的笨把戏，算不得文学……”② 但必须注意的是，在强烈抨击古典诗词末路的同时，胡适并不避讳借用词的格调来弥补新诗音律美的缺陷，比如《送叔永回

① 胡适：《逼上梁山》，载欧阳哲生编《胡适文集》第1卷，北京大学出版社，1998，第87-88页。

② 胡适：《词选：胡适选注民国高级中学国语读本》，中华书局，2007，第7页。

四川》就是典型。诗首段中的“乡”“光”“样”，第二段中的“好”“鸟”“笑”“啸”，还有第三段中的“匆”“送”“重”，都是借旧体诗押韵的方式来增强白话诗的音韵美。他认为“双声叠韵的玩意儿，偶然顺手拈来，未尝不能增加音节的美感”，这说明，胡适并不反对新诗借韵于旧诗，旧体诗词固定成型的美妙音律可以拿来丰富新诗的表达技巧。胡适还说：“今日作诗，似宜注重此种长短无定之体。然亦不必排斥固有之诗词曲诸体。要各随所好，各相题而择体，可矣。”[①] 但他也强调：“诗的音节是不能离开诗的意思而独立的。”[②] 需要强调的是，无论怎样调和旧诗词格调入新诗，自由抒写才是胡适新诗写作的内核。胡适反对因韵律束缚而凑诗的做法，在《答任叔永》中，胡适一再指认新诗是“有什么话，就说什么话：并不一面顾诗意，一面顾诗调。那些用旧调旧体诗的人，有了料，须要截长补短，削成五言，或凑成七言；有了一句，须对上一句……那才是顾此失彼呢。——岂但顾此失彼，竟是‘削足适履’了”。可见，胡适既反对因为诗，体格式去凑诗也积极主动地汲取旧诗学的营养，他希望新诗能够兼收并蓄、尽可能吸收一切有益的养分。

---

① 胡适：《答钱玄同书》，载欧阳哲生编《胡适文集》第2卷，北京大学出版社，1998，第35-36页。

② 胡适：《尝试集·再版自序》，载欧阳哲生编《胡适文集》第9卷，北京大学出版社，1998，第87页。

第三，“自然的音节”问题是新诗。胡适提出新诗发展的趋势是朝着“自然的音节”走，他将“自然的音节”分成“音”和“节”两个层面来阐释：“节——就是诗句里面的顿挫段落……新体诗句子的长短是无定的，就是句子里的节奏，也是依着意义的自然区分于文法的自然区分来分析的……”胡适在白话新诗的写作中，非常注意形式上的变化，诗句长短不一，力争以新形式表达新诗意。《尝试集》从初版到四版，在诗句的长短形式安排上都有意识地追求现代语体，诗语错落有致，处处营造说话的自然气势。在胡适看来，新诗的音节是自然语义的停顿与表达，不必套用旧诗词的形式，新诗的音节处理应以自由、自然地表达为原则。至于“音”，胡适指出“就是诗的声调。新诗的声调有两个要件：一是平仄要自然，二是用韵要自然……我们简直可以说，白话诗里只有轻重高下，没有严格的平仄”，也就是说，新诗的声调要贴近自然说话的法则，不必严守平仄。关于新诗用韵的问题，胡适提出了三点看法：“第一，用现代的韵，不拘古韵，更不拘平仄韵。第二，平仄可以互相押韵……第三，有韵固然好，没有韵也不妨。”所以在《蝴蝶》《赠朱经农》等诗篇中的句末押韵也是押现代汉语的韵。不仅如此，他还认为“内部的组织——层次、条理，排比，章法，句法——乃是音节的最重要方法”，这样看来，胡适对音节的处理采取了折中的办法，一方面强调不必注意音韵节奏的问题，另一方面却提醒新诗写作者对于“层次、条理，排比，章法，句法”不能不重视。总之，胡适关于新诗音节问题的认识类似“作诗如作文”：音节的问题也需解放，一切以表达方便为宜，不必拘泥于外在形式的束缚。①

最后，再看看关于新诗写作的有效性的讨论。胡适提出：“诗须要用具体的做法，不可用抽象的说法。凡是好诗，都是具体的；越偏向具体的，越有诗意诗味。凡是好诗，都能使我们脑子里发生一种——或许多种——明显逼人的影像。这便是诗的具体性。”② 胡适认为新诗要言之有物，不用套语，希望新诗言近而旨远，新诗的意境深入而浅出。在评论陈梦家诗时他说：“我深信诗的意思与文字要能‘深入浅出’，入不嫌深，而出不嫌浅。凡不能浅出的，必是不曾深入的。”③ 这一论断相当经典。通俗地讲，诗歌写作在表达上既追求晓畅易懂也注重思想的表达与意境营造。如何既让新诗晓畅易懂又能生发出合乎现代性的意境是现代诗学的难题，对此，胡适提出了“平实”“含蓄”“淡远”的诗学主张。在《谈谈‘胡适之体’的诗》中他专门阐释：“‘平实’只是说平平常常的老实话，‘含蓄’只是说话留一点余味，‘淡远’只是

---

① 胡适：《谈新诗》，载欧阳哲生编《胡适文集》第2卷，北京大学出版社，1998，第141-144页。

② 同上书，第145页。

③ 秦立夏、周罡选编《胡适作品精选》，长江文艺出版社，2005，第333页。

不说过火的话，不说‘浓的化不开’的话，只疏疏淡淡的画几笔。”[①]“平实”比较符合胡适一贯的实验主义风格，“含蓄”“淡远”则更多地体现了传统诗学在胡适内心强大又自觉的影响，透过这三个诗学关键词不难看出胡适新诗学的主张正是在中西诗学的交融中产生的。耐人寻味的是 1959 年 5 月 16 日胡适跟来访者谈道：“白居易的诗，老太婆都能听得懂，西洋诗人也都如此，总要使现代人都能懂，大众化。律诗、用典的文章，故意叫人看不懂，所以没有文学的价值。”[②]可见，胡适晚年仍然坚持诗歌写作自由奔放与言之有物的诗学态度。

需要说明的是，胡适尽管从各种角度阐发他的新诗学主张，但并非要为新诗立法，他的新诗学主张只是一个要约，希望确立新诗发展大致方向，所以当朱经农致信谈到“白话诗应该立几条规则”时，胡适果断回绝：“这是我们极不赞成的。”[③]胡适认为新诗学应该包容开放，即便有规则也应留待将来。总之，胡适新旧诗学的转换以及对新诗所做的各种调试都为中国新诗的发展做了细致而扎实的准备。

---

① 秦立夏、周罡选编《胡适作品精选》，长江文艺出版社，2005，第 137 页。

② 胡颂平编《胡适之晚年谈话录》，中国友谊出版公司，1993，第 23 页。

③ 胡适：《答朱经农》，载欧阳哲生编《胡适文集》第 2 卷，北京大学出版社，1998，第 71 页。

三、新旧诗学转换成因及影响

李欧梵在谈到五四文学时指出："五四文学的'现代主义'有一个最显著的特点：中国现代作家突出地展示自己的个性并向外部施加影响，而不是转向自我和艺术领域。"[①] 然而正是这种狂放与浪漫的个性展示使得胡适新诗学蕴含了对国家、对民族语言的浪漫想象：他希望以语言作工具带来社会新革新，以新国语之教育再造中国之新文明。今天重新翻阅《尝试集》与《去国集》常令人感慨：一个受传统文化教育出来的士子在彼岸西潮熏染下艰难而孤独地探索中国自己的现代文明，最终他为新文学闯出了一条新路，可人们对他的评价却往往限于"但开风气"。胡适新旧诗学的转换对中国新诗的影响是不容置疑的，而新旧诗学转换的背后也饱含着对当下中国诗歌深具参照价值的因子。

就转换成因来看，首先，在救亡图存的晚清民初，朝野上下乃至黎民百姓无不思考救亡图强的问题。与其说是伟人影响了时代，毋宁说是伟人响应了时代的召唤：胡适新旧诗学的成功转换也正因为顺应了社会急剧转型的历史呼唤才使得新文学运动"天下云集响应"，与此同时，社会转型之际的文化积

---

① 李欧梵：《文学的趋势 I：对现代性的追求，1895—1927 年》，载费正清主编《剑桥中华民国史》上卷，杨品泉等译，上海人民出版社，1991，第 563 页。

淀与喧哗提供了社会大众心理期待的温床，这为胡适新旧诗学的转换提供了良好的历史机遇。胡适在《四十自述》中谈道：“我不知道我那几十篇文字在当时有什么影响，但我知道这一年多的训练给了我自己绝大的好处。白话文从此形成了我的一种工具。”[1] 胡适提到的文字是指在赴美留学之前《竞业旬报》上发表的几十篇白话文章和小说，这说明在语言工具的革新方面，在“去国”之前胡适就已经做了扎实的准备；就思想层面的影响而言，近代以来尤其是甲午之战到戊戌变法，谋求新生的思潮风起云涌，梁启超等先贤力倡“诗界革命”，他们的思想对胡适影响很大。译诗《六百男儿行》就显示出了胡适在翻译中对“新意境”诗艺的追求。胡适新诗学的影响史证实其新旧诗学的转换应该归益于中国传统诗学的积淀。钱玄同曾经很是质疑胡适诗作中旧体诗的印痕太明显，但返归历史现场就能理解胡适在改革中国诗学的气度及实验策略，其为中国新诗勇敢尝试的态度不仅大胆包容而且态度严谨。

其次，西学的熏陶直接诱导了胡适新旧诗学的转换，可以说，中西对比的诗学视野与士大夫情怀的交融是推动胡适新旧诗学转换的文化动因。西学对中国现代诗学的熏陶不单是体现在西方文学方面，还有西方政治哲学的熏染。一方面，

---

① 胡适：《四十自述》，载欧阳哲生编《胡适文集》第 1 卷，北京大学出版社，1998，第 85 页。

胡适在不同的场合强调要加紧翻译西方的经典文本，如在《建设的文学革命》中胡适一再梳理西方文学的发展史以对比中国文学之不足，大力提倡翻译西方一流作品以促进中国新文学的进步，他说："我们如果真要研究文学的方法，不可不赶紧翻译西洋的文学名著做我们的模范。"[①] 胡适将自己的译诗《关不住了》视为新诗的新纪元，对西方诗学的倚重可见一斑。另一方面，西方政治哲学的熏染也是胡适新旧诗学转换的深层次原因，尤其是达尔文进化论以及西方实验主义哲学对胡适白话诗理念的形成有直接影响。胡适提倡文学革命意在再造新文明，而再造新文明最有力的工具则是语言工具的革新。胡适自己也说当年作白话诗是受了西学的影响："我的决心试验白话诗，一半是朋友们一年多讨论的结果，一半也是我受的实验主义的哲学的影响。"[②] 胡适当年留美时，迎面而来的美国社会政治、经济民生图景让胡适兴奋不已，"为了期待威尔逊是否获胜的消息，他肯在'纽约时报广场'等到午夜，然后步行 10 里返校，威尔逊当选的消息传来，他又兴奋地加入狂欢的游行队伍，激动得热泪盈眶"[③]，这一历史场景细致入微地反映了当年胡适亲身体验美国先进文明之时发自心

---

① 胡适：《建设的文学革命》，载欧阳哲生编《胡适文集》第 2 卷，北京大学出版社，1998，第 57 页。

② 胡适：《逼上梁山》，载欧阳哲生编《胡适文集》第 1 卷，北京大学出版社，1998，第 159 页。

③ 沈卫威：《无地自由——胡适传》，上海文艺出版社，1994，第 15 页。

底的见贤思齐之感。胡适新旧诗学之转换表面上是语言工具之革新，其实质是要移植西方文明以报国。如果说西方政治文明的新鲜图景激发了胡适嫁接西方文明以再造中国新文明的赤子情怀，那么杜威的哲学思想则内在地推动了胡适新旧诗学的转换。他说：“自从中国与西洋文化接触以来，没有一个外国学者在中国思想界的影响有杜威先生这样大的。”[①] 胡适新诗学中的开放包容、敢于“尝试”的精神与杜威实验主义的指引息息相关。在解释《尝试集》名称来由时胡适坦承与实验主义的思想直接相关。

此外，以语言革新为利器为中华再造新文明是胡适从海外归来时的赤子心愿，这种内驱力对新旧诗学转换的推动作用不容忽视。早在梁启超等人提倡“诗界革命”口号时，中国诗歌应该革命的设想已经提上了文学革新的日程，梁启超等人所提“诗界革命”实质是欲借文学革新之手施于政治革新之上。胡适与梁启超等人的思路虽如出一辙，但具体到诗歌革新的意义上，胡适显示出有别于梁启超等人的新质：“诗歌革命”在梁启超看来“具有推动社会变革的意义”，而胡适认为“诗歌革命”“可以作为一个独立的事业来追求”，[②] 这说明他的文学革命观是将文学的革命看作现代知识分子报国之

① 胡适：《杜威先生与中国》，载欧阳哲生编《胡适文集》第2卷，北京大学出版社，1998，第279页。

② 王光明：《现代汉诗的百年演变》，河北人民出版社，2003，第64页。

伟业来实践的。总之，晚清以来历史潮流的推动，加之西学催化与引导，胡适新旧诗学的转换也就水到渠成了。不容忽视的是，作为五四新文化运动领军人物的胡适自身所拥有的社会地位、人脉更为白话新诗的传播与发展提供了有力支撑，毕竟胡适有发言权、有号召力。因此，胡适诗学的新旧转换对中国新诗的发展功不可没。

胡适移植西学建构中国新诗学的诸种努力对中国新诗乃至中国社会的发展产生了深远影响。首先，胡适成功试验了白话入诗，攻克了白话文学文体革新中的难题，为扫除文言文对现代文明传播的阻碍奠定了基础。新诗学的建立不仅刷新了中国文学的面貌，而且有力推动了社会文明的变革。胡适新诗学的成功转换在某种程度上讲也成了中国由传统社会向现代社会初步转型的标志性事件。从历史纵向上来看，中国自独尊儒术以来建立的文言文化体系将底层百姓置于社会文化交往的底层。文言的推行在很大程度上割裂了知识阶层与百姓的关联，也阉割了社会大众表达自我的权利，但胡适白话诗的成功尝试拓展了新文学的天地，强力粉碎了因文言而形成的愚民防火墙，社会各阶层获得了阅读权与相对容易的表达权，这对中国社会新文明的传播功莫大焉。白话的推广实际上打破了语言的专制，开启了民智。正是借助白话文的推广报业才得以迅猛发展，精英思想才能最大限度地得到传播。最有意思的是《大清报律》曾明文规定："'白话等报，确系开通民智’者可免交办报保押费。”[①] 另外，民国初期期刊语言应用变化也很大，以《新青年》为例，创刊初期杂志采用文言文形式发稿，但当编辑部移师北上之后《新青年》完全改用白话文，《每周评论》《新潮》《晨报副刊》《湘江评论》等一批早期现代报刊都采用了白话文。白话文成功推行的一个典型例证便是作为文化保守主义的学衡派因为没有愿意发表他们反对白话文的杂志才自己创办了《学衡》。需要指出的是，胡适“更注重从建设现代国家民族共同语的角度来强调现代白话的正宗地位。他认为，从世界范畴内来看，意、法、德等现代国家体制的形成，都与其各自的‘国语’出现有着紧密的因果关系，这就全面超越了此前屡试不爽的历史的文学进化论观念和新旧二元对立的思维逻辑”[②]，换言之，胡适的白话诗试验承载了国家与民族革新的使命。

其次，胡适所倡导的新文化运动带来白话新诗兴盛的同时也对旧体诗产生了双重影响。从表面上看白话新诗让旧体诗似乎陷入了低谷，但另一方面新诗学的出现给旧体诗的发展提供了新参照以及新思维，况且新旧诗学的此消彼长并不是变动不居的：旧体诗并没有因为新文学的蓬勃发展带来的有意抹杀而消亡，相反，有很多新诗人返归到了旧体诗写作

① 刘哲民：《近现代出版新闻法规汇编》，学林出版社，1992，第 31 页。

② 刘东方：《〈老残游记〉与胡适的审美启蒙观念》，《中国现代文学研究丛刊》2011 年第 11 期，第 26 页。

的阵营中，比如闻一多、俞平伯、沈尹默等，而旧体诗因为新诗的冲击也不断反思前行，新诗格律化运动也是向旧体诗学习的结果，旧体诗的阵营如南社也因是否支持新文学而发生了分裂，新旧诗学相反相成、互为促进的局面对于现代中国文学的整体健康发展不无裨益。胡适新诗学理念尽管后来遭到许多新诗人的指责与抛弃，但胡适对于中国新诗初创之功则毋庸置疑，最关键的是，胡适将中国诗歌强有力地引入到了可以与西方现代诗歌对话交流的新文学轨道上。

最后，胡适新旧诗学转换过程中所显示的策略对于中国新诗的发展也有启示意义：中国新诗毕竟生根于中华大地，现代性的发展不必以斩断传统文化为途径，新诗的发展有必要吸取旧诗的养分以更好地前行。需要注意的是，胡适新诗学对传统诗学的依赖也影响了新诗的发展，正如有学者指出："胡适提倡白话新诗，经历了一个尝试白话旧体诗词的过程。这个过程对他熟练地掌握白话诗的语言有好处，但也有副作用，即使他的白话诗长期未能摆脱旧体诗的影响。"①可见，胡适新诗学存在不可回避的问题。郑敏在《世纪末的回顾：汉语语言变革与中国新诗创作》一文中也严厉反思了胡适诗学的缺憾，但刘半农在《初期白话诗稿序》中对初期白话诗的评论发人深省，他说白话诗好比"鞋子里塞棉絮的

① 吴奔星、李兴华选编《胡适诗话》，四川文艺出版社，1991，第130页。

假天足”应该肯定“假天足在足的解放史上，可以占到一个相当的位置”。[1]尽管胡适白话新诗的尝试遭到各种质疑，但他发动的白话文运动“首次把士大夫鄙薄的白话草野文学提到推动文学历史的正宗地位上加以认识，却在一定程度上揭示出文学史的一条特有规律，巩固了白话文与新文学的运动成果，颠覆了以往的历史形态”[2]。毫无疑问，正是以胡适为首的五四先驱盗火西洋并且勇敢尝试才有了彼时现代中国文学的轰烈开启。

---

① 刘半农：《初期白话诗稿序》，《新文学史料》，1979 年第 3 期，第 41 页。

② 罗振亚：《重述与建构——论胡适的文学史观》，《文艺研究》2005 年第 11 期，第 50 页。

第三章　现代旧体诗的生产与传播场域

虽然早在唐代，中国就有了类似报纸的邸报，但邸报阅读的范围只限于官僚阶层，普通庶民根本无法接触到。西方新的印刷技术改变了中国传统社会的文化生态，书籍出版尤其是报刊的印刷、发行更是在各个层面推动了晚清中国的现代化步伐。毫无疑问，在中国从传统走向现代的文化启蒙征途中，现代传媒扮演了极其重要的角色，他们是嫁接西方新知与中国民众的桥梁，是上至社会精英下至黎民百姓了解现代文明的文化传播利器。鸦片战争结束后，西方人“在十九世纪四十至九十年代的将近半个世纪的时间里先后创办报刊170种中、外文报刊，约占同时期报刊的95%”[①]，在西方报刊影响下，中国报刊也如雨后春笋般呈现勃发之姿。中西报刊作为当时社会舆论的载体，不仅实时传递社会舆情，而且在制造舆情、唤醒民众、推动社会思想革新方面起到了不可替

① 方汉奇：《中国近代报刊史》，山西教育出版社，1981，第18页。

代的作用。进入新文化运动时期以后，报纸杂志肩负民族革新大任的意识成为普遍的共识，比如《国民》杂志的办刊宗旨："增进国民人格，灌输国民新知识，研究学术，提倡国货"；《新潮》杂志在其发刊志趣书中也谈道："今日出版界之职务，莫先于唤起国人对于本国学术之自觉心。"[①] 作为新文化对立面的《学衡》在其杂志宗旨中也写明："论究学术，阐求真理，昌明国粹，融化新知。以中正之眼光，行批评之职事。无偏无党，不激不随。"《东方杂志》在其创刊号中也表明了"启导国民，联络东亚"的办刊宗旨。当时文坛的纷争都是借由报纸杂志的出版而展开，可以说，现代日常生活的建构，现代传媒起到了无可替代的作用。撇开新旧论争不谈，人们发现启蒙话语成为彼时报刊办刊宗旨的普遍选择。在当时中国特殊的历史语境下，中西报刊在中国传统社会的现代转型所起的作用已成为众所周知的事实。李欧梵在谈到晚清报刊与以往官报的区别时说："它不再是朝廷法令和官场消息的传达工具，而逐渐演变成官场以外的社会'声音'。"[②] 他也非常赞同西方学者对现代印刷传媒在现代民族国家建构与民主制度发展方面的贡献。有论者就指出："现代文学的发生与存在

① 张允侯编《五四时期的社团》第2册，生活·读书·新知三联书店，1979，第4-53页。

② 李欧梵：《现代性的追求》，生活·读书·新知三联书店，2000，第4页。

就是现代传媒的发生与存在，没有现代报纸期刊就没有现代的文学，这在学术界已达成共识。”[①] 与此同时，值得关注的是，从中国晚清以来的社会知识结构来看，旧派文人以及受国学教育的知识分子占据了彼时社会的主流，就读者群而言，这个群体也是人数最多、分量最重的，因此，近代报刊在创办之初为了取悦这个群体的阅读兴趣非常重视文艺作品的刊发，其中旧体诗词也受到追捧。旧体词话多见报刊，诗词一般都固定出现在“文苑”栏目中。众所周知，传统文人雅士雅集之诗从题材上说大多出于互相酬唱，或事关风月、或庙堂之思、或叹世事难料春悲秋怨，雅集结束后一般也难以刊布流传，而“自从《申报》上刊出征稿启事后，这些所谓文人雅士的诗歌，才有机会得以刊于报端”[②]。不仅如此，近代以来报刊出版业的稿税薪酬市场体系的成熟也为文人的诗歌写作提供了有力的经济保障，1915 年北洋政府就出台了《著作权法》。据学者叶中强考证：“至少在 19 世纪 90 年代末，版权及与之相关的版税意识，已在一些具有西学背景的文人中间形成，并在上海出版业中开始践行。”[③] 而稿酬体系的市场成熟必然影响所有文人的文学写作，因为它已经改变了文学生

---

① 周海波、杨庆东：《传媒与现代文学之间》，中国社会科学出版社，2004，第 23 页。

② 徐载平、徐瑞芳：《清末四十年申报史料》，新华出版社，1988，第 63 页。

③ 叶中强：《上海社会与文人生活（1843—1945）》，上海辞书出版社，2010，第 101 页。

产机制。可见，旧体诗在现代报刊出现后，文化空间得到了进一步拓展，而不是萎缩。报刊媒体在晚清维新志士的大力推动下，白话报刊在白话文运动的裹挟下呈现出勃发之势，到 1919 年，中国白话报刊大约有了 200 种之多。此后，文言报刊逐渐消失，但有趣的是，旧体诗话在白话报刊中的文化位置仍然挺立不倒，表现出了其强大的文化生命力。1917 年至 1927 年，作为新文学发生期的第一个十年，以《中国近代期刊篇目汇编》作为考察底本，人们会发现，在这一历史时刻，将近有百余种有影响力的杂志在其“文苑”栏目中刊发旧体诗词以及旧诗话，而旧体诗词、诗话的作者大多为诗坛耆宿、社会名流。以 1923 年在南京创办的《国学丛刊》为例，该刊专门刊有诗录、词录等栏目，而诗作者有陈去病、胡光炜、陈延杰、姚鹓雏、顾实、孙景谢、吴江冷、王汉、陈中凡、刘师培、吴梅、易培基、胡小石、章太炎、钱基博、孙德谦、李笠、蒋维乔等，可见诗作者阵容之强大。当然，如果说《国学丛刊》代表了旧阵营的文化姿态，那么创刊于 1914 年的《清华周刊》可以算作新文化阵营的刊物，闻一多、顾毓秀、梁实秋等新派人物都曾担任过该刊的主编、经理等重要职务。刊物设置有“文苑”栏目，也刊登旧体诗词，如：林琴南的《春日过清华园至圆明殿基徘徊久凄然有作》、清华孔教会博文科骆荣启的《游工部草堂》、骏声的《清华八景诗》、康德馨的《送陈君烈勳留美诗并序》、沈鹏飞的《太平洋舟中杂感》、宋春舫的《自题海外劫灰记》。此外《复旦》《浙江兵事杂志》《留美学生季报》《小说时报》《中国商业研究会月报》《中国实业杂志》《妇女时报》《宗圣汇志》《学生杂志》《妇女杂志》《光华学报》《商学杂志》《南洋华侨杂志》等五花八门的杂志也刊登旧体诗，由此，则能看出旧体诗魅力之大、作者身份之广。

特别需要指出的是，以现代传媒为中心而展开的现代社会日常生活的构建尤其是文学生产逐渐显示出一个巨大的时代分野，当然，新旧诗同时获得了前所未有的机遇。由于时代风云之变化、报纸杂志的空间拓展，旧体诗的内容也发生了变化。现代转型毫无疑问是旧体诗面临的最大考验。旧体诗代表的是自给自足式的小农经济文化生态，在传承上更容易走向遗传而非变异，而工业化浪潮形成的科技社会，追求的是快节奏的变异，这两种文化场域必然会发生扭结与冲突。按照伊格尔顿的看法："一个社会采用什么样的艺术生产方式——是成千本印刷，还是在风雅圈子里流传手稿——对于'生产者'与'消费者'之间的社会关系是一个非常重要的决定性因素，也决定了作品文学形式本身。"① 由此看来，生产关系的变化、技术的革新对于文学生态的影响也是巨大的，中

① 特里·伊格尔顿：《马克思主义与文学批评》，文宝译，人民文学出版社，1980，第 73 页。

国近代以来由文化生产机制的变化所带来的冲击显然也会对旧体诗的写作带来新的机遇与挑战。按照人类学家泰勒的看法："文化是包括知识、信仰、艺术、道德、法律、风俗、以及社会成员所获得的能力、习惯等在内的习惯复合体。"[①] 伊格尔顿则用了这样一组词来形容文化，他说："愉悦、欲望、艺术、语言、传媒、躯体、性别、族群、所有这些用一个词概括就是文化。"[②] 在这些词组中我们发现"传媒"一词在文化中的特殊位置。应该说，在现代社会，个体之觉醒、新旧文化的传播与变更无不与传媒紧密相连。按照布尔迪厄的看法，"鉴于在各种不同的资本及其把持者之间的关系中建立的等级制度，文化生产场暂时在权力场内部占据一个被统治的位置。无论他们多么不受外部限制和要求的束缚，它们还是要受总体的场如利益场、经济场或政治场的限制。因此，文化生产场每时每刻都是两条等级化原则即他律原则与自主原则之间的斗争的场所"[③]。晚清以来，中国社会文化场域的争斗与生产形式的转换情况之复杂人所共知，但毫无疑问，新旧诗在期刊传媒领域的生存表现也受到了文化因素、经济因素、政治因素、名人效应等多重因素的缠绕与角力，最终传统文化与新文化之间

---

① 沙莲香：《社会心理学》，中国人民大学出版社，1987，第 61 页。

② 特里·伊格尔顿：《理论之后》，商正译，商务印书馆，2009，第 39 页。

③ 布尔迪厄：《艺术的法则 文学场的生成与结构》，刘晖译，中央编译出版社，2011，第 193 页。

的角力出现了市场化导向，正如洪子诚先生所言："社会政治、经济、社会机构等等因素，不是'外在'于文学生产，而是文学生产的内在构成因素，并制约着文学的内部结构和'成规'的层面。"[①]在新文化运动的影响之下，以旧体诗为代表的旧文化面对西学冲击真的就一蹶不振了，还是新文学话语体系遮蔽了旧体诗的生存空间呢？总之，本章将以1917—1927年间刊发旧体诗的现代期刊为样本，在整体梳理此时段内旧体诗生态样貌的基础上，抽取《东方杂志》作为透视对象展开旧体诗文学史的再考察。

第一节　现代期刊的旧体诗生态场域透析

晚清以来，现代报刊应运而生，旧体诗在现代报刊中刊发的情况总体上出现了"减少态势"，而并非通行现代文学史所描述的急转直下。1917年新文化运动之后，旧体诗刊载数量在某些时段出现了减少，以《中国近代期刊篇目汇编》为蓝本做粗略统计，可以看到在1901—1910年之间，旧体诗的刊发确实出现了减少的情况，这应该与晚清以来的白话文运

① 洪子诚：《问题与方法——中国当代文学史研究讲稿》，三联书店，2002，第192页。

动有关。1887 年创办的《申报》副刊《民报》已经倡导使用民间话语，白话报刊数量的增长非常快，清末就至少有 140 份白话报刊，不少杂志都有着明显的以语言革命促进社会改革或革命的意识，例如陈荣衮的《俗话报》、章伯和与章仲和的《演义白话报》、陈独秀的《安徽俗话报》、钱玄同的《湖州白话报》、范鸿仙的《国民白话报》、韩衍的《安徽通俗报》。[①] 陈荣衮在《论报章宜改用浅说》中提出："地球各国之衰旺强弱，恒以报纸之多少为准。民智之开民气之通塞，每跟由此。"并进而主张"大抵今日变法，以开民智为先，开民智莫若改文言"。[②] 可见，白话媒体的兴起改变了晚清媒介的生存形态。而这一改变也对旧体诗词的传播场域发生了影响。但值得注意的是，《中国近代期刊篇目汇编》从第三卷（上）开始，刊发旧体诗的报刊数量开始增多，到第三卷（下），刊有旧体诗的报刊数量却出现迅速减少的趋势。在新文学发生期的第一个十年有哪些杂志刊发了旧体诗，而刊发出来的旧体诗的主题都指向了哪些领域？诗歌体式场域的变迁给中国诗歌发展带来了怎样的影响？这些都是值得深入思考的命题，因此有必要集中考察现代发行的杂志上刊登旧体诗的情况，有哪些杂志在刊登旧体诗？哪些诗人在持续写作旧体

① 陈万雄：《五四新文化的源流》，生活·读书·新知三联书店，1997，第 134-158 页。

② 陈荣衮：《论报章宜改用浅说》，《近代史资料》1963 年第 2 期。

诗？哪些诗人在杂志上刊发旧体诗较多，哪些旧体诗人曝光率较高？诸如此类的问题都是必须关注的。因此，如何考察这些也是一个问题，为了能快捷地考察，我们选取了三个维度：栏目、作者、诗题。毕竟，作为诗歌窗口的诗歌题目在反映旧体诗是否具有现代质素方面最具有发言权。栏目的变动、诗人群体的变迁无不反映了旧体诗在新文化时代文化体系中的位置，因此我们从杂志栏目、诗作者、旧体诗诗题举例三个角度展开考察。下面以《中国近代期刊篇目汇编》《中国现代文学期刊汇编》等为蓝本考察1917—1927年间期刊刊发旧体诗的大致情况。试举几例如下：

《留美学生季报》：1914年创刊，1917年之后在上海由商务印书馆印刷发行，停刊于1918年，该刊的文苑栏目设置了诗录、词录、文录等，新旧体诗都有刊发，既有胡适、胡彬夏的白话诗，例如后来刊登在《新青年》上胡适的白话诗《江上》《孔丘》《他思祖国也》，也有任鸿隽、吴宓、胡先骕、杨杏佛等人的旧体诗词，例如任鸿隽的《别绮色佳三首》《喜经农自华盛顿来纽约送适之行兼迟杏佛不至》《中秋纪事》、江亢虎的《贺新凉》、胡适的《沁园春》、杨铨的《贺新凉（除日寄经农）》、唐钺的《答叔永》、吴宓的《太平洋舟中杂诗》、陈衡哲的《召夕别（有序）》、张孝若的《纽约中央公园》、朱经的《海外杂感四首》。

《国学丛刊》：季刊，1923 年在南京创办，1926 年终刊，出版者为南京国学研究会，陈中凡、顾实负责此刊物，上海商务印书馆代为发行，虽然刊载国学相关文章，但也设有诗录、词录、文录等栏目，刊登了很多旧体诗，比如陈去病的《浩歌堂诗钞》、胡光炜的《夏庐诗钞》、陈延杰的《晞阳诗钞》、姚鹓雏的《赭玉尺楼近诗》、顾实的《造自然斋诗稿》、孙景谢的《秋怀八律》、吴江冷的《岁寒述怀 子夜雄歌》、王汉的《感时》。为刊物供稿的作者都是大学者，诸如顾实、陈中凡、刘师培（遗稿）、陈延杰、吴梅、陈去病、易培基、胡小石、章太炎、钱基博、孙德谦、李笠、蒋维乔等。

《中国商业研究会月报》：1910 年创刊，1920 年停刊，后改名《中国商业月报》，由中国商业研究会编辑部（日本东京）编辑，在上海本部发行，主编王钝根，该刊虽主要在讨论商业，但也专门设置文苑刊发旧体诗以及小说，作者有丁介石、东园、蘧园、云夫、蔡雪、萧楚南、朱养素、萧存甘、南湖、黎景夏、刘叶公、陈素公、沧海、沧州主人甫稿、逸氓、黄蓬洲等，诗词多为相互唱和或纪事之诗，例如《病中读佛老斋养病之作次韵奉答》《次郑君璞戊午二月偕学生游宋王台圆韵》《和萧楚南君》《开春八日广州孤儿院开展览会善举也场内卖物兴华公司报效粉面是日萧君乃麟黎君子澄偕余赴会舟泊花埭》《步养素韵证近状并呈沧海斧正》。

《中国实业杂志》：1910年创刊，月刊，在东京出版，北京、上海商务印书馆发行，1917年8月移至天津出版，停刊时间未知。栏目有：图画、论说、译著、传记、调查、近事、录报、来稿、文苑、小品、短篇小说等栏目，文苑刊有旧体诗，诗作者有：陈宝琛、胡朴安、解立民、林辂存、香山芥樵罗蕙屏幕、廉南湖、汉民、李文权、匏园杨枕谿等，诗题举例：《和静仁先生白露黄粱熟原韵》《秋夜感怀》《舟过殖民海峡》《游林文忠公读书处吊古》《翠藤馆吟草》《五十自挽二首》《留别三十首》《美人十二咏》等。

《浙江兵事杂志》：1914年创刊，杭州出版，月刊，杂志主持林之夏、历家福等，1926年仍有出版。栏目有图画、论说、学说、战史、法令、公牍、世界大势、国内要闻、杂俎、文艺、小说，其中文艺分为文录与诗录，诗作者有：罗瘿公、诸宗元、柯绍忞、刘三、陈去病、柳亚子、陈衍、陈诗、林纾、夏敬观、陈三立、林之夏、胡怀琛等。诗题举例：《海月一首芝罘作寄剑丞京口》《欧战感占十首》《克威将军和胡幼腴盐运使留别次韵》《民国三年冬会办海州军事归参谋静吾赋诗赠行次韵答之》《飞行机》《潜航艇》《闻与德奥宣战》《欧战书感步亮生韵》《欧战感言》《观运动会余兴》《航空学校作》《读元史有作柬国民外交后援会》《对德奥宣战请愿从军四首》《驻防同安大安乡军次作》《咏沪上战胜庆祝会》《饶平战事有感》《吊南征死事诸子》《防守马鞍山》《乘福康舰南下》《郊外观电》《坎拿大火车中口占》《芙蓉舰》《寄怀复戡越中军次》《岁寒社即事》《孤山展林寒碧墓》《日本女王方子嫁朝鲜王子》。

经过笔者仔细梳理，从相关史料中发现了1917—1927年间坚持刊发旧体诗的刊物近六十份，除了上述所举的几个例子，还有如下刊物连续刊登旧体诗：

《清华周刊》《国民》《小说时报》《尚贤堂晨鸡录·尚贤堂纪事》《中国商业研究会月报》《小说月报》《南社丛刊》《妇女时报》《四川国学杂志·国学会编》《国学丛选》《不忍杂志》《言治》《宗圣汇志》《文艺杂志》《学生杂志》《叒社》《小说海》《妇女杂志》《国学杂志》《光华学报》《小说大观》《清华学报》《复旦》《商学

杂志》《民彝杂志》《瓯海潮》《丙辰杂志》《澄衷学报》《寸心杂志》《斯觉》《太平洋》《新国民杂志》《南洋华侨杂志》《说丛》《青年进步》《中论杂志》《学艺》《同德杂志》《公民周刊》《国立北京农业专门学校校友会杂志》《菲律宾华侨教育丛刊》《广仓学会杂志》《尚志》《新华侨杂志》《南开思潮》《乐群杂志》《安徽教育月刊》《北京法政学校法政学报》《戊午杂志》《戊午周报》《微言》《华铎》《广东省会学生联合会月报》《沪江月》《日新杂志》《春柳》《船山学报》《东方杂志》《学衡》。

这些杂志为社会各个层面的旧体诗写作者提供了良好的传播平台。写作者中，既有旧体诗最为坚挺的遗老诗人群，更有社会名流、大学教授、文学社团人员，他们长久的诗词写作以及诗话批评为旧体诗在现代的传播做出了不可磨灭的贡献。仅从诗歌题目中就不难发现，时代之巨变已经深刻地改变了旧体诗写作的样貌。另外，根据《中国报刊词典（1845—1949）》[①]一书辑录的期刊情况，我们还发现了另外一大批报刊传播旧体诗的情况，不妨以快速扫描的方式列举出来以形成整体性印象。这些刊物按照栏目分类大致可以分为诗录与文苑两类：

---

① 王桧林、朱汉国主编《中国报刊词典（1815—1949）》，书海出版社，1992。

诗词栏目类：《国故月刊》，北京致中社机关刊物，1919年3月在北京创刊，宗旨为“证古通今，参合中西而求其中正之理”，1919年10月停刊；《半月》，1920年8月在成都创刊，半月刊，内容涉及政治、社会等问题，1921年7月停刊；《忧乐杂志》，1921年1月在北京创刊，旬刊，主要刊发有关政治、军事、地理、外交等研究文章，1921年2月停刊；《文哲学报》，学术性刊物，1922年3月在南京创刊，南京高师研究会、哲学研究会联合主办，中华书局发行，半年刊，1923年10月停刊；《厦大周刊》，厦门大学学术刊物，1922年在厦门创刊，1936年停刊；《快乐家庭》，1923年在天津创刊，天津光华印刷公司出版部编辑发行，半月刊，主要内容为家庭、婚姻、日用常识等，1923年11月停刊；《华国月刊》，1923年9月在上海创刊，以“甄明学术，发扬国光”为宗旨，章炳麟曾为主任编辑及社长，1926年7月停刊；《社会之花》，1923年11月在上海创刊，藜青社主办，上海大陆图书公司发行，王纯根为编辑主任，以文学作品反映中国社会，1925年11月停刊；《蜀评》，1924年12月在上海创刊，月刊，刘矩编辑，为时论性杂志，撰稿人主要是袁蘅生、陆杰夫、刘矩、吴山等，1925年11月停刊；《湘南文社社刊》，

1924年在湖南湘潭创刊，主要刊载文学作品，1925年停刊；《甲寅》，1925年7月在北京创刊，周报，章士钊主编，提倡封建复古运动，反对新文化，1927年2月停刊；《丙寅》，1926年12月在北京创刊，综合性学术刊物，张江裁编辑，月刊，现存两期；《归纳学报》，1927年12月创刊于菲律宾，武剑禅主编，月刊，涉及文史哲学术领域，1931年5月停刊。

文苑栏目类：《政法学会杂志》，1917年3月在北京创办，陈忠秀、汪兆鸾为主编，月刊，宗旨为：研究政治学，促进法治；《通俗周报》，1917年3月在北京创办，编辑主任李辛白，提倡通俗教育，向民众灌输政治常识；《小说俱乐部》，综合性文学刊物，1918年1月创办，主编刘绵江，蒋著超编辑，月刊；《岭南农学会年报》，1918年9月在广州创刊，岭南大学农学会会刊，探讨农业改良，鼓吹以农富国；《广益杂志》，1919年4月在上海创刊，月刊，以“发扬学时，推行国货”为宗旨，胡剑公主编，综合性刊物，1922年3月停刊；《东吴学报》，1919年5月在苏州创刊，苏州东吴大学文理学院编辑，季刊，1037年停刊；《乐天报》，1921年4月在香港创刊，香港中华圣教总会编辑，梁兼善主编，半月刊，宗旨为“以儒教为主，释家为助务祈正人伦维风化扶持世道挽救人心”，1925 年停刊；《医学杂志》1921 年 7 月在北京创刊，主要为医学方面杂志，设有文艺栏目；《今世杂志》，1921 年 2 月在北京创刊，月刊，综合性杂志，全面介绍社会各方面情况，1922 年 5 月停刊；《亚洲学术杂志》，1921 年 9 月在上海创刊，上海亚洲学术研究会编辑，以“主忠信以修身，尊周孔以明教，敦睦亲以保种，讲经训以善世，崇忠孝以靖乱”为宗旨，1922 年 9 月停刊；《经世报》1922 年 1 月在北京创刊，陈焕章总编，月刊，以“昌明孔教”为宗旨，1927 年停刊；《北京女子高等师范周刊》，1922 年 10 月在北京创刊，以“研究科学、探讨社会、服务人生”为宗旨，1924 年 4 月停刊；《国粹杂志》，1922 年 11 月在香港创刊，香港文明书局编辑发行，以阐明国粹为宗旨，1925 年 4 月停刊；《北京师范大学国文学会丛刊》，1922 年 11 月在北京创刊，半年刊，主要发表国文研究成果，1924 年 1 月停刊；《德华杂志》，1923 年 2 月在天津创刊，天津德华学会会刊，月刊，所发文章多为学术性文章，1923 年 5 月停刊；《国学周刊》，1923 年 5 月在上海创刊，上海国学研究社主办，胡正编辑，以整理、考证国故为宗旨，1926 年 3 月停刊；《爱国报》，1923 年 5 月在上海创办，半月刊，以“昌明孔道”“提倡孔尚道德”为宗旨，1925年2月停刊；《五九月刊》，1923年7月在上海创刊，上海国民对英日外交大会印行，1927年7月停刊；《北京工业大学周刊》，1924年1月在北京创刊，学术性刊物，1927年5月停刊；《赤心评论》1924年6月在成都创刊，成都外国语专门学校编辑发行，政论、时评、学术兼而有之，1925年10月停刊；《社会科学》，1924年12月在北京创刊，北京大学爱智学会社会儿科学部编辑发行，半月刊，以“研讨学问、传播文化、增进国民智识”为宗旨，1925年11月停刊；《无锡评论》，1924年在江苏无锡创刊，无锡锡社编辑发行，半月刊，内容以时事评论、政治报道为主，1926年停刊；《民国大学月刊》，1925年1月在北京创刊，1928年停刊；《血潮日刊》，1925年6月在上海创刊，上海学生联合会在五卅惨案期间发行的报纸；《民铎报》，1926年11月在上海创刊，月刊，内容涉及政治、军事、经济、文化、外交等，1927年1月的出版为最后可见；《文字同盟》，1927年4月北京创刊，月刊，为中日两国文化交流创办，主要内容有诗话、词话等，1930年停刊。[①]

---

① 为避免与《中国近代期刊篇目汇录》中报刊重复，故而只从《中国报刊词典（1815—1949）》中选录相异的期刊，相同者则不再论及。

经过上述梳理，不难发现，现代期刊刊载旧体诗的规模可谓庞大，尤其是杂志内容多样化的特点也从侧面得到了证实。中国近代以来的期刊的总数如果按照《中国近代期刊篇目汇录》《中国报刊词典（1815—1949）》等资料的统计应该在一万份以上，上面梳理的一百多份期刊主要是以 1917—1927 的时间段来考量，凡是在考察时间段内的期刊都做了篇目细读。从期刊创办时间、地点、编辑、期刊目录、杂志栏目、诗人、旧体诗题出发，对该时段内的旧体诗在期刊中体现的文化生态情况作了拉网式扫描。在数以千计的报纸杂志中重点遴选出来的这些期刊，各具特色，而且这些期刊总体上的特质指向值得注意。在现代性话语与传统诗学的双重挤压下，旧体诗出现了以传统为主、现代为辅的双面诗学特质，而在现代文化生产机制文化市场的引导与培育下，旧体诗的现代性表述也出现了加速的表征。总体而言，这些杂志上刊登的旧体诗显示了如下几个方面的特点。

第一，新文化运动虽在空间上“挤压”了旧体诗的刊发空间，但是并非是致命性的，很多期刊仍旧在刊发、传播旧体诗；从总体的目录与篇目粗略看来，旧体诗在 1910 年左右的刊发量出现了波动，但是很快旧体诗的刊发情况出现了反弹。新文学的第一个十年，就新旧诗的刊发而言，新旧并存是最明显的标志。如《留美学生季报》，既有胡适、胡彬夏的白话诗，也有任鸿隽、吴宓、胡先骕、杨杏佛等人的旧体诗词。1918 年第 3 号还刊出了张贻志的《嘲白话诗》，《清华周刊》同样如此，虽然担任该刊的核心人物都是新文学家，但也没有妨碍刊登林纾、唐崇慈、康德馨等人的旧体诗作。此外，杂志在刊译外国诗之时，文言翻译也较为兴盛，梁启超、苏曼殊、刘半农、任鸿隽、杨杏佛、马君武、吴宓、南社成员等多有以文言翻译外国诗的实践。押韵的文体在当时也较为流行，当时杂志的广告就多采用韵文写作，例如作为晚清民国创办时间最久的一份杂志《东方杂志》，其为中国南洋兄弟烟草公司刊登的梅兰芳香烟广告，广告词是："烟中魁首，国货明星，南洋出品，天下闻名。"广告词读来朗朗上口甚为押韵，由此看来，应用文体对文辞的典雅还是很看重，这也从侧面说明了旧体诗的社会地位。此外，编辑对杂志刊印新旧诗都产生了很大影响，比如《小说月报》在恽铁樵、王蕴章时期就刊载了大量旧体诗，《小说月报》甚至成为陈三立、沈曾植、冯煦、林纾、樊增祥、易顺鼎、俞樾、俞明震、陈衍、陈师曾等旧体诗家轮番"轰炸"的现代传媒。从上面《小说月报》的情况不难看出，杂志的诗人群体庞大，诗歌流派更是各领风骚，然而，沈雁冰接手《小说月报》之后，旧体诗在这一刊物的发表就销声匿迹了。《留美学生季报》在胡适任主编时，几乎成为新诗的阵地，1919 年以后因为总编辑不是文科出身，诗词刊登数量大为减少，甚至被取消掉了。《东方杂志》也是如此，因为主编杜亚泉的离职，旧体诗在1921年退出了该刊物的阵地。

第二，旧体诗作者群体庞大驳杂，但从亮相率较高的诗人来看，还是以旧诗坛的耆宿为中心。旧体诗人郑孝胥、陈三立、樊增祥、易顺鼎、陈衍等人的高出镜率一方面彰显了旧体诗诗人群的影响力，另一方面，和新诗对比，旧体诗坛的名人更成规模，而且门派弟子众多。旧体诗人反复在杂志上露脸显示了民初诗人地位经典化的过程。有学者曾犀利地透视过博物馆，认为“在二十世纪中期，在国家的和省级的博物馆里以及城镇的纪念馆里，怀旧被制度化和机构化。过去不再是没有被认知的或者不可认知的。过去变成了‘遗产’[①]。从怀旧被物化这个层面来看，旧体诗的文体存在不仅是旧式文人显示其高雅的国学素养的主要方式，更是他们怀旧诉说的载体，其功能貌似今日的博物馆。在稳定的旧体诗人群体中，不难发现，前清遗老或者说旧式文人确实是报刊上刊发旧体诗最稳定的群体，《小说月报》几乎成了陈三立的诗词专栏，而《东方杂志》上刊载陈三立的旧体诗也高达二百多首。这些有代表性的旧体诗人在媒体上高频次、高密度的亮相，一方面说明社会对旧体诗的认可，另一方面也说明了旧体诗人的社会地位甚高。驳杂的诗人群体刊发大量的旧体

---

① 博伊姆：《怀旧的未来》，杨德友译，译林出版社，2010，第17页。

诗与具有代表性的话诗人旧体诗的连续刊载更是促进了旧体诗的传播与影响。旧体诗的地位是不言自明的，旧体诗诗人群体面对新诗诗人群体的争论显示了相对沉默的一面，其实也是这种文化心理地位的折射。我们发现，除了《东方杂志》《学衡》以及国粹派兴办的期刊刊发了大量旧体诗之外，南社的诗人群体以《南社丛刊》为阵地，也刊发了大量的旧体诗歌，因此，就稳定性、持久性、传播面而言，革命群体南社在传播旧体诗方面也做出了很大贡献。

第三，从旧体诗的诗题来看，旧体诗创作方面的传统特质还是比较明显，比如招饮、相互唱和、个人的春悲秋怨等题材直接体现在诗题上，并且在反映新时代方面也并不逊色。直接以招饮、酬唱、慨叹为题或者反映此类主题的旧体诗比比皆是：《九月望日游陶然亭笏老招饮新丰酒楼次樊山翁韵》《亚子招饮海上酒楼即席赋呈用筱墅支字韵》《喜陈佩忍吴瞿安至即同夜饮》《和萧楚南君》《和樊山赏菊韵》《和静仁先生白露黄粱熟原韵》《颍若有寄亚子红豆之作步原韵和之》《秋夜感怀》等。当然，反映时代面貌方面的诗体也不少见：《南北和议将始与湘芷赴沪为醴告灾发长沙次湘芷韵》《胶澳战事书赋》《由神户出发舟过东海外太平洋适遇大风雨僵卧三日一船拟无生理而于中秋上日波浪忽息幸得无恙意有所感得五律一首》《西贡汽车道中》《欧战中避兵阆城书所见》《舟过殖民海峡》《巴拿马运河歌》《中日交涉起后寄赠李君大钊》《欧战感占十首》《普济轮船自沪赴瓯为新丰衡沉于吴淞口外死者三百余人追述纪哀》《对德奥宣战请愿从军四首》等，这些诗题很显然是因时代事件有感而发，在记录时代的同时也映照了当时人们对现代性的体验，而更多具有现代性因子的旧体诗写作则隐含在了旧体诗的诗句之中。与此同时，从期刊刊载的旧体诗的题目能看出一个共性：刊发的诗歌往往围绕某个核心人物展开，例如《南社》就是典型之一，刊发的诗歌很多与柳亚子有关，诸如：《一票袖属书见亚子先题一律即次其韵》《寄亚子即以为赠》《酒社第六集次亚子韵》《鹓鶵惠题乡居百绝并寄语亚子辱相问询赋此报之》《次鹓鶵韵并示亚子楚伧芷畦十眉诸子》《颖若有寄亚子红豆之作步原韵和之》《寄亚子红豆未到赋此》等；《东方杂志》则刊发很多与陈三立的唱和之作：《花朝旭庄招钦贻书新居并约道路稍通归省庐墓止相散原亦将有湘赣之行留识小别》《和伯严》《题伯严诗卷》《次韵和散原游桐庐至七里泷钓台纪事诗三首》《冬夜散原先生过谈》等。另外，郑孝胥、高夔等人也时有拥趸粉丝与之唱和来往的旧体诗发表在杂志上。众多杂志广泛刊布诗坛耆宿、社会名流的旧体诗以及刊布的旧体诗往往多与某一位诗人相往来都指向了一个事实：旧体诗的酬唱功能以及诗坛门派师承明显。与新诗相比，旧体诗讲究师承明显，那么这种文化传递往往使之形成一个相近的诗风，围绕某一文化领袖展开诗歌写作也成为自然之事；另一方面，旧体诗相互酬唱的功能文体积习已久，新诗在这两个领域都无鲜明特色。

第四，兼容并举的文化传播心态成为当时广泛的期刊策略。从近代期刊目录可见，声、光、电的技术以及西潮的涌动成为各大期刊刊载的主要内容，这与时代性是分不开（作为报刊要吸引大众眼球）。反过来，报刊刊载的内容也反映了那个时代的特征，旧体诗在彼时空间上的消长波动并不代表旧体诗的消亡，新诗的博兴又与新文化新思想的助推有关，而且，旧体诗有着悠久的诗歌史做强大的文化心理后盾，只需良好的期刊平台就能获取更广的空间。从新文化对教育的影响来看，以旧体诗为代表的古典文学在中小学乃至大学教育中占据了重要位置。商务印书馆就是以教科书的发行起家的，而旗下的《学生杂志》刊发的旧体诗就比较突出地反映了当时旧体诗的地位。《学生杂志》从作者分布图来看，诗作者遍及大江南北，这说明杂志的影响力之广，但是诗作者群体之广更是说明了旧体诗读者群与写作群体之广。此外，诸如“北京中华大学”“南京第一农业学校”“广西桂林中学”“四川郫县高小”等署名单位则说明了旧体诗作者的教育层次已经覆盖了中国教育体系的整体：既有中小学生也有大中专院校的大学生，这充分说明当时旧体诗的教育基础还是非常好的。不过，从杂志其他文体刊载的内容看，科技、思想、政治等都有所涉及以及但凡与现代思潮接轨处都有所讨论。而就诗歌题目来看，在反映现代性方面就相对逊色，古典气息更为浓厚，诸如《春夜江上望月》《初秋别意》《都门岁晚怀鹤柴先生》《百花生日我级旅行镇江登北固山游甘露寺天风冷冷大有仙意作歌纪之》之类的诗歌题目很显然是纯然传统的古典诗做派。当然，学生们的诗歌也会关注到现代的生活，比如《新制眼镜囊遂成一绝》《读欧阳公日本刀歌感赋》《飞行机歌》《天津灾民待赈歌》等诗毫无疑问也极具现代生活气息。如果按照新旧文学对比思维来考察，《学生杂志》在新知识的传播上很是下功夫，与此同时杂志也在大量刊布旧体诗，这二者之间似乎形成了一种文化选择的对比张力：一方面，对西方文化并不抵制；另一方面，对于中国固有的经典文化也给予了相应扶持。不独《学生杂志》文化态度如此，《东方杂志》《叒社》《商学杂志》《青年进步》等期刊都是中西并举，追踪科技、时政与新潮，一边关注世界大势，一边倘翔古典情怀而弦歌不绝。这种新旧并存的传播文化观成为新文学发生期第一个十年比较典型的文化镜像。

第五，现代期刊在肩负启蒙大众、复兴中华文化责任的同时，他们也得时刻顾及期刊乃是以文化为生意这一生存底线，旧体诗并没有危害这一底线，而且旧体诗的刊发还提高了现代期刊的文化品位，有助于期刊扩大市场份额。其中最明显的表现就在于，一份杂志不论其媒体重心在何处，刊发旧体诗是他们共同的选择。新旧文化的传播在同一本杂志上共存成为最明显的特征。以《太平洋》杂志为例，《太平洋》杂志创刊于1917年，是一份以政论为主、文艺为辅，致力于政治、经济、法律研究的综合性刊物，成员以留英或留日的学生为主，主编先后为李大钊、杨端之，撰稿人有陈西滢、郁达夫、李大钊、周鲠生、王世杰、田汉、刘复等诸多新派人物，然而该杂志不仅持久刊发旧体诗，而且其诗作者都很有影响力，比如樊增祥、宁调元、吕碧城等供稿者都是旧诗坛的风云人物。事实上，《太平洋》杂志是一份具有浓厚西学色彩的新式刊物，并且曾经试图与创造社合办《创造周报》，这样一份由新派人物主持的杂志也在刊登旧体诗，很能说明在新文学发生期的第一个十年里，旧体诗在文化生意领域里扮演的重要角色。造成这一局面的因素有很多，归结起来，从表层上说，旧体诗经过历代文人的淬炼已经成为古典高雅的代名词，只要有旧体诗在杂志上刊发，那么杂志的典雅气质就得以凸显。但更深刻的原因在于当时社会整体的知识结构——受传统诗教熏陶的人占了大多数——作为文化生意的现代期刊为了生存必须献媚市场，刊发旧体诗也就抓住了大多数的读者。换言之，作为文化买卖的期刊不以旧体诗词来迎合最广大的消费群体就难以获得社会生存。可以说，众多杂志都会开辟文苑之类的专栏来刊发旧体诗以显示其杂志高雅的文化姿态。值得注意的是，从旧体诗在杂志的分布生态来看，发表旧体诗的杂志名称简直五花八门，既有文艺类的期刊，又有商业、军事等专门性期刊，其中《中国商业研究会月报》《中国实业杂志》《浙江兵事杂志》最有代表性，这些以商业、军事为杂志关注重点的期刊却专门开辟诗歌通道刊发旧体诗。以《浙江兵事杂志》这本关注西方军事科技为主的杂志为例，诗作者阵容也是蔚为壮观，有罗瘿公、诸宗元、柯绍忞、刘三、陈去病、柳亚子、陈衍、陈诗、林纾、夏敬观、陈三立、胡怀琛等。这本杂志刊登的旧体诗除了传统特质之外，更因其对军事科技的抒写而显得异常现代，所刊之诗也多有科技、军事色彩，《飞行机》《潜航艇》《欧战书感步亮生韵》《欧战感言》《郊外观电》《坎拿大火车中口占》《芙蓉舰》等诗就是典型。《春柳》杂志作为中国戏剧改良的重镇，也拿出了较多的版面来刊发旧体诗，为其供稿的诗作者群体同样引人瞩目，有严复、罗瘿公、黄节、陈三立、林纾、樊增祥、柳亚子等。另外，海外的华文杂志或者留学生团体创办的期刊也刊登旧体诗，例如留日学生的《民彝杂志》与《学艺》、马来西亚槟榔屿的《南洋华侨杂志》、菲律宾的《菲律宾华侨教育丛刊》与《华铎》、新加坡的《新华侨杂志》等。海外杂志对旧体诗的青睐，充分说明了旧体诗的经典化力量之强盛。值得思考的是，流落天涯的华人可能会背诵唐诗宋词以缓解乡愁，而不会以读新诗来替代，诗歌形式的选择再次见证了“旧”文化的力量。这些无不说明旧体诗作为中国高端文学生命体的旺盛活力。

第六，从刊载旧体诗的媒体来说，各种学会、报刊、书局等社会团体都参与到其中，这充分说明旧体诗市场之大、群众基础之广、影响力之强。不过，这里面也有一个现象值得注意，但凡偏向文化保守主义的社会团体所办报刊大多都会开辟文苑或者诗录来传播旧体诗，比如创办于1924年的《华国月刊》，杂志的宗旨很清楚："甄明学术，发扬国光。"1919年北京致中社机关刊物《国故》、1922年3月南京高师研究会创办的学术性刊物《文哲学报》、1921年上海亚洲学术研究会主编的《亚洲学术杂志》、1922年陈焕章主编的《经世报》、1922年香港文明书局编辑的《国粹杂志》、1923年上海国学研究社主办的《国学周刊》、1925年章士钊主编的《甲寅》周刊、1922年吴宓主编的《学衡》等报刊都是此类杂志。毫无疑问，但凡宣扬"国故"的报刊，几乎都青睐古典诗词。此外刊登旧体诗的编辑部地址也大有讲究，大部分都集中于北京、上海、天津、南京、杭州、香港等地，比如：《甲寅》周刊之于北京；《学衡》之于南京；《东方杂志》之于上海；《国粹杂志》之于香港；《春柳》之于天津；《浙江兵事杂志》之于杭州，而这些地方恰恰是遗老比较集中的地域，但从中国现代城市演进史来看，这些又是在中国现代化进程中都市化进程比较快的城市，一方面是西方科技以及意识形态迅速涌入这些城市，另一方面这些城市又是中国古典文化的传承和兴盛之处，这种文化反差非常吊诡。此外，海外华侨所办的期刊，几乎都会开辟文苑或诗录来刊登旧体诗，例如1927年12月创刊于菲律宾、武剑禅主编的《归纳学报》，还有《菲律宾华侨教育丛刊》《南洋华侨杂志》《新华侨杂志》等国外期刊，这是否说明中国古典诗歌是华夏儿女海外乡思最好的文艺寄托呢？教育类、生活类的杂志也常有文苑栏目，例如《安徽教育月刊》《广东省会学生联合会月报》《南开思潮》《妇女杂志》《快乐家庭》等。此外，关乎军事、外交的杂志也是如此，例如前面所举杭州的《浙江兵事杂志》、北京的《忧乐杂志》、上海的《民铎报》等等。应该说，触及中国社会方方面面的期刊皆青睐旧体诗，这也说明中国在现代化进程的“炼狱”中，旧体诗成为社会各阶层普遍接受的文学样式！

最后，现代传媒并不因其所处时代的技术与思想的变革就必然排斥旧体诗，相反，现代传媒对于新、旧诗歌而言都是工具。旧体诗也有对现代生活适应性的调试，现代生活语汇的输入就是最表层的显现。通过考察近现代的期刊，不难发现，旧派文人也很注意利用现代传媒扩展旧体诗的写作空间以及传播空间，比如陈三立、郑孝胥等人其有序且高质量地在《东方杂志》上大规模刊发宋派诗歌的活动清楚映照了旧体诗与现代传媒的紧密程度。而且，凡是与国学联系紧密的期刊往往会大力刊发旧体诗，再如“国学商兑会”的会刊

《国学丛选》辟出诗录专栏刊发诸如陈去病、柳亚子、叶楚伧、姚锡钧、姚光、高旭、胡怀琛、胡朴安、金天羽、王蕴章、诸宗元等南社文人的诗作，诗作的主题也不离南社同仁之间的唱和。与此同时，杂志上刊登旧体诗，他们的诗题所具有的现代特质也特别值得注意，纵观这些诗题，最显著的特点有二：其一，诗题变长；其二，诗题内容发生了变化，其变化显著之处在于贴近现代。而且值得注意的是，杂志上刊登的旧体诗往往会加上近乎白话的说明性文字，例如，陈衍的《铿数人饮酒二十日小铿又约游吴园得诗寄海藏兼示拔可》："又到将诗换菊时，依然无菊采东篱。难从郑圃分盈把，也向吴园乞数枝。浥露遥知常早起，餐英直欲告朝饥。灵均靖节都无俚，何似摧壶杜牧之。"刊登这首诗时，在诗的第一句之后紧跟着就插入了带括弧的文字："(去年在上海以诗向君乞菊)。"[①] 该杂志同年第 7 期载陈三立《饮豆浆戏成》一诗的诗末也有带括弧的文字："(东坡有黄耆煮粥荐春盘之句)。"很显然，这些括弧内的文字都具有解释说明性。类似情形不少，且不赘述。但不可否认的是，旧体诗在寻找现代汉语的支撑以寻找新的领地，然而这种寻找仿佛又难以示人。古代旧体诗的诗题也有很长的，但是大部分诗题并不会太长。可

① 陈衍：《铿数人饮酒二十日小铿又约游吴园得诗寄海藏兼示拔可》，《东方杂志》1920 年第 2 期，第 90 页。

是到了近代，凡是涉及现代生活的旧体诗的题目普遍变长，尤其是带有叙事性的旧体诗，例如《开春八日广州孤儿院开展览会善举也场内卖物兴华公司报效粉面是日萧君乃麟黎君子澄偕余赴会舟泊花埭》《二日雪后泛湖登公园后山亭子遂访雪婕大师饮归赋此用东坡除日孤山韵》《自北洋女师范假归伺先慈疾有感湘中兵燹之乱偶忆录之家忧国难不知涕之何从也》《今岁来海上与顺德黄节同居藏书楼者甚久忽急电自粤来谓君令嗣得暴疾及遄归已弥留矣一见而诀君凡四丈夫子其三皆不育独此长且贤又遽丧人非槁木讵能忘情君之悲怆自不容已然余之见解正复不同故诗以慰之》《由神户出发舟过东海外太平洋适遇大风雨僵卧三日一船拟无生理而于中秋上日波浪忽息幸得无恙意有所感得五律一首》等，这些诗题都很长，而且所用语汇多涉及现代生活，可见，当古代经典诗歌语言不足之时，旧体诗尝试以新时代语汇入旧体诗，这种现代性也是旧体诗的奇特之处。造成旧体诗语汇的紧张与“变异”的核心原因，大概是现代性与传统之间的博弈。众所周知，在现代性的浸染下，特定时空的他人、我、世界、传统四者之间将会构筑起奇特的紧张与困惑的关系，“地点位置的变异，远距离之外的事件对地方性活动的侵扰，加上经过传播媒介加工包装的中介性经验日益在人们的生活中占据主导位置，使世界的实际面貌发生了剧烈的变化，这在个体的现象世界层面和社会生活借以展开的社会活动的普遍层面上都是这样”[①]。因此，旧体诗文体在身处新文化运动的时代语境之中，文体自身的紧张自不待言，渗透到生活方方面面的现代因子也促使旧体诗不断尝试对新生活的叙写，而这一写作的现代性转换同时也加速了旧体诗文体自身变革的现代化进程。

客观而论，随着新文化运动的深入开展，新媒体以前所未有的姿态助力文化发展，一方面，新媒体越来越具有了现代期刊的稳定性，另一方面，对文化的选择也越来越稳健。在文化选择上，新文化的发生显然制造了新场域，新旧之间在新媒体场域转换的角力已经显现。布尔迪厄认为：“从场的角度思考就是从关系的角度思考。从场的角度思考，就意味着要对有关社会世界的整个日常见解进行转换，这种见解总是只注意有形的事物……一个场也许可以被定义为不同的位置之间的客观关系构成的一个网络，或一个构造，由这些位置所产生的决定性力量已经强加到占据这些位置的占有者、行动者和体制之上，这些位置是由占据者在权力（或资本）的分布结构中目前的、或潜在的境遇所界定的；对这些权力（或资本）的占用，也意味着对这个场的特殊利润的控制。另外，这些位置的界定还取决于这些位置与其他位置（统治性、服从性、同源性的位置等等）之间的关

① 包亚明主编《现代性与空间的生产》，上海教育出版社，2002，第341-342页。

系。"[1] 旧体诗在报纸杂志上刊载与新诗的发行和传播出现了一些变化，在新文化资本的驱动下，尤其是在后来新文学史的建构下，这种场域的转换被无限放大，甚至让后来者误以为旧体诗在新文学发生期的第一个十年的期刊场域中已经衰落。事实上，旧体诗在新文学发生期的第一个十年的报刊领域表现还是不俗的，而且还有着高居典雅文学顶端的优势，甚至有种不屑与新文学辩驳的气势渗透在诗歌创作之中。旧体诗在现代刊物刊发时所呈现出来的波动——时增时减——并不意味着旧体诗的退或进，旧体诗的文化生命力在其持久性而非爆发性。从诗歌题材来看，旧体诗写作的对象不仅有传统诗歌春悲秋怨，而且还将诗歌写作的镜头对准了现代生活。尤其值得反思的是，尽管这些诗多为文人间的诗词酬唱，然而，旧体诗在这些领域的表现反过来也说明在现代社会，它仍然能有效表达与写作，在现代性诉求方面更是展示了中国文学独特的一面：有可以与西方文学特质相抗衡的文学质素。最后，近代以来的期刊的不稳定性也是旧体诗貌似退场的伪证。对旧体诗的前理解是缺乏的，在自然经济历史语境下旧体诗的文化内涵天然缺乏现代性，因此其创作的内容没法显现现代性，按照马克思对现代的理解，"私人生活的抽象性直

---

① 布尔迪厄《文化资本与社会炼金术——布尔迪尔访谈录》，包亚明译，上海人民出版社，1997，第 143-144 页。

到现时代才产生出来”[1]，旧体诗在内容格调等方面趋向现代性也是晚清以来才生发的，因此，对于旧体诗的现代性考察不能过于僵化与苛刻。下面，我们再以《东方杂志》为例做个体性透析，以期管窥现代旧体诗在现代期刊上的传播情况。

第二节　东方文化的“守门人”：《东方杂志》的旧体诗“情结”

创刊于1904年、终刊于1948年的《东方杂志》作为商务印书馆旗下的重要刊物，出版发行时间长达45年之久，44卷500多期的发行量以及最高发行量达六万之多的骄人业绩，被誉为“杂志中的杂志”“中国近现代史的资料库”“杂志界的重镇”，在中国现代文学史、思想史、传播史上留下了深深的印痕。近年来关于《东方杂志》文学史地位重新认识的梳理也多了起来，刘增杰先生就指出：“据粗略统计，《东方杂志》由创刊到终刊（1904—1948）45年（出刊44卷）的过程中，先后有约三百位不同政治倾向、不同文学派别的近现代作家在该刊发表过创作或论文。这是中国三代作家先后走上文坛

① 包亚明主编《现代性与空间的生产》，上海教育出版社，2002，第3页。

的一个共同的创作平台。”[1]翻开这份杂志，从1908年8月21日开设“文苑”始，陈宝琛、陈三立、陈曾寿、沈曾植、郑孝胥、林纾、俞明震、陈衍、陈诗、夏敬观、陈衡格、沈瑜庆、李宣龚等旧体诗诗人的诗作悉数登场，新文人胡适、鲁迅、蔡元培、沈雁冰、罗家伦、傅斯年、郁达夫、俞平伯、梁实秋、朱自清、杨振声、郑振铎等人的作品也赫然在册。应该说，一份长达将近半个世纪的文化刊物，活跃在中国社会转型速度最快、灾难最多、思想最激越的年代，其自由主义的编辑理念云集，众多学者、文人、报人集体释放出的思想智慧，让其拥有了足够的文学史分量，而其刊载大量旧体诗人的诗作也成为新文学第一个十年间旧体诗研究必须关注的对象。

《东方杂志》对旧体诗的迷恋固然与编辑和诗人群体的关系紧密相关，但杂志本身的文化态度却也是一个重要的因素，按照博伊姆的看法：“工业化和现代化的迅捷步伐增加了人的向往，向往往昔的较慢的节奏、向往延续性、向往社会的凝聚和传统。”[2]显然，工业文明的浸染导致中国被动向现代转型，这种怀旧的情绪当然会不自觉地表现到文学写作中。从这个角度而言，以《东方杂志》为代表的中国现代期刊刊发

① 刘增杰：《文化期刊中的文学世界——从现代文学史料学的视点解读〈东方杂志〉》，《汉语言文学研究》2010年第1期，第4页。

② 博伊姆：《怀旧的未来》，杨德友译，译林出版社，2010，第19页。

大量旧体诗除了有着文化传统自然传递的因素之外，现代性中的怀旧因子也变身成为旧体诗的守护神，而现代转型时代恰遇西方一战造成的精神废墟，尤其是以梁启超《欧游心影录》为代表的文化保守主义思潮的影响进一步为旧体诗写作提供了市场。《东方杂志》的文化观与这股时代浪潮有着紧密关联，这也决定了杂志刊发旧体诗的坚决态度。事实上，鉴于商务印书馆紧跟政府的态度，也造成了《东方杂志》奇特的文化态度。它依托商务印书馆的强大文化资源与发行力量，在中国新文学发生期的第一个十年，《东方杂志》从对抗《新青年》以及杜亚泉时代的结束到钱智修、胡愈之主政时期，就基本形成了自己独特的风格。从总体上来看，《东方杂志》的品格是中西兼容、以利我为主。对于新旧文学，《东方杂志》采取了新旧并存的策略，在杂志上读者既能读到宋派文人的旧体诗词，又能看到用白话翻译的作品与林纾小说比肩，大批新文学家如朱自清、郁达夫、康白情等人的作品也刊发在该刊，例如胡适的《逼上梁山——文学革命的开始》、鲁迅的《白光》、周作人的《国语改造的意见》。这种中西兼容的文化观恰如钱智修所言："盖学问之事，其第一步为因，其第二步为革。因者，取于人以为善，其道利在同。革者，创诸几而见长，其道利在异。因革互用，同异相资，故甲国之学，即以先进之资格，为乙国所师；乙国之学亦时以后起之变异，为师于甲国，而学术即因转益相师而进步。”[①]1920 年《东方杂志》仍然宣称：“本志于世界之学术思想，社会运动，均将以公平之眼光，忠实之手段，介绍于读者。然本志不敢揭一派之旗帜以自限域。有时且故列两派相反之学说以资比较……惟当其寻求真相以为从违抉择之预备之时，则甲说乙说，必俱作平等观而后可。”[②]换言之，《东方杂志》无意取代民众的自我判断而是尽可能提供可资选择的材料，而且他们认为只有新旧并陈的文化生态才有机会出现良性竞争。其特设的文苑一栏为旧体诗写作与传播提供了非常好的平台。在这种文化心态下，《东方杂志》不中不西的“暧昧”文化态度让其面目落得与林纾相似的下场。尽管 1921 年《东方杂志》曾宣称：“中国的旧文学，其势不能够不改革了；所以本志从今年起，决计把文苑废掉，另设新思想与新文艺一栏，当作介绍西洋文学的引子。”[③]但这个栏目只存在了一年。新思潮、新文艺的短命，与以陈三立为代表的旧文人在杂志上发表千余首旧体诗以及王国维的《宋元戏曲史》、陈衍的《石遗室诗话续编》等著作的连载所造成的轰动形成了鲜明对比。可见，《东方杂志》在旧体诗刊载方面所做出的贡献是较大的。

---

① 钱智修：《功利与学术》，《东方杂志》1920 年第 15 卷第 6 号。

② 坚瓠：《本志之希望》，《东方杂志》1920 年第 17 卷第 1 号。

③ 坚瓠：《编辑室杂话》，《东方杂志》1921 年第 18 卷第 2 号。

《东方杂志》之所以成为旧体诗刊发的一个重要阵地，与杂志编辑以及周边人员有着紧密的关系。首先，从主编、编辑来看，据粗略统计，从1917年到1921年文苑栏目停刊，《东方杂志》发表了大约1142首旧体诗，诗作者队伍主要以宋诗派作者群为主。之所以刊发了大批精品诗词首先得益于《东方杂志》精良的编辑队伍。首任主编徐柯是著名清史专家，著有《清稗类钞》，他曾是国学大师俞樾的私淑弟子，长于旧体诗词写作；第二任主编孟森，是北大教授，明清史专家，著有《明元清系通纪》，曾做过郑孝胥的幕僚，甚得其赏识，并受其资助进入东京政法大学学习，可见《东方杂志》与宋派诗人之间的联系可见一斑；第三任主编杜亚泉，主编过《亚泉杂志》，是商务印书馆编译所理化部主任，人文与科技兼通的专家，1911年接手《东方杂志》主编事务，在文化选择上杜亚泉倡导思想自由、兼容并包，主张中西文化调和论，其主张的“接续主义”“一方面有开进的意味，一方面又含保守意味”，他认为“有保守无开进，则拘墟旧业；有开进无保守，则使新旧中间的接续中断”[①]，而在引起轩然大波的《迷乱之现代人心》一文中，他更是宣称“决不能希望于自外输入之西洋文明，而当希望于己国固有之文明，此为吾人深

① 杜亚泉：《接续主义》，载许纪霖、田建业编《杜亚泉文存》，上海教育出版社，2003，第13页。

信不疑者。盖产生西洋文明之西洋人，方自陷于混乱矛盾之中，而亟亟有待于救济之中”[①]，这样的文化观也有助于旧体诗的刊发；被视为守旧派的杜亚泉被撤换之后是钱智修、胡愈之担任主编。钱智修乃国学大家，主政《东方杂志》长达 12 年之久，在宣扬西方文化的同时，试图协调中西文化，其“互助的文化观”强调对传统文化的坚守；胡愈之，曾与沈雁冰一道创办文学研究会，是著名的政治活动家和新闻出版家。在他们的主导下，《东方杂志》大刀阔斧再次改革，在钱智修“主编该杂志时，该志内容日新月异，销数日扩，后来增加图片及画报，更由月刊改为半月刊，使该杂志社业务一天天发达”[②]。应该说，《东方杂志》真是有赖于一大批高水准的专家学者主政，因此保证了其高水准发行。不过值得注意的是，1921 年文苑停刊，旧体诗不再刊登，与主编的更换显然有着密切关联。1920 年钱智修接手主编职务之后对栏目进行改组，更加趋向白话新文学的刊发，在《本志之希望》中他就谈道：“本志以为能描写自然之美趣，感通社会之情志者，莫如文学，而国人之治西洋文学者尚鲜，即有少数译籍，亦往往不能脱古文辞赋之结习，其于西洋文学将迷失其真。故今后拟能传达真诣之白话文，移译名家之代表著

---

① 杜亚泉：《接续主义》，载许纪霖、田建业编《杜亚泉文存》，上海教育出版社，2003，第 366 页。

② 俞颂华：《悲忆钱经宇先生》，《东方杂志》1947 年第 43 卷第 8 号。

作，且叙述文学之派别，纂辑各家之批评，使国人知文学之果为何物。”[①] 这说明编辑的个人文化选择以及办刊思路直接影响了旧体诗刊发的命运。

其次，从商务印书馆领导层的文化人脉来看，《东方杂志》作为商务印书馆旗下的杂志，在刊发旧体诗方面不可能不受到商务领导层以及商务印书馆文化交友圈的影响。商务印书馆领导层的张元济、李拔可与旧文人之间的往来较为密切，而李拔可本身就是著名诗人，更是直接助力《东方杂志》旧体诗的刊载。张元济，1902 年进入商务印书馆，对于商务印书馆的发展居功至伟。在其主持下，商务印书馆组织了大量编译以及对传统经籍的刊刻印刷。《四部丛刊》、百衲本《二十四史》都是张元济的大手笔，“涵芬楼”藏书更是名满天下。作为维新人士，张元济非常钦佩陈三立的品格，1929 年梁启超逝世，张元济与陈三立为主祭，及至 1937 年陈三立逝世，张元济挽诗云“湘中新政萌芽口，钩党累累出汉廷。敢说微名齐李杜，剧怜寥落剩晨星”，可见张氏对陈三立评价之高。张元济与旧诗耆宿沈曾植所交也深，早在 1901 年，二人就曾共事南洋公学，而且交往颇多，例如《张元济年谱长编》曾记录：该年 4 月 23 日，“沈曾植自扬州抵沪，‘晤张菊生，言孝章有以梅生席相待意’”，4 月 30 日“沈曾植‘从菊生借八十番，姑

① 坚瓠：《本志之希望》，《东方杂志》1920 年第 17 卷第 1 号。

做旅费'"[①]；再如，1920 年 4 月 10 日，"晚赴沈曾植邀宴，未终席，又赴俞明颐兴华川之约"[②]。张元济与郑孝胥的来往也较为密切，不论《郑孝胥日记》还是《张元济年谱长编》中都有详细记载。张元济的这些社会交往对于旧体诗的传播肯定大有裨益。郑孝胥是商务印书馆的大股东，对商务印书馆事务决策具有一定的影响力，查其日记可见，1917 年 2 月 7 日："与拔可书，托转董事会辞职。"[③]但很快，转至 2 月 8 日："拔可、翰卿来，言以后决不以列名发电，求收回辞职书。"[④]很显然，商务方面非常重视郑孝胥，《郑孝胥日记》中也多有记载郑孝胥与李拔可二人的往来[⑤]，这充分说明二人之间关系密切。尤其是日记中 1917 年 7 月 22 日记载"林琴南寄诗数首示拔可，拔可以示余，皆七律也，作《风雨过》，七律一首"，可见郑孝胥对于商务方面刊载旧体诗乃至旧诗的遴选都有着极强的影响力。众所周知，李拔可是商务印书馆的经理，当

---

① 张人凤、柳和城编著《张元济年谱长编》，上海交通大学出版社，2011，第 101 页。

② 同上书，第 589 页。

③ 郑孝胥：《郑孝胥日记》第三册，劳祖德整理，中华书局，1993，第 1645 页。

④ 同上书，第 1646 页。

⑤ 再以 1917 年的相关记载为例：2 月 27 日"阴雨，拔可来"；3 月 16 日"夜，拔可来"；3 月 27 日"拔可来"；4 月 9 日"拔可来"；5 月 6 日"夜，拔可来"；6 月 21 日"拔可来"；7 月 12 日"至商务印书馆，晤拔可、剑丞"；7 月 13 日"拔可来"；7 月 17 日"拔可堂庆，宴客于小有天"诸如此类的记载很多，不一一列举。

年《石遗室诗话》在《东方杂志》的刊载正是李拔可的大手笔："乙卯六月，李拔可谋为《东方杂志》增文苑材料，复以诗话见委。"[①]《东方杂志》中刊登的诸多旧体诗中也有许多是与李拔可唱和、往来之作，例如李详的《海藏楼观菊和乙庵太夷兼作示拔可》、陈衍的《铿数人饮酒二十日小铿又约游吴园得诗寄海藏兼示拔可》、黄濬的《正月十九日雨中校手抄诗卷讫题二绝句奉寄拔可先生兼呈石遗师》《郑孝胥日记》中也有同《东方杂志》主编杜亚泉往来的诸多记载，比如，1917年5月6日，就有"慎候与亚泉同来谈"，而有关郑孝胥本人与商务印书馆的往来日记中也多有记载，例如，"商务印书馆新董事会开会，余辞书不往"（1917年6月5日）。张元济、沈曾植、李拔可、陈曾寿、夏剑丞、陈衍、陈三立、杜亚泉等人密集的私人关系极大影响了《东方杂志》对于旧体诗的传播。由此可见，杂志编辑以及商务印书馆的文化交往圈，他们自身的文化选择以及他们人际交往对旧体诗的刊发起到了直接作用。

在《东方杂志》上发表旧体诗的诗人群体具有稳定性、排他行、主题性。学者杨萌芽对此做了详细考察，他指出，在《东方杂志》上发表诗作的诗人多与宋诗派以及闽派诗人有着紧密关系，他认为《东方杂志》上的宋诗派阵容较《庸言》杂志阵容更为强大，民国宋诗派的重要成员如陈三立、

① 陈衍：《石遗室诗话》，人民文学出版社，2004，第3页。

陈衍、沈曾植、陈曾寿、李拔可、陈宝琛、沈瑜庆、夏敬观、何振岱等悉数登场。他还专门统计了诗作者刊诗的具体数字：陈三立 215 首、陈衍 129 首、夏敬观 93 首、诸宗元 85 首、陈曾寿 82 首、黄濬 75 首、沈瑜庆 73 首、俞明震 71、郑孝胥 68 首、沈曾植 66 首、陈衡恪 52 首、冒广生 47 首、李宣龚 46 首、陈宝琛 42 首、陈诗 41 首，共计 1185 首。[①] 显然，陈三立发表的旧诗最多，既如此，《东方杂志》旧体诗的考察也不妨以陈三立为中心来展开。

陈三立作为清末四公子给后人印象最深，除卢沟桥事变后绝食而亡的伟大民族气节外，其残诗“凭栏一片风云气，来做袖手神州人”更是给后人留下了深刻印象，而这句诗也比较恰切地反映了陈三立自戊戌变法失败后对时局的失望与不甘相交织的矛盾内心。陈三立入民国后以遗老自居，客居南京、杭州，与遗老们多有往来，1933 年移居北京。泰戈尔访华专往杭州访问陈氏，足见其在国际国内诗坛的影响与地位。陈衍虽将陈三立之诗归入“生涩奥衍”一派，但汪辟疆在《光宣诗坛点将录》将其与郑孝胥并列为“诗坛都统领二员”，称其为“天魁星及时雨宋江”[②]，钱仲联在“近百年诗坛点将录”中将其列为“诗坛旧头领一员”“托塔天王晁盖”，认

① 杨萌芽：《清末民初宋诗派文人群体研究》，博士学位论文，复旦大学，2007，第 133 页。

② 汪辟疆：《光宣诗坛点将录笺注》，王培军笺注，中华书局，2008，第 16 页。

定其为“同光体”首领[①]。柳亚子曾认定其为旧派诗人：“辛亥革命总算是成功了，但‘诗界革命’是失败了。梁任公、谭复生、黄公度、丘沧海、蒋观云、夏穗卿、林述庵、林秋叶、吴绶卿、赵伯先的新派诗，终于打不过郑孝胥、陈三立的旧派诗。”[②]郑孝胥自视甚高，但对陈三立评价很高，《答散原同登海藏楼诗》中“恐是人间干净土，偶留二老对斜阳”说明郑氏以为二人可以比肩。民国有人甚至这样评价：“故诗人陈散原先生，为中国诗坛近五百年来之第一人，不仅学力精醇，其人格尤清严无滓，足以岸视时流。”[③]陈三立在旧诗坛的诗品与人品之高可见一斑。就其诗学流变特征而言，汪辟疆曾这样评价：“及流寓金陵，诗名益盛。平生论诗，恶俗恶熟，盖其诗亦经数变，早年专事韩黄，辛壬避地海上，又兼有杜陵、宛陵、坡、谷之长，晚年佐以清新。近体参以圆海，而思深礼厚。”[④]现代出版的文学史也高度肯定了陈三立的地位，章培恒、骆玉明主编的《中国文学史》称陈三立“堪称中国古典诗歌传统中最后一位重要的诗人”[⑤]，马卫中在《中国近代诗歌

---

① 钱仲联：《当代学者自选文库：钱仲联卷》，安徽教育出版社，1999，第 669 页。

② 柳亚子：《柳亚子佚文（柳亚子的诗和字）》，《人物》1980 年第 1 期，第 161 页。

③ 张慧剑：《辰子说林》，上海书店出版社，1997，第 19 页。

④ 汪辟疆：《汪辟疆说近代诗》，上海古籍出版社，2001，第 135 页。

⑤ 章培恒、骆玉明主编《中国文学史》下卷，复旦大学出版社，2007，第 5 页。

史》讨论陈三立诗的章节名称就是“山谷神传，西江杰异”[①]。陈三立作为旧派诗人之耆宿毋庸置疑，其诗有一特色非常值得注意：不以新词新语肤浅地浮现于诗歌表层，完全呈现出古典气息，在旧体诗的内部以绝望、愤怒、荒诞等极具现代感的情绪熔铸到旧体诗写作中，梁启超也认为：其诗不用新异之语，而境界自与时流异，醇深俊微，吾谓于唐宋人集中罕见伦比。观《东方杂志》所刊陈三立诗，多以传统诗歌之镜像示人，然古典背后的现代性忧虑却散于微言之末，引人思考。1920 年是《东方杂志》刊登旧体诗的最后一年，也刊发了很多陈三立的诗。不妨以 1920 年《东方杂志》刊载的陈氏旧体诗为观察对象来看杂志特色并借此管窥陈三立诗歌样貌。

第 1 期

《恪士病愈自沪至二首》

相见都为复活人，亭亭皮骨杂埃尘。兴来照影青溪上，添一渔竿钓锦鳞。

徐翁竟返海棠巢，重抚篁丛拂柳梢。恋旧棲乌如告语，养生亭有盖头茅。

① 马卫中：《中国近代诗歌史》，复旦大学出版社，2011。第 352 页。

《林诒书去都南归见过》其一

燕市尘污泪点衣，纵横归迹万鹰围。酒边唱罢家山破，夹岸旌旗看汝归。

第 2 期

《次韵宗武秋夕书怀》

江上听潮非一朝，惊蓬断角共飘飖。疏林鸟鹊衔晴出，荒径豺狼得食骄。夜气养镫违对菊，愁丝织句欲题蕉。旐头未落心俱死，漫有寒虀百甕饶。

第 3 期

《发九江车行望庐山》

车音呜咽大江前，车地劳劳问岁车。一片匡炉挥不去，来扶残梦卧云烟。

第 4 期

《峭庐楼夜》

灵峰俯招人，老惫久乃至。荒荒墓旁庐，去住自移世。拂拭网丝榻，敢忘鼠衔泪。暝色接江海，渺然一身寄。缺月生楼头，光浮万松气。浸入苍烟窟，变灭荡层吹。野水出蛙声，共我肝肠沸。环环众壑影，漾漾孤灯味。竹丛把茗碗，露下湿秋思。窥廊夔魅空，冷抱星辰睡。

《病山成王姬兰婴小传题其后》

吹帷兰气断氤氲，诵偈余音不可闻。差似学书兼学佛，东坡海上悼朝云。怜影盟魂护乱离，善根慧业总成痴。十年家国伤心史，留证巫阳下视时。

第7期

《诵任先为义州李公孙题五岳三字榜诗一篇本事颇异书其后》

梦识神仙字，辉辉五岳楼。公孙增故事，落笔接诗流。谁住虚空界，真思汗漫游。奇情迎幻景，播荡海云秋。

第10期

《闻鸠》

林峦暖暖带寒晴，出树鸠来屋角鸣。一片秋霄鹰隼影，莫缘唤妇上高城。

《燕巢》

旧燕衔泥绕壁廊，巢痕下上暖斜阳。将雏栖稳黄金屋，影断东风五柳旁。

第 12 期

《示新句和以纪舆》

云片飞扶万嶂东，晴痕驰道破鸿蒙。横斜麦陇吹烟碧，高下花枝脱雨红。支遁买山同夙愿，橐驼种树有新功。楼栏对酒莺传句，哦立寒阳两秃翁。

第 13 期

《庚申莫春至沪上瓶齐蕿庵鹤柴招游半淞园泛舟小溪与诸子同赋》

海雨歇游氛，天清楼阁晓。胜侣挟俱出，飞车疾于鸟。郊原青茫茫，晴烟笼未扫。新园初挂眼，篱下江流绕。魔舞夺闲地，犹留玩芳草。层坡耸孤亭，石窟穿窈窕。把茗眺云物，人影栖木杪。登降随仕女，写我溪光好。艇子趋凫鹥，残阳满怀抱。回复迷所历，四照俨蓬岛。漠漠濠梁趣，恢恢劫尘表。余兴杂棹讴，忘归不知老。

第 14 期

《三月三日鹤亭至自丹徒携同四客一僧泛舟秦淮河夜与鹤亭别》

牵瘵闭幽栖，学诵阙章句。荡寐艳阳辰，桃柳乱红翠。佳人移京口，调笑蔼嘉会。拥醉飏轻舠，衫袂入融吹。山光湿栏楯，悠悠成自媚。岳僧咳唾底，写石影吾辈。（上人於舟中为鹤亭画扇）低昂今古情，嬉春从辟世。踏岸窥园馆，花畔出云髻。传歌一水上，星点争明晦。终宴千徘徊，苍然飘离思。

第 15 期

《晓暾公约相过》

闭关趺坐一头陀，随喜初看二士过。各有吟情散梅柳，莫从报纸话兵戈。老来岁月防人觉，乱后交亲学佛多。犹卜寻春灵谷寺，伴余候月挂藤萝。

《雪楼望梁公约居宅漫泳》

小圃翻泥冻井昏，青青菘芥作行繁。一牛鸣地梁居士，微雪钟山照闭门。

归来魂气弄山灵，十日楼头杂醉醒。天谴老夫飞断句，雪中留汝隔墙听。

下面就以所引之诗为模板看《东方杂志》旧体诗的现代风貌与陈三立诗歌的现代特质。不论是“十年家国伤心史，留证巫阳下视时”的庙堂之忧，还是“安心欲病恐无功，歌咏长连虎过风”的自娱，抑或是“各有吟情散梅柳，莫从报纸话兵戈”的闲散，上面辑录出来刊发于1920年的《东方杂志》上陈三立的旧体诗，与杂志总体风格上有趋向一致的一面，但又独具陈三立自己的特色。从《恪士病愈自沪至二首》到《晓暾公约相过》，皆为友故之间的友情讼唱，《闻鸠》《峭庐楼夜》《雪楼望粱公约居宅漫泳》等诗中显现出来的以静谧、虚空反抗喧嚣的气象与极具现代意象的抒写则超出了《东方杂志》上其他旧体诗的简单复古的趋同性写作。而纵观《东方杂志》1920年刊登的旧体诗，则以酬唱应和、个人抒怀等传统母题的作品为主流，例如冯煦的《麓造林场新楼先成一律依韵奉酬并示同游诸老》、陈衍的《次韵答耕煤九日宛在堂之作》、郑孝胥的《和乙庵观菊之作》、沈曾植的《海藏楼饮罢看花归后作此呈苏堪》、王允皙的《寿贺农丈》、张謇的《见太夷有感郗超剡上造屋事诗和其韵寄之》、冒广生的《十一月十五日夜乘月登金山绝顶放歌》。诗作者要么是诗坛耆宿，要么是社会名流，《东方杂志》诗作者的阵容如此豪华，可见杂志在旧体诗传播中的吸引力与影响力。1920年《东方杂志》共24期，从上面所列诗可见，其中10期都刊登了陈氏诗歌，共计22首，有时一期刊登数首，有时将陈三立的诗列在文苑首位刊发，可见《东方杂志》对陈三立的倚重。众所周知，随着新文化运动的深入，商务印书馆的各项业务出现下滑，尤其是具有保守主义文化特色的《东方杂志》也受到很大影响。1920年商务印书馆撤掉了《东方杂志》的主编杜亚泉[①]，应该说，在1920年杂志发生巨大变化的时刻，在文苑即将被取消的时刻，陈三立诗的刊发仍然没有受到影响。其刊登数量之多，一方面说明陈氏诗坛地位之高，而另一方面也显示了陈氏与《东方杂志》之间的良好关系。1920年《东方杂志》所刊的陈氏诗，表面上看也主要是传统之作，但细读这些诗就不难发现陈氏诗歌的个人风采。

首先，清新诗风是陈三立诗歌的特质，然而清新的同时也有豪放的意味，而这一切也是诗人对抗现代性的方式，无意之中，陈三立旧体诗中呈现的个体性对抗完成了对现代性的抒写。陈三立曾有诗《漫题豫章四贤像拓本·黄庭坚》赞黄庭坚“驼坐虫语窗，私我涪翁诗。镵刻造化手，初不用意为”，可见陈三立主张“出水芙蓉”般的好诗需要精心雕刻，精心营造，奇崛却又清新、自然造化是其诗境之追求。以第一期刊发的《恪士病愈自沪至》为例，该诗虽然刊发在1920年，实际写作时间却是1918年。1918年秋，陈三立“病血下泄”[②]，俞明震也卧病在沪几乎死去，九月，俞明震病初愈就从上海去南京看望陈三立，所以二人算是“复活人”。诗第二句极现病愈后二人体貌，而感情深厚的郎舅二人相见倍感生之喜悦、亲情之

① 事实上，《东方杂志》主编的人事变动在1919年就开始了，据《张元济日记》1919年5月24日记载：“与梦、惺商定，请惺翁接管《东方杂志》，一面征文”（详见张元济：《张元济日记》，张人凤整理，河北教育出版社，2000，第778页。）

② 马卫中、董俊珏：《陈三立年谱》，苏州大学出版社，2010，第414页。

醇厚，于是不免于清溪上著一钓竿，二人暂享闲适快意人生。俞明震探望时住在陈三立的别墅，没有住自己的寓所——俞园，可见二人感情至深。实际上，早在俞明震在南京为官之时，二人就相游甚欢，整体而言这首诗写得春意盎然，读起来亦如荡舟西子湖畔——清新自得，完全没有晦涩之感。用语之平易，情感宣泄之自然流畅让人感叹。陈三立善于打破陈规独辟蹊径，像这样清新的诗，还有被各类文学史屡屡谈及的《十一月十四日夜发南昌月江舟行》（“露气如微虫，波势如卧牛。明月如茧素，裹我江上舟”）。此近体诗用字更是平常，但构思奇妙、诗之意境飘然怡人，整首诗于平淡之外却多了几分禅趣与洒脱，其营造的诗境生动入骨、宛若眼前又让人深思不已，恰如汪辟疆先生所言：“散原能生，能造境。能生故无陈腐诗，能造境故无犹人语。凿开鸿蒙，手洗日月，杜陵而后，仅有散原。惜晚年用字造语略有窠臼，全集中能删去酬应之作，存其至者，则一时豪杰为止敛手。”[①]陈三立诗境之奇特确实令人钦佩，再如其所作《示新句和以纪舆》，这首七言律诗，押东韵，原题为《庚申二月金左临招集钟山造林场余与冯蒿叟同车往会酒次主人出示新句和之纪兴》，可见也是唱和之诗，起句气势就不凡，“云片飞扶万嶂东，晴痕驰道破鸿蒙”，用语力道不重，但却深刻描绘出了云遮雾绕、层

① 汪辟疆：《汪辟疆说近代诗》，上海古籍出版社，2001，第 285-286 页。

峦叠嶂的万丈险峰，而清晰的车马道路冲破了混沌宇宙，随后横斜的“麦垄”、浮动的“云烟”、高高低低的“繁花”让世界变得如此美丽。第三联，“买山”乃贤者归隐，“橐驼”典出柳宗元《种树郭橐驼传》，显然，此联述说的是归隐闲散之心，第四联“楼栏对酒莺传句，哦立寒阳两秃翁”显然是对无权无势的自我的一种嘲讽以及闲适散淡心境的慰藉。整首诗由远及近，由景及人，用语平易，但意境自高，正如杨昭声所言：“散原树义高古，扫除凡猥，不肯作一犹人语。盖原本山谷家法，特意境奇创，有非前贤所能囿耳。”①

陈三立不独有清新之诗，也有捭阖霸气的诗，比如《林诒书去都南归见过二首》之一：“燕市尘污泪点衣，纵横归迹万鹰围。酒边唱罢家山破，夹岸旌旗看汝归”。所谓家山即故乡，而“念家山破”乃是南唐李煜自度曲的曲牌名，汪东词中也有“家山破”：“玉树歌残家山破，剩啼鹃、声里花开落。（《贺新郎六首》）”清代诗人余怀的一首七绝中也有“洲前白鹭几时飞？芳草王孙归未归？二水依然台下过，阿谁演念家山破”等句。可见“家山破”与意绪之悲凉有关。陈三立整首诗虽从略微的悲凉起笔，情感逐渐高昂，寄托了诗人对朋友的深深祝福。

① 陈三立：《散原精舍诗文集》，李开军校点，上海古籍出版社，2003，第13226页。

陈三立虽以遗老自居，然而忧国忧民的儒家情怀不曾忘却，在政局之外也有庙堂之忧。反映到诗作中则在清新之外又多了一份赤子情怀，故而其诗多与家国天下之思相互缠绕，尤其是在维新变法失败之后，陈三立遭遇了巨大挫折，而民国之乱象让诗人更是忧心。王逸唐《今传是楼诗话》中认为陈三立的诗“辛亥以后，君诗境一变，闵乱伤时。多变雅之作，君尝请海藏代删其诗，而海藏以为不可，且曰散原之诗，直类于《春秋》，其推崇可谓至已。”[①] 其诗《病山成王姬兰婴小传题其后》中有“十年家国伤心史，留证巫阳下视时”之句，这种悲凉伤时之作与陈三立心境有着紧密联系，夏敬观的《怀陈伯严》之“雨余钟鼓过秋波，袖手凭楼晚更悲”句大概更能表现“袖手神州人”内心世界之矛盾与悲凉。新版《剑桥中国文学史》在论及陈三立的诗时也这样认为：“或许因为家世不幸，陈三立的诗歌弥漫着荒芜感，使得他的历史观更显凄凉。”[②] 的确，陈三立对于时代、时局的认识一直秉持知识分子的视野，而且已经有着现代性的意识掺杂在古典诗味中，这种荒芜与凄凉已经显示了现代性的诉求。再如《次韵宗武秋夕书怀》，诗中词语的选用可见其用心良苦，“惊蓬”可指飘忽不定的行踪，李商隐

---

① 陈三立：《散原精舍诗文集》，李开军校点，上海古籍出版社，2003，第1229页。

② 孙康宜、宇文所安：《1841—1937年的中国文学》，载冯金红编《剑桥中国文学史》下卷，生活·读书·新知三联书店，2013，第469页。

《东下三旬苦于风土马上戏作》诗中就有："路绕函关东复东，身骑征马逐惊蓬。""断角"指稀疏而不连续的角声，"飘摇"可解为"流落漂泊"之意，三词连用，诗之悲凉凄苦之意顿生。胡先骕曾这样评价其诗在写景抒情时的高妙，他说："散原诗之境界，时而要眇幽深，时而陆离光怪，宏恢静细，不拘一体，有时眼前景物，一经点燃便觉超脱。"[①]江上听潮并非奇事，"惊蓬断角"已添心中萧索之意，而对稀疏树林、鸟鹊与骄横豺狼的刻画层层逼近诗人内心于世事之悲愤，而末句"旄头未落心俱死，漫有寒虀百甕饶"更是将这种荒芜感发挥到极致，而这种荒芜感常常由个人之情绪弥散为人类之悲悯，正如龚鹏程所指出的，陈三立的诗往往"一已之悲欢，透出为大千世界之沉哀。海藏不能比拟，较相似者唯陈苍虬耳"[②]。

以景熔情，托志于景，物我合一也是陈三立诗的特色之一。以《闻鸠》为例，"林峦暧暧带寒晴，出树鸠来屋角鸣。一片秋霄鹰隼影，莫缘唤妇上高城"。"林峦"乃指树林与峰峦，瑟瑟秋景之下，乍冷时寒中斑鸠在屋檐下鸣叫，鹰隼泛指猛禽，如"兔走鹰隼落"，自古以来代表拥有高远志向之士。尾句换妇由前句会令人想起"唤妇鸠"之典，黄庭坚《闻吉老

① 胡先骕：《四十年来北京之旧诗人》，载张大为等合编《胡先骕文存》上册，江西高校出版社，1995，第484页。

② 龚鹏程：《晚清诗歌综述》，载《中国诗歌史论》，北京大学出版社，2008，第329页。

县丞按田在万安山中》诗中有云：“苦雨初闻唤妇鸠，红妆满院木蘖秋。”由此而知，这首诗在灰色调的景物构图之下，心底潜藏的一飞冲天兼济天下的士子情怀再次涌现了出来。而陈氏《燕巢》一诗同样将这种以景喻志的传统特色张扬了出来。首句“旧燕衔泥绕壁廊，巢痕下上暖斜阳”，旧时“堂前燕”、“似曾相识”的燕等诸多诗歌意象都将燕子打扮得诗意无限，从怀旧的心理去看燕子，燕子自然成旧燕，旧燕衔泥筑巢自是别有一丝情怀，燕子在斜阳下飞来飞去，诗人心里一片暖阳更是将怀旧的情绪散发无余。“将雏栖稳黄金屋，影断东风五柳旁”，“将雏”乃携带小鸟，“黄金屋”指女子居住的华丽宫室，词句表面写燕子安稳地生活，但“影断”一句显然将诗人壮志未酬的悲思借“五柳先生”之典以读书自娱忘世的姿态收束于全诗。陈氏诗中淡淡的悲悯之气息与诗人家族的文化教育以及政治命运有着紧密联系，一如吴宓所言：“先生一家三世，宓夙敬佩，尊之为中国近世之模范人家。……先生父子，秉清纯之门风，学问识解，惟取其上。而无锦衣纨绔之习。所谓‘文化之贵族’。非富贵人之骄奢荒淫。……所与交游唱和者，广而众，故义宁陈氏一门，实握世运之枢轴，含时代之消息，而为中国文化与学术道教所托命者也。”[1]

---

① 吴宓：《读散原精舍诗笔记》，载袁行霈主编《国学研究》第1卷，北京大学出版社，1993，第550-551页。

陈氏早年面对《辛丑条约》之痛就曾写下政治诗《书感》："八骏西游问劫灰，关河中断有余哀。更闻谢敌诛死错，但觉求贤始都傀。补衷经纶留草昧，干霄芽集满离莱。权零旧日堂前燕，扰盼花时啄蕊回。"维新失败后陈三立也因此被永不续用，无法参与国事，面对滚滚而来的西风，坚守古典情怀成为陈氏无可逃避的文化选择。放眼刊登在《东方杂志》的陈诗，大都以平易词汇来状景，从高昂的情绪中落到郁闷处，仿佛陈三立维新失败后的情绪一直呆立在其身旁一般。简单、平易的清新与惆怅混杂在一起，这种灰色之情感在陈氏诗中似乎挥之不去，但又恰到好处地构筑了以古典意蕴传达现代性体验的风格。

1920 年《东方杂志》刊登的陈三立之诗就诗歌形式而言，五言相对较少，总共就 4 首，分别为第 4 期的《崝庐楼夜》、第 7 期的《诵任先为义州李公孙题五岳三字榜诗一篇本事颇异书其后》、第 13 期的《庚申莫春至沪上瓶齐蘉庵鹤柴招游半淞园泛舟小溪与诸子同赋》、第 14 期的《三月三日鹤亭至自丹徒携同四客一僧泛舟秦淮河夜与鹤亭别》。四首五言诗，其中只有一首是五律，其余都是五古。而且三首五古诗无一不是从写景始。众所周知，戊戌变法失败后，陈三立诗多注情于山水，但诗中又难掩心中大志未酬之觞，故而其诗读来峭拔孤寒、雄奇深微。有论者认为："故崝庐者，于散原诗中，亦犹海藏集中之重九，皆有特殊感兴，非他人所能措手。然论其广大，则海藏又非其比也。”[①] 事实上，因政治原因给陈宝箴父子带来的灾难不可谓不是一场浩劫，因此，于崝庐之中“至其所难言之隐，菀结幽忧，或不易见诸形色，独往往孤灯深夜，父子相语，仰屋唏觑而已”[②]。吴宓曾说：“散原集中诗，以五古为最多，且最胜。写景述意，真切深细，实得力于杜诗者。”[③] 但陈氏诗中五言排律也不少，其中也多由景及人，试以《崝庐楼夜》这首五言排律为例来看陈三立诗之风骨。崝庐，是陈氏侍奉父亲在南昌西山所筑之别业，“取青山字相并属之义，名崝庐”[④]，首句写景以下观上，将山峰比喻成招手的灵峰，感觉山峰如圣者一般。但作者心情疲惫，灵峰的俯首相招与作者疲惫的心情形成映照，起句就将整首诗的氛围格调定位下来了。第二句自述移居崝庐缘由乃是不问世事。第三句，卧榻有结网说明久未归，但心里却记挂着这里。第四句，跳出近景将目光转向缥缈处，孑然世间无处寄托的孤独感油然而生。第五句，“缺月”指不完整之月，缺月浮光笼罩松林雾气进一步加深了诗人愁绪。第六句，“苍

---

① 龚鹏程：《晚清诗歌综述》，载《中国诗歌史论》，北京大学出版社，2008，第 332 页。

② 陈三立：《散原精舍诗文集》，李开军校点，上海古籍出版社，2003，第 856 页。

③ 吴宓：《读散原精舍诗笔记》，载袁行霈主编《国学研究》第一卷，北京大学出版社，1993，第 549 页。

④ 陈三立：《散原精舍诗文集》，李开军校点，上海古籍出版社，2003，第 858 页。

烟”是苍茫之云雾，陈子昂有诗《岘山怀古》，其诗句“野树苍烟断，津楼晚气孤”就是描写变化幻灭的风卷动云雾。第七句，溪水中青蛙的跳跃打破了宁静，与诗人内心忧思的躁动交相辉映。第八句，环顾四围，孤灯相伴，心中滋味自是明了。第九句，品茗竹林，深露将“秋日寂寞凄凉的思绪”都打湿了，此句似乎是想寻求空灵洒脱。最后一句将人世之荒芜感再次形象化为星辰同眠，孤独、烦闷、惆怅种种复杂意绪都浮现笔端。诚如王逸唐所说：“散原诗中，凡涉靖庐诸作，皆真挚沉痛，字字如迸血泪。苍茫家国之感悉寓于诗，询宇宙之诗文也。”[①] 整首诗展示了诗人荒芜的在世感：因戊戌变法仕途被迫中断，家人去世，归隐后永夜独坐之感慨，但心中有所求却不得，有欲为但无力，这种纠结的心境非常突出。此外，就艺术手法而言，整首诗，以实景描写为起笔，虚实结合，用语多平易，但比喻却不寻常，极富想象力，诗人心中那份刻骨的忧思与伤痛恰到好处地通过虚虚实实的景物描写展现了出来，而沉痛之外的这份清新淡远的诗意在宋诗派中亦是别出心裁。而诗中将景物类聚的处理，恰如钱锺书在《谈艺录》中所说，所谓“律之对仗，乃撮合语言，配成眷属。愈能使不类为类，愈见诗人心手之妙”[②]。《庚申莫春

---

① 陈三立：《散原精舍诗文集》，李开军校点，上海古籍出版社，2003，第1228页。

② 钱锺书：《谈艺录》，中华书局，1984，第185页。

至沪上瓶斋蕿庵鹤柴招游半淞园泛舟小溪与诸子同赋》《三月三日鹤亭至自丹徒携同四客一僧泛舟秦淮河夜与鹤亭别》同属友朋往来、惜别之作，显然前者是春游时所作之诗，有题目为《暮春抵沪同大武伯夔子言游半淞园泛舟小溪作》，查《东方杂志》同期诗歌可知一起游玩的还有诗人陈诗、谭泽闿等，这两首诗同样在写景上用力极深，且诗人心中离思感同样强烈，前者虽竭力写游玩之兴致，但“郊原青茫茫”“残阳满怀抱”“漠漠濠梁趣，恢恢劫尘表”等句仍然将诗人之心绪展露得非常清楚；后一首“低昂今古情，嬉春从辟世”显示了诗人避世之想，然而“传歌一水上，星点争明晦。终宴千徘徊，苍然飘离思”之结尾又把清逸情调拉入了离思之苍凉。

可以说，陈三立的诗于古典之外更多了一份现代性的深沉，“第一伤心人”的深刻体验将“若非夜凉凄清”的个人之苦升华为民族之思、中华之忧。加之，陈三立从传统士大夫情怀向公共知识分子情怀转换的时代浪潮中有了自己独特的生命体验，这是前代诗人没有经历过的，这种现代性之体验更是增添了陈氏诗歌的深度。作为一名诗坛领袖，陈三立之民族气节令人钦佩，入民国则不仕，面对日本建立的伪满洲国，他不仅拒绝为之效力，更是与曾经十分尊敬的诗坛耆宿郑孝胥、修文断交，并痛斥郑孝胥“背叛中华，自图功利”。胡小石先生的挽诗“绝代贤公子，经天老客星。般家缘变法，阅世夙遗型。沧海吞孤愤，讴歌役万灵。纤儿那解事，唐宋榜伶仃”[1]，高度凝练地概述了陈氏一生之伟绩。从挽诗中也可看出，胡先生对陈三立诗歌艺术跳出宗唐宗宋之窠臼的高度赞许，另一方面更是高度凝练地赞扬了他满腔孺子情怀皆付于民族振兴的毕生追求之中。可以说，陈三立毁家纾难的高洁品格与赤子情怀更是其诗品魅力最雄浑的底蕴。钱仲联赞同金天翮对陈三立“西江杰异，瓯闵生峭，狷介之才，自成馨逸”的品评，他认为“散原之所以能执一时骚坛之牛耳者，职是之故”。不过钱先生的评价也有所保留，他说：“如欲朝诸夏，抚万方，南面而王诗国，成大一统之业，则散原于此，力尚有所未逮也。”[2]学者孔范今也推崇陈三立在诗坛的地位，不过他也直言陈三立诗之缺憾：“由于刻意翻新，他也有一部分诗写得生涩瘦硬，奇奥难解，”[3]钱锺书所记《石语》中陈衍也批评陈三立的诗艰深难懂，他说：“陈散原诗，予所不喜，凡诗必须使人读得、懂得，方能传得。”[4]但毕竟瑕不掩瑜。有关论述陈三立诗歌艺术魅力的博士学位论文以及专著不少，限于篇幅本文也只能是以《东方杂志》1920年刊登的陈氏诗

---

① 胡光炜：《散原先生映诗》，载钱仲联编《近代诗钞》第3册，第2110页。

② 钱仲联：《当代学者自选文库：钱仲联卷》，安徽教育出版社，1999，第418-419页。

③ 孔范今：《二十世纪中国文学史》，山东文艺出版社，1997，第321页。

④ 钱锺书：《写在人生边上　人生边上的边上　石语》，生活·读书·新知三联书店，2002，第479页。

歌来管窥其诗歌风格，并以此观察旧体诗在现代传媒的艺术表现。正如学者杨剑锋所言："陈三立对旧体诗歌现代的最大贡献就在于，他将审美现代性与思想现代性、语言现代化进行了有机的融合，从而为自宋代以来一成不变的诗歌世界开辟了一个新境界。"[①] 不过，需要指出的是，从以上陈三立之诗的抽样赏析，我们也大约看出了《东方杂志》刊登旧体诗的风格：一是作者一定是有社会名望的诗人；二是诗人必定是与杂志以及商务印书馆有着密切关联的群体；三是作者以同光体派诗人为主题；四是杂志刊发的诗歌以古典为主。但从陈三立的诗就可以看出由于时代之局限，不论作者主观上是否具有现代性意识，诗人们的诗歌内质大多都点染上了现代性的生命体验。

---

① 杨剑锋：《现代性视野中的陈三立》，博士学位论文，上海大学，2007，第 160 页。

第四章　传统与现代的双重变奏：旧诗诗人群落研究

晚清以来，由西方文化主导的现代化改变了世界面貌，传统与现代，这在亚洲的变迁史上也是经久不变的话题，尤其作为亚洲大国的中国，其经历的文化变奏曲更是学者谈论的焦点。“亚洲四小龙”当年的崛起被很多人归功于儒教文明与西方科技的完美结合，于是“新儒教”一时甚嚣尘上。很多学者从“重返五四”很自然地进入“反思五四”的领域，传统与现代成为一个充满矛盾的话题。很显然，自五四新文化运动以来，中国在胡适、陈独秀等文化先驱的引领下开展了声势浩大的反传统运动，他们重建现代中国的蓝图与排斥中国古典文明是紧密结合在一起的。在胡适等人看来，必须“全盘西化”才有机会真正重建中国的现代文明，才能实现民族的现代化。然而以梁启超、章太炎、陈寅恪、吴宓、梁漱溟、梅光迪等为代表的一大批学者在中国现代转型的关头却步调一致地提出了对西方文化的反思，以及立足自身文化传统而返本开新的意见。在他们看来，现代化仅仅是技术层面的改观以及思想层面缺乏东方语境的生搬硬套，若是没有中国传统文化作为心灵守护神，中国也难免像西方那样遭受一战后的心灵创伤，真正的现代化也就无从谈起。不论胡适还是陈寅恪，究其本质还是在替苦难的中国寻找自强之路以及对中华文化的重建，他们的努力都是中国面对西方文明的回应。在亨廷顿的“文明冲突论”看来，“现代化并不一定意味着西方化。非西方社会在没有放弃他们自己的文化和全盘采用西方价值观、体制和实践的前提下，能够实现并已经实现了现代化。西方化确实几乎是不可能的，因为无论非西方文化对现代化造成了什么障碍，与它们对西方化造成的障碍相比都相形见绌”[①]。西方对古老中国的强势入侵首先在器物层面产生了影响，而对照中日近代以来的现代化进程上的迥异，费正清认为中国幅员辽阔、社会组织牢固，尤其是儒家文化阻碍了中国对世界的正确回应，“只有等到大部分传统社会的虽已腐朽但仍在延续的结构被摧毁以后，才能建立起一个现代化的中国”[②]。强大的西方文化让部分中国人认识到以往在传统中求变化的模式已经不适应当下的危机。以胡适、陈序经等为代表的改革派以西化中，以拒绝传统、接受西学的方

---

① 亨廷顿：《文明的冲突与世界秩序的重建》，周琪等译，新华出版社，2009，第 49-55 页。

② 费正清：《中国：传统与变革》，陈仲丹等译，江苏人民出版社，1992，第 314 页。

式意图建设一个崭新的现代中国；而以陈寅恪、吴宓等人为代表的文化保守派由西返中，以拒绝西化的姿态希望返本开新、发扬传统，建立自信的中华传统文化进而重现中华盛世；复古派辜鸿铭甚至希望中国回到三代以前的时代去。但中国回应西方文明的现实实践是，从“中学为体，西学为用”的洋务派到“君主立宪、维新变法”的维新派，西方技术带来的变化是清晰可见触手可及的，因此，在现代化进程中，努力接受西方科技与思想的一派自晚清以来就逐渐占据了上风。由此，变法图强、向西方学习成为普罗大众广泛接受的信念，“新”成为思想文化界的利器，文化保守主义在舆论上逐渐走向潜隐。新文化运动兴起之后，面对西学在中国的蓬勃之势，吴宓曾哀叹：“十余年来所谓爱国革新之文化运动，已使文言书少人读，旧体诗几于无人作。……旧诗之不作，文言之堕废，尤其汉文文字系统之全部毁灭，乃吾侪所认为国家民族全体永久最不幸之事……呜呼！今日国人之言爱国，言救亡，言民族之复兴，文化之保存者，何不于此（保存汉文汉字，发挥利用旧诗）加之意哉！”① 吴宓先生此番悲观之论刊于 1935 年《吴宓诗集》的附录《空轩诗话》，其大致描述了新文化运动之后中国社会各层面对于从文言到白话转变的感受，但旧

① 吴宓：《空轩诗话》，载张寅彭主编《民国诗话丛编》第 6 册，上海书店出版社，2002，第 90-91 页。

体诗的命运真的有如吴宓先生所言“文言书少人读，旧体诗几于无人作”“汉文正糟破毁，旧诗已经灭绝”吗？实际上，旧体诗的写作自近代以来并没有如苍山远暮之斜阳哪般颓废，中国传统文化的生命力之强盛与坚韧，其实一直以潜滋暗长的方式行走于文人与大众的血脉之中。且不说遗老们一直坚持写作文言旧体诗，即便是新文学家也是以能写旧体诗为荣耀之事，从鲁迅、闻一多、郁达夫、朱自清到林语堂都有典雅的旧体诗作。新文学发生之后，新文学家关于白话文与文言文的普遍反思很能说明问题。俞平伯、罗家伦等都发表过这方面的言论，郁达夫也说：“我个人对中国文字的感觉，首先要说的是汉字的微妙。中国文字，每个字都是独立的，即使是一个单字，也有意味和形状，还有一个音，即所谓韵。这样的字，在世界上也许是比较原始或不好的，不过我想，西洋人一般所说的‘Mono-syllable’，可能是中国文字的特征，而中国文学的最妙之处也就在这里。”[①] 他认为最能发挥这种妙处的就是中国诗。王德威先生深刻地认识到普实克“强调所谓的主观意识和个人主义与其说是西方资源的输入，不如说是传统中国抒情诗学的下放”[②]。的确，中国新文学在打倒旧文学的旗号下继承了古典诗学的抒情传统，而这一切在新文学

---

① 郁达夫：《郁达夫文集》第7卷，花城出版社，1982，第19页。

② 王德威：《抒情传统与中国现代性》，生活·读书·新知三联书店，2010，第15页。

家的旧体诗写作中则成了对抗日常生活单调、乏味的有力武器，对抗的现代性又构成了中国独有的现代性新体验。再看近代以来兴起的报刊，大多以文苑的形式来刊发旧体诗以显示媒体的文化品位，这一“附庸风雅”的集体选择也昭示了旧体诗在现代中国的特殊意义。因此，本章将以旧体诗人群体作为研究的对象，进一步细窥新文学发生的第一个十年间旧体诗的存在情况。新文学发生期的第一个十年，若细分旧体诗诗人群体，大致可以分为这样几个群体：首当其冲的是遗老群体，主要以他们的政治倾向来划分，进入民国后，他们一般都聚集于上海、北京、天津、青岛、杭州等地；第二个群体，是新文学家群体，他们多为新文化运动的健将，在新文学发展中写出了大量优秀的小说、散文和诗歌，但与此同时，也不忘旧体诗之写作，鲁迅、康白情、郭沫若、郁达夫就是他们中的典型；第三个群体，大致可以归入文化保守主义者阵营，他们大多为大学教授或社会贤达，具有极高的古典诗词修养，以陈寅恪、吴宓、胡先骕等人为典型。围绕在《学衡》杂志周围的诗人群体特别值得关注，南社在民国史上影响最广。他们常组织社内人士雅集，所刊刻的《南社丛刊》诗作极多，坚持的时间也长，是旧诗写作的高峰团队。为了方便抽样透析，这里我们将聚集在《学衡》与南社周围的诗人群体作为对象来考察。需要一再强调的是，中国现代文学史上的文学作品不论“新旧”，由于其具有中国历史语境的复杂性，应特别重视中国古典诗歌作为世界文学大观园中独有样式的存在意义。毋庸置疑，古典诗歌的中国经验在现代中国日常生活中的抒写具有特殊的现代性价值。

第一节　文化嬗变下的“曲高和寡”：旧诗耆宿的状态与命运

在新文学发生期的第一个十年，如果要开列遗老群体中诗名较盛的名单，那么陈宝琛、陈三立、沈曾植、樊增祥、梁鼎芬、易顺鼎、陈曾寿、林纾等一大批人的名字都会在这一时段闪耀。学者杨萌芽就曾专门统计过这些诗作者在 1915 年到 1920 年之间在《东方杂志》刊发旧体诗的具体数字：“陈三立 215 首、陈衍 129 首、夏敬观 93 首、诸宗元 85 首、陈曾寿 82 首、黄濬 75 首、沈瑜庆 73 首、俞明震 71、郑孝胥 68 首、沈曾植 66 首、陈衡恪 52 首、冒广生 47 首、李宣龚 46 首、陈宝琛 42 首、陈诗 41 首”[①]，这些统计对象中大多为遗老或是在政治倾向上与遗老交好的诗人。据其考证，99 位诗人在《东方杂志》上所刊之诗达到 1709 首，而再查《学

① 杨萌芽：《清末民初宋诗派文人群体研究》，博士学位论文，复旦大学，2007，第 133 页。

衡》、《甲寅》周刊、《南社丛刊》以及新文学发生期的第一个十年之后《青鹤》刊发旧体诗的情形，遗老诗人群体的旧体诗作最多而且质量上乘，但在现代文学史的建构下，在以“新”为是，以“旧”为非的价值标准下，他们的旧体诗创作渐渐为人所遗忘，从而终成“曲高和寡”“日暮西山”之印象。宇文所安在谈及五四文学视域下人们对古典文学的偏见时指出，在五四新文学格局下去看待传统文学，于是“那些在疆界的这一边继续用传统方式写作的人们成了老朽守旧派，和现代世界格格不入，而且他们的作品，因为不合时宜，简直就算不得数。鲁迅的旧体诗似乎是他‘真正的’文学作品的附庸，而不是它们的一部分。古典文学体裁的作品在二十世纪二三十年代仍然有人写，有人看，有人欣赏，但是却变得无关紧要。直到现在也还是如此”[①]。确实，现代文学史的始作俑者们，从一开始就在努力做一件事情：文言文学已是僵死的文学，白话文学是活的文学，是一直处于不断上升的文学，他们的目标很明确——宣判旧文学的解体；将新文学推上文坛舵主的位置——无论胡适的《白话文学史》、郑振铎的《插画本中国文学史》，还是今日的各种现代文学史，概莫若此。再回头看遗老，大约从伯夷叔齐不食周粟而饿死首阳山开始，遗老群体在改朝换代之后就风行起来，后中国遭逢异族

① 宇文所安：《他山的石头记》，江苏人民出版社，2003，第309页。

统治，遗老又与民族气节美名挂上了钩，因此，遗老们前赴后继。新文化运动中逐渐强悍的新旧价值观虽竭力想将“遗老”一词打入“旧”的行列，但不能否认的是，遗老处于中国文化上层、受人尊敬，严复非常看重与郑孝胥之间的友谊，甚至在其面前显得谦卑，这一现象深刻折射出遗老的文化地位，虽新文学运动之后为人所鄙视，但实际上遗老在中国现代化路上也曾扮演重要的角色，许多遗老是入民国后才由新转旧的，比如陈三立、郑孝胥等人就是典型。学者熊月之曾指出：“在中国历史上，改朝换代是寻常事，遗老遗少也多得很，但清末民初租界遗老，人数之多，影响之大，现象之奇特，则是绝无仅有的，这在文化史、社会史上，都有深入研究的价值。”[①] 的确，辛亥革命之后，有许多人就以遗老自居，或闲居上海、或居天津、青岛，不愿出仕为民国服务，当然，由于这部分人国学根基深厚，有些人在中国高等教育史上留下了盛名，遗老、国学大家、名教授的复杂身份相互纠缠，辜鸿铭、王国维等就是其中最负盛名的代表。处身中国现代化之进程的特殊时期，这些人多坚持文言写作，彼此间酬唱雅集写下了大量的诗词歌赋，其中多有佳篇流传，以不同于新文学的样式留下了中国现代化的深具中国因子的历史镜像，因此遗老们的旧体诗也是中国现代进程中可贵的文学资源，值得深入观察。

① 熊月之：《辛亥鼎革与租界遗老》，《学术月刊》2001 年第 9 期。

由于上海早在1842年成为《南京条约》制定的开放口岸，上海租界发展迅猛成为当时中国最大的租界。随着治外法权的不断扩张，租界成为彼时中国安全系数很高的避居地，租界更是成为遗老乐居之所，遗老陈三立也曾说："当国变，上海号外裔所庇地，健儿游士群聚耦语，睥睨指画，造端流毒倚为渊薮。而四方士大夫雅儒故老，亦往往寄命其间，喘息定，类摅其忧悲愤怨能托诸歌诗，或稍缘以为名，市矜宠。"① 可见，上海在遗老心中是比较安全之地，而优容的环境也非常方便遗老之间诗酒往来，而寄命上海抒发忧愤之思亦成为诗人们写作的主体。先后避居上海的遗老诗人较多，不妨将定居上海或曾经避居上海的遗老诗人的相关情况来做一简表② 以粗略鸟瞰：

① 陈三立：《散原精舍诗文集》，李开军校点，上海古籍出版社，2003，第986页。

② 表中诗人相关信息主要参引钱仲联：《近百年诗坛点将录》，《当代学者自选文集》，安徽教育出版社，1999；汪辟疆：《光宣诗坛点将录笺注》，王培军笺注，中华书局，2008；卞孝萱、唐文权编著《辛亥人物碑传集》，团结出版社，1991。表中凡标注"（汪）"则代表源出自《光宣诗坛点将录笺注》；凡标注"（钱）"则代表源出自《近百年诗坛点将录》。

姓名	生卒	籍贯	字号	曾任职	点将录诨号	诗文集
郑孝胥	1860—1938	福建闽侯人	字苏戡，号海藏	安徽按察使、湖南布政使	天罡星玉麒麟卢俊义（汪）	《海藏楼诗集》
沈曾植	1850—1922	浙江嘉兴人	字子培，号乙庵	刑部主事、署安徽布政使	天暗星青面兽杨志（钱）	《海日楼诗》《海日楼诗补编》
陈三立	1852—1937	江西义宁人	字伯严，号散原	吏部主事	诗坛旧头领托塔天王晁盖（钱）	《散原精舍诗文集》
康有为	1858—1924	广东南海人	字广厦，号长素	总理衙门章京	天闲星入云龙公孙胜（钱）	《康南海先生诗集》
樊增祥	1846—1931	湖北恩施人	字樊山，号云门	陕西布政使、护理两江总督	天暴星两头蛇解珍（钱）	《樊山全书》
梁鼎芬	1859—1919	广东番禺人	字星海，号节庵	知府、布政使	地雄星井木犴郝思文（钱）	《节庵先生遗诗》
秦树声	1861—1926	河南固始人	字宥横，号乖庵	工部主事、广东提学使	地杰星丑郡马宣赞（钱）	《乖庵文录》
陈衍	1856—1937	福建侯官人	字叔伊，号石遗老人	刘铭传幕府、《官报》局总编纂	天机星智多星吴用（钱）	《石遗室诗集》《石遗室诗集补遗》

续表

姓名	生卒	籍贯	字号	曾任职	点将录诨号	诗文集
瞿鸿禨	1850—1918	湖南善化人	字子玖，号止庵	军机大臣、外务部尚书	地奴星北山酒店催命判官李立（汪）	《止庵诗文集》
冯煦	1843—1927	江苏金坛人	字梦华，号蒿庵	山西按察使、安徽巡抚	天剑星立地太岁阮小二（汪）	《蒙香室词集》
严复	1854—1921	福建侯官人	字几道	北洋水师学堂总办	地满星玉幡竿孟康（汪）	《严几道诗文钞》
陈夔龙	1856—1948	贵州贵阳人	字筱石，号花近楼主	湖广总督、直隶总督兼北洋大臣	地俊星铁扇子宋清（汪）	《花近楼诗存》
沈瑜庆	1858—1918	福建侯官人	字志雨，号涛园	刑部主事、贵州巡抚	东山酒店地数星小尉迟孙新（钱）	《涛园集》
缪荃孙	1844—1919	江苏江阴人	字炎之，晚号艺风老人	翰林院编修	与王壬秋、张謇、赵尔巽并称四大才子	《艺风堂文集》
朱祖谋	1857—1931	浙江吴兴人	字藿生，号彊村	礼部右侍郎	天平星船火儿张横（汪）	《彊村语业》《彊村弃稿》
李瑞清	1867—1920	江西抚州人	字仲麟，号梅庵、清道人	两江优级师范学堂校长	地暴星丧门神鲍旭（钱）	《清道人遗卷》

续表

姓名	生卒	籍贯	字号	曾任职	点将录诨号	诗文集
周树模	1860—1925	湖北天门人	字少朴，号沈观	黑龙江巡抚	天空星急先锋索超（汪）	《沈观斋诗稿》
王秉恩	1845—1928	四川华阳人	字息存，号茶龛	广东按察使	藏书家、书法家	《养云馆诗存》
余肇康	1855—1931	湖南长沙人	字尧衢，号敏斋	山东按察使、江西按察使	汪氏点将录附陈夔龙之后	《敏斋诗存》
王乃徵	1861—1933	四川中江人	字聘三，号病山	贵州布政使	地灵星神医安道全（汪）	《篙洛吟草》《病山遗稿》
杨钟羲	1865—1940	汉军正黄旗人	字子勤，号雪桥居士	国史馆协修、江宁知府	地奇星圣水将单廷珪（钱）	《雪桥词》《圣遗诗集》
林开謩	1862—1937	福建长乐人	字益苏，号贻书	河南学政、徐州兵备道	民国初年“旧京九老”	-
陈诗	1864—1943	安徽庐江人	字子言，号鹤柴	-	地魁星神机军师朱武（钱）	《鹤柴诗存》《藿隐诗草》
蒋智由	1866—1929	浙江诸暨人	字观云，号因明子	山东曲阜知县	天退星插翅虎雷横（钱）	《蒋观云先生遗诗》

以上遗老诗人的情形介绍仅仅是以上海为中心作简单、粗略的梳理，实际上，北京、天津、青岛等地的遗老诗人群体也较为庞大。众所周知，中国近代特殊的半殖民地情形，租界自近代以来就享有极高的治外法权，中国军队如无租界当局批准不得入内，显然租界是当时中国的国中之国。虽然居住在租界的中国人地位较低，但就思想自由、人身自由尤其是人身安全而言，租界提供了更高级别的守卫，而且因其经济发达生活设施也较其他地方更为便利，加之有些租界还特别礼遇遗老更是为遗老集中提供了栖息港湾，例如青岛就是一个典型的例子，仅仅德国人卫礼贤创办的礼贤学院建立的“尊孔文社”就为遗老们提供文化交流的便利场所。因此遗老多集中在大城市租界中，这种地域特色也造就了民初诗人群体的社团色彩，因为旧体诗诗人的诗作一般是诗人逝世以后由后人整理出版，而民初特殊的人文地理原因以及现代期刊的发达又为遗老在聚集区社团性的诗词活动提供了便利条件，所以遗老诗人群体的诗作有很多是雅集结社之作或者是诗人之间的往来唱和之作，这一点从现代期刊上刊登的诗词题目就能看出来，比如《东方杂志》上围绕陈三立的唱和之作、《甲寅》杂志上围绕郑孝胥的唱和诗词无不说明了这一点。无论遗老诗人群体的诗词之作是抒发个人之情思或家国之忧思，身居民国这个现代化进程更为复杂的阶段，遗老们的诗词又无不浸染上了时代的一些特色。而遗老雅集结社等群体性活动更为我们观察旧体诗提供了一个有利的视角。

由于上海遗老群体较为庞大而且固定，不妨以上海为中心窥探遗老群体的社团性诗歌活动。应该说，历代以来遗老之间诗酒唱和早已成为一种文化传统，诗歌成为遗老们寄托故国之思的绝佳利器，民国时代，因心境相同、又加之地理环境为聚集提供了便利，以诗酒唱和交往为主的雅集、结社成为遗老们招引同好共排郁闷并且祭奠文化伤痛的最好形式。当然，这种亡国遗民的诗词雅集本身不仅仅是表达对前朝的衷心怀念，更是遗老诗人这个有闲阶层抒发情感、陶冶情操的娱乐工具。现代报刊的兴起客观上也拓宽了这种自我表达宣泄的渠道。1912 年，沈曾植、瞿鸿禨、陈三立等遗老就在上海成立了“超社”（1915 年改名“逸社”），社员有：瞿鸿禨、陈夔龙、冯煦、吴庆坻、吴士鉴、樊增祥、梁鼎芬、林开謩、杨钟羲、沈瑜庆、周树模、王乃徵、朱孝臧等人。超社成立后活动频繁，几乎每月一次社集，每次社集必诗词唱和，其形式多以诗酒之会或者纪念历史人物或以同年名义召集聚会，雅集地点多在樊园、泊园或私人寓所。1913 年刘承干、周庆云筹办“淞社”，参加的社员也多为诗坛耆宿、前清文化大佬，如王国维、李瑞清、吴庆坻、叶昌炽、潘飞声、缪荃孙、李详、徐珂、李岳瑞、郑文焯、胡韫玉、张尔田、章梫、喻长霖等。此外，《郑孝胥日记》中对一元社的记载也颇多，“一元会”顾名思义就是出一元钱的朋友聚餐，而聚餐之余也必有风雅唱和。“一元社”起初为壬午同年的遗老聚会，1915年10月31日该聚会改成“一元会”，不再局限于壬午同年，这一组织成为上海遗老诗酒交往的重要场所。即便是进入新文学发生期的第一个十年，《郑孝胥日记》中仍有很多记载，仅以1918年为例：

1918年1月20日：至会宾楼作一元会，至者元素、聘三、叔用、子勤、一山。

1918年2月1日：至受有天作一元会，来者古微、聘三、元素、澄之、叔用、一山、子勤、俞志韶。

1918年2月6日：赴受有天一元会，来者八人，唯俞志韶未至。

1918年3月9日：一元会在会宾楼，至者十人。

1918年3月24日：至一品香访任仲文，不遇。遂赴古渝轩一元会。

1918年4月13日：一元会在会宾楼，到者十二人。

1918年5月5日：至受有天一元会，到会者六人。

1918年6月23日：雨，文虎来。至会宾楼一元会。

1918年7月21日：赴会宾楼一元会。

1918年8月25日：至会宾楼一元会。

1918年10月20日：至会宾楼一元会，古微、聘三、元素、紫东、叔用、澄之、张诜侪、余尧衢皆来。

1918年11月17日：至会宾楼一元会。

1918年12月13日：至同兴楼一元会，至者王聘三、邹紫东、冯梦华、杨子勤、唐元素、王叔用、余尧衢、章一山、张诜侪、宋澄之。①

王聘三就是王乃徵，冯梦华就是冯煦，唐元素即唐晏，余尧衢即余肇康，朱古微即朱祖谋，邹紫东即邹嘉来，杨子勤即杨钟羲，这些参加一元会的遗老无不声名显赫。日记显示郑孝胥非常热衷于参加一元会，参加地点基本都是会宾楼、同兴楼、雅叙园、古渝轩、小有天等，这也说明上海遗老诗酒唱和有固定聚会的场所，据学者张笑川的统计，自1915年2月2日首次壬午同年一元会开始，至1931年4月13日郑孝胥最后一次参加一元会，《日记》中共记载一元会活动105次。或一月一次，或十日一次，有时活动频繁，有时间隔达

① 郑孝胥：《郑孝胥日记》第3册，劳祖德整理，中华书局，1993，第1711-1766页。

几个月之久，活动的持久，人员的固定，都说明遗老圈子在上海非常活跃。除了一元会、消寒会、读经会、超社等固定活动形式，1917 年唐元素与友人开办了丽泽文社，“与梁鼎芬、朱孝臧、郑孝胥相唱和”[①]。沈曾植、郑孝胥、冯煦都是唐元素聘请的文社教师，郑孝胥日记也多有批阅文社学子课业的记载，唐元素与郑孝胥以及其周围的遗老多有诗酒唱和，很显然，文社的开办，遗老们也因此多了一个诗词交流的渠道。实际上，遗老们诗词唱和的频率之高远超乎人们的想象，学者朱兴和的《超社社集活动情况考略》《逸社社集活动考略》曾细致做过这方面的考证，以 1920 年逸社在陈夔龙主导下重开第一次社集为例：

> 重开之第一集。庚申清明后二日（二月十九，1920 年 4 月 7 日），在陈夔龙之花近楼重开逸社，主题是和陈夔龙七律四首。陈夔龙有诗题为《重开逸社先期柬梦华雪程乙庵紫东病山古微留垞补松散原并约尧衢一山家少石兄入社得诗一章聊得喤引用篙庵除夕见寄韵》。而临会之前，陈大概对在沪的诸人发过与会邀请。陈有诗题为《清明后二日逸社第一集柬约雪程乙庵紫东尧衢古微病山子勤一山琴初

① 王重民：《唐宴传》，载《冷庐文薮》，上海古籍出版社，1992，第 243 页。

仁先少石兄花近楼小饮迟梦华子修散原不至，即席赋呈四诗索诸公和》。冯煦、陈三立和吴庆坻近期不在上海，故陈夔龙第二次请柬没有发给此三人，却增发给胡嗣瑗和陈曾寿。胡嗣瑗和陈曾寿本不住上海，但大概此时正路经上海。胡嗣瑗有诗题为《庸庵尚书丈重开逸社嗣瑗适来海上获与一集丈先成四律督和谨依元韵继作呈政》。又，陈夔龙此集社诗中有“妙选群推二俊难”之句，自注云“琴初仁先华年甚富”，可知胡嗣瑗和陈曾寿都曾与会。然则到会的有：“陈夔龙（主人）、陈夔麟、沈曾植、邹嘉来、余肇康、王乃徵、杨钟羲、王秉恩、朱祖谋、章梫、胡嗣瑗、陈曾寿等。”①

从朱兴和的考证来看，逸社在新文学发生的十年间，有可考记载的社集活动较为频繁，若以年份为单位来计算：1917年7次，1918年3次，1920年8次，1921年12次，1922年13次，1923年7次，1924年13次，1925年6次，1926年7次，1927年16次②。社集活动主要是以诗酒唱和为主，例如1917年2月的社集在沈曾植寓所进行，活动形式有分韵赋诗、

① 朱兴和：《超社逸社诗人群体研究》，博士学位论文，华东师范大学2009，第246页。

② 同上书，第260-264页。

为清逊帝祝寿；1920 年 4 月的社集在陈夔龙的花近楼举行，活动为“和陈夔龙七律四首”，而聚会的人员都是遗老，例如沈曾植、沈瑜庆、胡嗣瑗、陈曾寿、王乃徵、周树模、瞿鸿机、郑孝胥等。从以上的粗略描述，我们发现，在新文学发生期的第一个十年，遗老活动比较频繁，他们或课史读经或诗酒往来以酬心志，在社会上的文化影响力不容小觑。比如郑孝胥在上海发起的“读经会”、各种教育机构对遗老的聘用、遗老之间诗词唱和以及他们通过各种渠道尤其是现代媒体对其诗歌进行宣扬，无不展示了传统文化的魅力。遗老群体凭借自身良好的古典诗词修养以及文化影响力在现代中国的旧体诗词教育、传播方面的努力与成绩都证明：在新文学发生期的第一个十年旧体诗词并非穷途末路、日暮西山，而且现代创作的旧体诗词也是现代文学史无法忽略的文学宝库。

无论是消寒会还是一元会或者超社、逸社的雅集，郑孝胥的出镜率都相当高，可见在遗老中郑氏的影响之广、地位之高。郑孝胥早年羡慕日本明治维新故而支持变法图强，其才智深受张之洞乃至光绪帝赞许。郑孝胥本人也是杰出的诗人，张之洞赞誉其诗“沉雄宕逸，簿书旁午中而不损其高雅之趣，此为无匹也”[1]。汪辟疆《光宣诗坛点将录》将郑孝胥喻

---

① 郑孝胥：《郑孝胥日记》第 2 册，劳祖德整理，中华书局，1993，第 735 页。

为“天罡星玉麒麟卢俊义”，诗坛定位是都头领二员之一，与陈三立一道并列第二，汪辟疆认为其虽晚节不保，但“若就诗论诗，自是光宣朝作手。海藏一集，难以泯没”“诗自是射雕手”[①]。南社诗人林庚白曾豪情万丈地说：“十年前郑孝胥诗今人第一，余居第二。若近数年，则尚论今古之诗，当推余第一，杜甫第二，孝胥不足道矣。”[②]林氏此言虽极自负，但对郑孝胥的肯定却是溢于言表，钱仲联在《梦苕庵诗话》中也认同郑孝胥乃宋诗派首领——“近代为宋者，散原、海藏为二大宗”[③]。郑孝胥辛亥革命后以遗老自居，避居沪上写诗卖字，与遗老以及社会名流多有文酒往来，新文学家胡适在20世纪20年代已经是新文化界的领袖人物，但也多次拜访郑孝胥，不仅胡适去拜访，林语堂、徐志摩、曹聚仁等文化名人都曾去拜访过，足见郑氏在文化界的影响力。《海藏楼诗》是其代表作，共13卷，早在1913年就有八卷刊行，1924年第九、十两卷编辑完备，在郑孝胥逝世前又相继出版了最后三卷。郑孝胥非常看重其诗人身份，早年即以诗人自居，1911年他到北京拜访前清朝贵人即“署曰‘诗人郑孝胥’”[④]，足见

---

① 汪辟疆：《汪辟疆诗学论集》上册，南京大学出版社，2011，第69-224页。

② 林庚白：《丽白楼诗话》，载张寅彭编《民国诗话丛编》第6册，上海书店出版社，2002，第141页。

③ 同上书，第227页。

④ 钱基博：《现代中国文学史》，上海书店出版社，2004，第182页。

郑孝胥对诗人身份的爱惜与重视。

倘若撇开郑孝胥汉奸声名，但看其诗，我们发现郑孝胥之诗确实是遗老中的典型，其典型可分解为二：其一，其诗古典内蕴深厚，博采众长自成风格，而且似乎受到了白话诗风的影响，诗歌取向有点白话的味道，这也许与其晚年尚浅的诗歌美学取向有关。钱基博对郑孝胥的诗有精彩论断，认为其诗“凄婉深秀，以柳州树骨干，而洗练以孟郊”，而且引陈衍对郑孝胥诗风变迁的评论，认为其诗风可以三十为界来划分，“其三十以前专攻五古，规杬谢灵运，而浸淫于柳宗元，又以孟郊琢洗之。沉挚之思，廉悍之笔，一时殆无以抗手。三十以后乃肆力于七言，自谓为吴融、韩偓、唐彦谦、梅尧臣、王安石，而最喜王安石”。实际上，同光派诗人追求“生涩奥衍”，然而郑孝胥之诗则避之，其《广雅留饭谈诗》曰：“半生作诗多苦语，一见尚书便自许。弥天诗学几诗才，五百年间缺标举。寝唐馈宋各有取，挹杜拍韩定谁主。忽移天地入秋声，欲罢宫商行徵羽。”这说明郑孝胥的诗歌多苦语，但师法并非一味地宗唐或宗宋而是各有所取，虽标榜“半生作诗多苦语”，然在《答樊云门冬雨剧谈之作》又说“何须填难字，苦作酸生活”。避居沪上的郑孝胥诗中常流出晦涩与苦味，这是对当时历史境遇的抒写，而且避居上海，郑孝胥的诗开始尚浅求真。在《陈叔通属题江弢叔墨迹》中郑孝胥赞江湜“笔力精深语能浅，诗境尤难在逼真”，可见其对“平易畅达”的诗风很是认可。其二，贯穿诗作始终的还是强烈的遗老心态：一方面对民国抱着敌视态度，另一方面又对前朝寄有希望，诗语中对于清朝的拳拳忠心溢于诗歌内外。例如，1912 年，郑孝胥有诗《答陈伯严同登海藏楼之作》：“恐是人间乾净土，偶留二老对斜阳。违天苌叔天将厌，弃世君平世亦忘。自信宿心难变易，少卑高论莫张皇。危楼轻命能同倚，北望相看便断肠。”此七律大约最能代表郑氏内心关于遗老心态的种种复杂状态。坚守遗民志向与登楼感伤的“缠绵”乃遗老文人诗作之常态。海藏楼在郑氏心中肯定是人间净土，是自我操守的象征，一句“恐是人间乾净土，偶留二老对斜阳”让人唏嘘不已。李商隐有诗云“此楼堪北望，轻命倚危栏”，试想郑孝胥与陈三立二遗老立于海藏楼上、斜阳西下的影像显得既自负又凄凉。应该说，遗老的旧诗充满了同质化写作的特征，郑孝胥诗歌遗老特质的典型特征非常具有代表性，下面试以郑孝胥在 1917—1925 年间写作的诗歌来窥探遗老诗歌之美：

《答严几道》(1917 年)

“群盗如毛国若狂，佳人做贼亦寻常。六年不答东华字，惭愧清诗到海藏。湘水才人老失身，桐城学者拜车尘。侯官严叟颓唐甚，可是遗山一辈人。”

郑孝胥与严复此前有着深刻的友谊，二人虽政见不同但共事清室，在上海期间也曾把酒流连诗词唱和，然而对于袁世凯葬送清王朝，郑孝胥认定袁世凯不仅是有辱节操之人而且也是大清敌人，在郑孝胥看来，严复投奔“窃国大盗”袁世凯成其幕僚是背叛前朝改奉了民国为正朔，晚节不保有如折节于金的元好问。再如同年所作之诗《寿韬庵太保七十》：“余生海角望中兴，帝座扶持赖有人。德望卅年来畎亩，艰危孤立此君臣。清吟谢客应争席，细楷涪翁愈逼真。自是天公眷忠义，依然相敬见如宾。”很显然，作为帝师的陈宝琛竭力辅佐皇帝是值得赞扬的，而他自己心中对于光复、中兴前清帝业有着无限期待。虽然他讥笑严复、王闿运等人接受袁世凯的任命是趋炎附势的“拜车尘”，其实他自己之后的行为更为可鄙。

《答余尧衢》(1918年)

“我去长沙月余日，武昌乱作如儿嬉。使我率师下金口，举手扑灭何能为。与君分袂初不料，陵迁谷变天一涯。出奔歇浦实异国，七年相见嗟孑遗。偷生日久空自恨，春秋不作宜无诗。同年屈指六七子，吉甫壮烈尤可哀。辱君见称我滋愧，共厉晚节毋诡随。”

居海藏楼的郑孝胥与众遗老在沪上诗酒流连、往来唱和，然而他心里念兹在兹的是对前朝的眷念以及对辛亥革命时未能力挽狂澜的无限惋惜。诗的首句就展现了诗人对于武昌首义的评价：“作乱”，且蔑之为“儿戏”，诗人认为辛亥革命不过是乱党危害天下。此诗作时民主共和的观念早已是妇孺皆知深入民心，然而郑孝胥却还在痴心妄想逆历史潮流而动“使我率师下金口，举手扑灭何能为”。“陵迁谷变”叹世事变迁以及对民国的不认可，“出奔”上海更是印证“民国乃敌国”的遗民心态，因而感叹自己的苟且偷生徒然留恨。对比戊戌君子之壮烈，郑氏砥砺同辈要坚守晚节，不能不顾是非随波逐流以期东山再起光复前朝的思想确实落伍。读其诗让人不禁感叹，坐电车、看电影、用洋货、逛百货大楼，上海这些西方科技浸染下的社会生活居然一点也没有改变郑氏的遗民想法，唯一能解释的就是他内心世界的文化坚守以及对民国的敌视，因为在前朝正当其仕途坦荡之时，武昌首义让郑孝胥的湖南布政使要职仅仅 4 个月就被葬送了。

《六十感愤诗》(1919 年)

“生我定何为，于世无寸效。不辰空怨天，所耻伍群盗。胸中差了了，将智且未耄。八年坐面壁，一静却众躁。种松待听涛，日夜某之祷。微闻世人讥，舍灶反媚奥。亲交颇相闵，欲谏奈自暴。苍苍岂无意，留此时未到。廉颇得卒赵，妖孽犹可扫。”

首句仿若自责面对清朝大厦之倾无能为力，第二联诉说自己生不逢时，耻与没有名节之人为伍，第三联自夸胸中将才，第四、五联诉说自己辛亥之时隐居上海并非消极，而是以待时机，第六联讲自己弃官隐居不阿谀权贵，第七联诉说亲友的理解以及现实之无奈，最后两联宣称虽然时机仍未成熟，但自己是“廉颇未老”，末句“廉颇得卒赵，妖孽犹可扫”卒章显志，自负之情毕现，可见，1919 年的郑孝胥仍然抱定光复大清的志向，期盼历史会有转机。

《咏月当头》(1920 年)

“霏霜蚀月月魂寒，可奈当头隔雾看。宫阙天高归已晚，江湖夜永梦将残。未斜何碍悬银汉，自转休疑失银盘。白发丹心人渐老，绕枝乌鹊待谁安。”

此七言律诗，首句以飞霜遮月，月光惨淡，隔雾相看起手，想见诗人心情必定也是愁云一片，首句即奠定全诗基调。“宫阙”一句将晦涩的前朝之思化为夜深之时“处江湖之远”的忧君之思。“未斜”一句表面说月亮本在无须杞人忧天，实际还是指郑氏心中对清朝的期待。最后一句，“白发丹心”借苏武典故喻己对前朝忠心一片，“人渐老”虽貌似消沉，但“绕枝乌鹊”引曹操《短歌行》给人以志在千里的强烈印象。

《樱花下作》(1921年)

“非白非朱色转加，微寒轻暖殢云霞。春风省识倾城态，只在楼西几树花。初酣卯酒见酡颜，出拥朝霞带雾还。著眼分明故难得，却随尘土在人间。”

郑孝胥诗集中樱花诗不下十几首，此诗读来颇有温庭筠诗风，瑰丽奇绝、借物抒怀之处又似韩昌黎。首句以淡雅之色妆樱花之美，认为其暖色都吸引了云霞停留。第二句说倾城之美只在海藏楼西的几束樱花。第三句，以晨酒初酣红脸树下，看朝霞带雾之美景。末句叹樱花虽美最后也会落花入尘土，正如郑孝胥前诗感叹樱花“一年能得几日看，却对半开愁烂漫”。其实末句也是自照心志，正如他所赋“心力平生殊不负，樱花诗后又三年”。

《耆寿民属题独立苍茫自咏诗画卷》(1922年)

“《春秋》不作竟《诗》亡，杜老无归暗自伤。望断暮烟人未返，却疑天意坠苍茫。夸父康回事有因，触山逐日各忘身。羲和弭节崦嵫迫，奈此苍茫独立人。”

耆寿民是诚勋之子，曾任溥仪宫中总管内务府大臣，可见这首诗也是与前朝旧臣往来之作。首句就以“春秋不作”的乱世写归途无门的神伤起笔。“独立苍茫自咏诗”乃杜甫《乐游园歌》末句。“杜老无归”典出“此身饮罢无归处，独立苍茫自咏诗”。第二联，暮烟升起极目远处人也未归，心疑苍茫大地乃上天之意。第三联，夸父与共工的历史事出有因，他们追日触山都是内心坚定的信念而忘了身躯所在，末句借用《楚辞·离骚》中“吾令羲和弥节兮，望崦嵫而勿迫”希望时间不要走得太快，在这苍茫大地上的人更加孤独无依。整首诗披上了浓烈的苍凉感，其景象有如落日时分烟山暮远的柴扉前伫立孤独老翁。应该说，这首诗刻画了遗老复杂的内心世界：一方面自我鼓励乱世要心智弥坚，另一方面对现实却又十分迷惘、无助。

《孝胥以戊戌九月出京至庚戌七月入京凡十三年有诗纪之辛亥九月出京之癸亥七月入京亦十三年且出京皆以九月入京七月晤而嗟叹自念生逢世乱穷老无所就复为此诗》(1923年)

“世弃天留等可哀，黍离荆棘更能来。还从铜辇寻残梦，早向昆明辨劫灰。吞炭漆身殊未避，触山逐日漫相猜。两朝国士虚名在，骏骨犹堪比郭隗。”

此诗作于废帝溥仪召见之后，也是遗老心态的述怀之作。首句“黍离”即起亡国之叹，恨世道纷乱，忍心不古。“铜辇”指太子，“昆明劫灰”借汉武穿昆明池底的黑灰喻指战乱世道，在第三联中，豫让刺赵襄子、共工触不周山、夸父追日等典故纷至，其实不过讲诗人自己的高洁之志，在诗人看来只要有燕昭王这样的明君，自己不仅是两朝国士，而且会干出像郭隗一样出色的光复大业。

《夜直杂诗》之五、之六（1924年）

“高鸟犹难避网罗，营巢慕燕意如何。宫中莫爱鱼龙戏，四面宵来是楚歌。忍辱怀忧志久违，朝回亦已换春衣。宣南花事何心问，开尽樱桃我未归。”

作此二首诗时，郑孝胥已经是总理内务府大臣，值守诗作大有居高位的姿态，杂诗之五劝谕人们要居安思危，不可沉溺于鱼龙杂戏等声色犬马之中，以免遭四面楚歌之困局；杂诗之六追诉自己志向坚定终于等到“春回大地”，居此高位有大展宏图的愿景。

上述简评之诗都是从《海藏楼诗集》中选出的几首诗肯定无法代表郑孝胥诗歌整体风貌，但从中也能窥见诗风一二，我们发现，郑氏的诗但凡五言诗则尚浅求真，颇有魏晋风骨，且喜言事抒怀，而七言诗则显得高古清冷典雅十足，整体看，确实是诗风质朴韵味绵长，难怪钱基博赞美其诗："闲适之作，夷旷冲澹，而骨力坚炼，罔一字涉凡近。诗体百变，咸衷以法，语质而韵远，外枯而中膏，吐发若古直隐论。"[①]的确，郑孝胥诗风出入于昌黎、东野、圣俞诸家，并非"清苍"二字可以涵盖，将之归入宋诗派也有不合适之处。晚年的郑孝胥诗风更趋向沉郁顿挫，而且诗词尚浅求真，这也与当时白话诗运动产生了某种暗合。不过，作为雄心勃勃的遗老，诗中始终贯穿遗老风范。时刻关注政局动态成为郑孝胥诗创作的一个中心，1925 年徐又铮被杀后，郑孝胥有诗《汉江秋望图》："江哀汉怒此争流，断送才人又暮秋。今日中原应失望，莫将泪眼更登楼。"在诗中臧否人物政治得失抒发一己政治观点也是郑孝胥诗词的特点。1922 年张勋逝世，郑孝胥有挽诗《张忠武挽诗》："受爵于公朝，拜恩于私室。大义久不明，知己皆私暱。将军怀国恩，成败所弗恤。依违为袁氏，晚举犹未失。惜哉群疑萃，一蹶太仓卒。平生欠谋面，忠烈感吾笔。使我早识公，救败岂无术。犹当歌正气，坐待桑榆日。"从这首诗可以看出郑氏对于张勋复辟失败非常惋惜，认为张勋复辟失败主要是举事仓促，而且张勋缺乏谋略，

---

① 钱基博：《现代中国文学史》，上海书店出版社，2004，第 181 页。

被中外媒体视为闹剧的张勋复辟在郑氏看来是“忠烈”行为，这首诗不仅为张勋惋惜，也为自己惋惜，惋惜当时不在张勋左右，否则复辟也有成功的可能。这一方面说明郑氏对前清忠心可鉴，尤其是“犹当歌正气，坐待桑榆日”一句展现了一个谋求复辟的愚顽遗民形象，但另一方面却也看出了郑氏恃才傲物以致利令智昏。应该说这种心态是郑氏的一贯风格，早在 1915 年 2 月 7 日，陈三立、陈苍虬冒雪访问郑孝胥，郑氏有诗《十二月廿四日伯严仁先冒雪见访》：“倚楼三士送残年，有酒无肴雪满天。薄醉愈知寒有味，放言自觉道弥坚。收身遗子虽人外，历劫沉霾奈死前。便欲将君比松竹，离披相对转苍然。”所谓三士可指春秋晋国狐偃、赵衰、贾佗，此三人都是跟随晋公子重耳流亡的贤士，显然，自负的郑孝胥以之喻陈三立、陈苍虬与他皆是清朝贤士，清朝重用他们三人足以成大事。虽然他们的志向比较坚定，然而自负的底色却是晦暗的，“残年”“历劫”“沉霾”“苍然”诸词无不将遗老们心灵之苦闷、情感之凄婉、铁肩之道义与现实之无奈一一映照得凄楚动人却又苍白无力。郑孝胥的这首七言律诗读来错落有致，境随意转且诗骨清高，非常贴切地展现了辛亥革命之后遗老们种种复杂的心态。

历代以来，易朝换代之际，诗作莫不以哀愁为先，郑孝胥诗中的苦味莫不因其遗民心态使然。入民国，遗老的诗作也大多被抹上如此闲愁。面对时代巨变，很多遗老无法适应，他们常抱着悲观的心态看待民国，比如早年力主维新变法的“维新四公子”之一的陈三立，在变法失败之前，意气轩昂，也曾热烈称赞穆勒的《群己权界论》，然而，维新变法失败后，陈三立的思想日趋消沉，比如对辛亥革命的认识就比较典型，他说：“余尝以为辛亥之乱兴，绝羲纽，沸禹甸，天维人纪寖以坏灭。兼兵战连岁不定，劫杀焚荡，烈于率兽。农废于野，贾辍于市。骸骨崇邱山，流血成江河，寡妻孤子酸呻声、号泣之声达万里。”[①] 很显然，在陈三立眼中，辛亥革命乃国家之乱，民国乃敌国也，正如有学者指出的“所谓逊清遗老，绝大多数是汉人，仅有极少数的汉军旗人。民国初年，他们都深抱亡国之痛，散居於全国各地，包括上海、青岛、天津、徐州、兖州、南京、北京、苏州、南昌、广州等通都大邑……悲愤的程度不下於丧失‘祖业’的满洲人，对於清朝眷怀系念，无以复加”[②]。遗老大致分为两种，要么是完全抱残守缺反对洋务、维新的守旧之人，要么是曾经力主维新也曾追求进步的士大夫，然而辛亥革命的冲击又使其沦为保守派，因此，进入民国后这二派价值体系日渐趋同。在悲悯前朝的情绪主宰下，遗老旧体诗的写作出现两种极致，一种是悲天悯人，怀亡国之痛，诗歌有诗史之风，另一

① 陈三立：《散原精舍诗文集》下册，李开军校点，上海古籍出版社，2003，第934页。

② 胡平生：《民国初期的复辟派》，学生书局，1985，第53-54页。

种是不问世事，有如闲云野鹤。但他们心中对于新建立之民国的认识，从文化上讲，认为这是对儒教文明的倾覆，其文化保守主义的立场让他们转向敌视西学，其诗歌几乎都浸染上了哀愁的色调。遗老吴郁生所作诗“微生感精卫，心与东海盟，中夜枕书卧，且听波涛声”大概是遗老诗中心态的普遍代表。但是民国时代的到来，着手剪去清王朝有形无形的辫子，小到妇女放足，大到民主共和价值观取代君主专制政体，无不在冲击之列，《中华民国临时约法》更是从法制上将中国引入民主法制的现代国家轨道上来，当局兴起的禁赌博，废跪拜，禁缠足，倡女权等一系列新举措极大地改变了中国面貌，当时报纸中一首歌谣就非常形象地描述了社会变革之情景：

“共和政体成，专制政体灭；中华民国成，清朝灭；总统成，皇帝灭；新内阁成，旧内阁灭；新官制成，旧官制灭；新教育兴，旧教育灭；枪炮兴，弓矢灭；新礼服兴，翎顶补服灭；剪发兴，辫子灭；盘云髻兴，堕马髻灭；爱国帽兴，瓜皮帽灭；爱华兜兴，女兜灭；天足兴，纤足灭；放足鞋兴，菱鞋灭；阳历兴，阴历灭；鞠躬礼兴，拜跪礼灭；卡片兴，大名刺灭；马路兴，城垣卷栅灭；律师兴，讼师灭；枪毙兴，斩绞灭；舞台名词兴，茶园名词灭；

旅馆名词兴，客栈名词灭。”[①]

社会的种种变革已经呼唤新的文学样式来适应新形势，因此，遗老诗作想要适应现代社会之要求，诗人自身就得去除旧弊、革新思想，当然，这一革新设想显然较为艰难。但总的来说，以郑孝胥为代表的遗老诗人，在新文学发生期的第一个十年不仅没有被新文学所撼动而放弃旧体诗词的创作，相反，其创作的诗词，不论思想格局如何，他们所创作的旧体诗是现代文学史的重要组成部分，值得深入细致的研究。在遗老创作的诗词中，他们以古典的方式抒写他们的“现代性体验”以及对时代变迁的感受尤其值得关注，比如陈三立诗《黄公度京卿由海南人境庐寄书并附近诗感赋》：“天荒地变吾仍在，花冷山深奈汝何？万里书疑随雁鹜，几年梦欲饱蛟鼍。孤吟自媚空阶月，残泪犹翻大海波。谁信钟声隔人境，还分新月到岩阿。”该诗尤显孤寂；郑孝胥《四月二十日夜起》：“坐觉楼前江水深，江风收雨动高林。半规凉月通宵色，一枕劳生向晓心。故里欲归真自謿，幽忧为疾独难禁。好怀不惜销沉尽，那向人间罪陆沉。”该诗尤显沉郁；陈衍《题杜茶社先生小像》：“饿死焉知沟壑填？鸡笼山下少炊烟。而今

① 李卫东：《民初民法中的民事习惯与习惯法》，中国社会科学出版社，2005，第 43 页。

薇蕨无人问，大肉肥鱼四万钱。”该诗尤显诗史；沈曾植《病起自寿诗》：“病榻沉绵又一时，赤山岱岳眇何之。相逢徒侣皆龙伯，岂有神仙度马师。七反定难超色界，再生或恐误雄儿。四恩三劫尘沙障，到此分明了不疑。”该诗尤显哲学体验。应该说，遗老们的这些诗读来各具特色。当时遗老中有着海外游历经历的诗人，他们的诗也有着让人侧目的诗魂气度，例如汪辟疆在《光宣诗坛点将录》中评论康有为的诗时提出：“今诗人尚意境者宗黄陈，主神韵者师大历；锤幽凿险，则韩孟启其宗风；范水模山，则谢柳标其高格。其纯然入乎古人出乎古人者，则南海康有为也。南海平生学术，不以诗鸣，徒以境遇之艰屯，足迹之广历，偶事歌咏，直有抉天心探地肺之奇，不仅巨刃摩天也已。返虚入浑，积健为雄，惟南海足以当之。”[①] 很显然，在汪辟疆看来，康有为的诗绮丽异常与遍及域外的经历有着莫大的关联，无论诗人身份如何、立场如何，时代对于诗人的影响是不可抗拒的，而且这种浸染往往是以“润物细无声”的方式进行的。恰在此意义上看，中国近代以来的旧体诗之观察必须放弃新旧伦理价值的眼光。正如马茂元所言“文学体裁总在推陈出新，而新的出现，旧的不一定就会消退”[②]，确实，新旧文学样式的消长自有其规

① 汪辟疆：《汪辟疆诗学论集》上册，南京大学出版社，2011，第 120 页。

② 马茂元：《马茂元说唐诗》，上海古籍出版社，1997，第 4 页。

律，新旧之间各有无法替代的因子，而中国自晚清以来就被迫卷入西方主导的现代化过程之中，所以中国的现代性既有趋同性也有民族性。学者王一川曾指出："现代化，在这里就是指中国社会按照在西方首先制定而后波及全世界的现代性指标去从事全面而深刻的社会转型的过程。"[①] 更为深刻的是，晚清以来的大变局，并非简单的朝代更替而是文明秩序的更替，在这样一个特殊大变局中，遗老面对中华大地深刻转型所形成的独有文化体验，这本身也是中国社会转型过程中现代性体验的重要组成部分，"中国旧体文学的存在与衰亡，恰恰是中国文学现代化过程中的一个重要方面，体现了中国文学现代化过程的民族特点"[②]，可见，清末以来的旧体文学是中国现代文学无法忽略的部分，而现代遗老他们独有的文化积淀在诗中的美学表达恰好也是现代白话诗难以替代的文学表达。因此，若言清末民国时期的旧体诗是中国古典诗歌的绝响余晖完全是一叶障目，完整的现代中国文学史需要进一步开掘现代史上这些独特的诗作。本节只是以上海为中心以郑孝胥为重点作了粗略描述，实际上新文学发生期的第一个十年旧体诗写作群体要庞大得多，限于篇幅只能将与新文学发

① 王一川：《汉语现象与现代性情结》，首都师范大学出版社，2001，第9页。

② 袁进：《中国现代文学中的旧体文学亟待研究》，《河南大学学报（哲学社会科学版）》2002年第1期。

生期的第一个十年有关的旧体诗人名字以及诗集集附于文末的附录中。

第二节　高雅与新质：新派文人的旧体诗写作走向

相比遗老诗作，在新文学发生期的第一个十年，新派文人的旧体诗创作也有着特殊的写作意义。此时期新派文人一般都受过良好的古典诗词教育，因此他们的旧体诗有着古韵特色，但这批文人又经历了中国现代化的进程，尤其是教育现代化的变迁，甚至留学东洋、西洋，时代赋予的气息不经意间镶嵌于诗人笔端，因此，新派文人的旧体诗似乎更显古典之高雅与时代之新质。考察新文学发生期的第一个十年，我们发现一个普遍的现象就是，新诗写作者往往背负旧体诗“影响的焦虑”，胡适表达“放了脚的小脚女人”的观点、闻一多认为俞平伯的《冬夜》音节之美其实蜕化于旧体诗词、新诗对旧体诗词格律的抨击以及新诗写作中的格律调试无不证明了这种焦虑。而新派文人写作旧体诗却是一种群体性现象，其中鲁迅、郁达夫、闻一多、康白情、田汉、李思纯、陈独秀、沈尹默、钱玄同、叶圣陶等就有不少旧体诗作。不过新的教育背景确实影响到了新派文人诗歌写作风格，清末以来教育理念的现代化为新派文人的旧体诗创作带来了新气息。与新文人相比，遗老面对新时代的生活变迁，他们的生活体验在诗中由于固有的文化观念导致思维定式很难突破古典诗学的藩篱，而新派文人生在旧王朝、长于时代新潮中，对于新时代的变迁有着更为细致的文化体验与求新意识，尤其是受到西学的浸染更使新派文人的诗学世界发生了翻天覆地的变化。不过，按照学者张传敏的研究，1921 年北大中文系还无法开设“新诗歌之研究”“新戏剧之研究”“新小说之研究”等课程，而 1929 年清华大学中文系课程中虽然有了朱自清开设的《中国新文学研究》，但是看看授课的教师以及课程就不难发现，中国传统古典诗学教育才是课程的主力军，例如杨树达的《大一国文》《古书词例》、俞平伯的《词》《戏曲》、黄节的《曹子建诗》《阮嗣宗诗》《乐府》、郭绍虞的《中国文学批评史》，课程表中唯一代表新文学的大概就是朱自清的《中国新文学研究》和杨振声的《当代小说比较》。[①] 可见，旧文学实际上占据了语文教育的大半江山，旧诗显然还是语文教育的主体，在这种教育背景下，新诗虽然在社会上产生了广泛的影响和新鲜的印象，但却很难改变旧体诗“独霸诗坛”的现状。当然，在西学主导背景下的新诗写作浪潮虽然无法改变旧体诗形式外貌，但精神层面的影响却慢慢浸润于旧体诗写作中。与此同时，旧文学的尚未

① 张传敏：《民国时期的大学新文学课程研究》，人民出版社，2010，第 37-40 页。

退场与新文学的跻身前行形成了新文人旧体诗写作的新思维与旧形式的双重变奏。本节将以部分新文学家的旧体诗写作为考察对象，一一展开对其高雅与新质的探寻。

鲁迅（1881—1936），周树人，字豫亭，后改字为豫才，浙江绍兴人，中国现代文学奠基人，诗歌写作在其文学创作中并不算多，鲁迅自己也说写诗不过是“敲敲边鼓”，与新诗相比，鲁迅的旧体诗似更有名气。虽然鲁迅本人曾谦虚说过：“其实我于旧体诗素未研究，胡说八道而已。我以为一切好诗，到唐已被做完，此后倘非能翻出如来掌心之‘齐天大圣’，大可不必动手，然而言行不能一致，有时也诌几句，自省殊亦可笑。”[①] 但实际上其旧体诗在方家眼中也是很有分量，钱仲联在其点将录中将鲁迅喻为“地灵星神医安道全”，并且说“树人为诗不多，少做亦时调，风华流美。后臻简雅得其师太炎风格，亦有学长吉者”[②]，革命诗派的大将柳亚子先生也喜欢鲁迅的旧体诗，认为鲁迅的旧诗是“不可多得的瑰宝”，在品论鲁迅的《惯于长夜过春时》时，赞美其“郁怒清浅，兼而有之”，并认为这首诗即便是林庚白编的四院长诗钞中的诗也无法与之匹敌，更不用说郑孝胥的《海藏楼诗

① 鲁迅：《致杨霁云》，载《鲁迅全集》第13卷，人民文学出版社，2005，第307页。

② 钱仲联：《近百年诗坛点将录》，载《当代学者自选文集》，安徽教育出版社，1999，第691页。

集》了。[1] 鲁迅创作的旧体诗从数量上说（67 首）并不算多，但人们对鲁迅旧体诗赞誉有加，刘大白认为五四以来旧体诗首推鲁迅与郁达夫。柳亚子还从诗风承继上赞扬鲁迅的旧体诗“近踪汉魏，托体风骚，实在和太炎先生差不多是异曲同工吧。换一句话，他的诗实在是太好了”[2]。鲁迅反抗绝望的精神终其一生，是一个批判中国社会阴暗面的斗士，他希望能疗治民族之病，其《自嘲》诗中“横眉冷对千夫指、俯首甘为孺子牛”更成为鲁迅精神气质与知识分子使命的经典刻画。有学者认为鲁迅的旧体诗主要风格是：“深刻、沉郁、峭丽、含蓄、讽刺、精练。”[3] 的确，鲁迅旧体诗诗风与他在新文学体裁创作时展现的风格一样有着觉醒者的反抗与启蒙者的冷峻，洋溢着犀利的社会批判色彩，尤其是在新文学发生期的第一个十年，鲁迅的旧体诗常采用白话口语，极其自然地讽刺，且不为诗韵所束缚。

如果从新文学第一个十年时间段来看，按照周振甫的《鲁讯诗歌注》记载，鲁迅发表的旧体诗有三首：分别是 1924 年的《我的失恋》；1925 年的《替豆萁伸冤》；1926 年的《哈

① 柳亚子：《我对于创作旧诗和新诗的感想》，载楼适夷编《创作的经验》，江西人民出版社，1982，第 99 页。

② 北京鲁迅博物馆鲁迅研究室编《鲁迅研究资料》第 6 册，天津人民出版社，1980，第 241 页。

③ 刘泰隆：《鲁迅旧体诗的主要风格特点》，《广西师范大学学报（哲学社会科学版）》1998 年第 4 期。

哈爱兮歌三首》。《我的失恋》发表于1924年12月28日的《语丝》周刊上，后收入《野草》集，是仿张衡的拟古诗，鲁迅说是讽刺当时盛行的“阿呀阿唷，我要死了”之类的失恋诗而作。第二首《替豆萁伸冤》1925年6月7日发表在《京报副刊》，诗依曹植七步诗原韵而作：“煮豆燃豆萁，萁在釜下泣。我烬你熟了，正好办教席。”诗短小精悍、辛辣无比，讽刺了杨荫榆对进步学生的压迫。第三首《哈哈爱兮歌三首》见于《铸剑》内，始于1926年作，完成于1927年，三首歌虽意义并非一致，但指斥暴君罪恶的意思很明显，鲁迅说《铸剑》没什么难懂，但要注意里面的歌，因为是“奇怪的人和头颅唱出来的歌”，并且称赞第三首歌“伟丽雄壮”[①]。新文学发生的第一个十年间只有这三首算是旧体诗作，但却也异彩纷呈，具有浓郁的时代气息。首先，从语言特色上来说，三首诗最大的特点大概是其口语化写作，虽然第一首是打油诗、第二首是七绝、第三首是楚辞体，但三首诗读来无一例外让人感受到了酣畅淋漓的白话口语之魅力，可以说，鲁迅的这三首诗明显打上了新诗写作的烙印，完全打破了人们对旧体诗写作“精于音律、巧于对仗”等固定思维，也践行了鲁迅先生对新旧文学的深刻认识：文学之新旧不仅在形式而且在于精神。其次，鲁迅的旧体诗借用旧体的形式表达现代的意

① 鲁迅：《鲁迅全集》第14卷，人民文学出版社，2005，第386页。

绪，其旧体诗写作具有新旧弥合的新质，例如，他善用楚辞体来增加诗歌的节奏，而旨归在立意的深刻，第一首与第三首都以“兮”字来增强诗歌阅读的节奏感，“不知何故兮”以及“哈哈爱兮爱乎爱乎”“阿呼呜呼兮呜呼呜呼”等句的循环往复加强了诗句情绪的表达。深入浅出的写作让三首诗的现代情绪都呈现得非常饱满，第一首以戏谑为先，第二首以强力讽刺为重，第三首以悲壮为主题，虽然诗的内容各异，但一一展示了现代人在现代社会独有的感受与情绪，而诗中所蕴含的对个人的尊重、对社会与大众的启蒙更是三首诗超越以往旧体诗的显豁标志。再次，三首诗的批判色彩极强，都呈现了深刻的鲁迅风。第一首以诙谐笔调、深邃的观察毫不留情地讽刺了当时做作的失恋诗，第二首模仿曹植名作以强烈批判杨荫榆密谋镇压进步学生的龌龊行径，第三首以平民反抗暴政为主题抒发了对暴君的鞭笞。鲁迅的诗笔尖刻而犀利，可以说，鲁迅先生的旧体诗“如狂涛如厉风，举一切伪饰陋习，悉与荡涤，瞻顾前后，素所不知，精神郁勃，莫可制抑”[①]。这三首诗虽然无法代表鲁迅旧体诗的整体风貌，但也较为鲜明地体现了新文学发生的第一个十年间鲁迅旧体诗写作的特点。学者李怡就认为：“将文化冲突的动人景象摄入中

① 鲁迅：《鲁迅全集》第1卷，人民文学出版社，2005，第84页。

国现代旧体诗是鲁迅最独特的贡献之所在。”[①] 总之，鲁迅这三首略带白话新诗味道的旧体诗以其鲜明的现代批判意识为现代旧体诗写作提供了新鲜样本和可贵的思路。

康白情（1896—1959）字鸿章，四川安岳人。新文学家康白情的旧体诗作也不少。在文学史印象中，康白情是五四时期著名的白话诗人，与俞平伯、罗家伦创办新文学刊物《新潮》，在《新潮》《少年中国》《星期评论》等刊物发表了不少新诗，后出有诗集《草儿》，新诗入选《新文学大系》13 首之多，《新诗底我见》也有较大反响。李思纯在给宗白华的信中谈道：“白情的一篇，可算‘美的白话文’，虽是议论批评体的一篇 prose，其中却大有诗意，我是爱读得了不得。”[②] 康白情出国留学之后，渐渐远离了新文学阵营，试图经营政党投身政治，在诗歌创作上则完全转入了旧体诗写作。朱自清在《中国新文学大系》中这样介绍他：“康白情，诗人，字洪章，四川人。初期主要诗人，新潮社，少年中国学会干部，有新诗集《草儿》，后改为《草儿在前》集。一九二三年以后，遂脱离文坛，近且专作旧诗。”可见，在朱自清的心目中，1923 年以后的康白情俨然是旧体诗人了。康白情新诗集《草儿》也如胡适《尝试集》一般附录了旧体诗集，名

① 李怡：《鲁迅旧体诗新论》，《中国现代文学研究丛刊》1997 年第 2 期，第 100 页。

② 李思纯：《会员通讯》，《少年中国》1920 年第 3 期，第 60 页。

曰《味蔗草》，有旧体诗59首，其后再版《草儿》时，将旧体诗部分改为《河上集》由亚东图书馆单独出版，笔者见到的是1924年7月修正三版。卷一是四言诗，共14题；卷二，五言古诗，共16题；卷三，七言古诗，共3题；卷四，五言律诗，共7题；卷五，七言律诗，共3题；卷六，五言绝句，共14题；卷七，七言绝句，共25题。康白情在《新诗短论》中就曾豪言："我们做（作）诗，尽管照我们自己最好的做去，不必拘于一格。至于我们的作品究竟该属于那（哪）一格，留给后来的文学史家作（做）分类的材料好了。"③康白情在序言中坦言写作新诗是因文学革命"闻其风而慕之，乃新旧杂作"，而且还将旧体诗按照诗歌体式分门别类，这种表现，与其他新派文人在出版旧体诗时谦逊的态度相比，康氏似乎更显自信，试将诗题录于下：

卷一·四言诗：《河上》、《祝川滇黔旅苏学生会周刊》（1919年1月）、《题画枫叶》（1920年11月）、《读书行·三章》（1921）、《南望旧金山海湾行》、《东山行·二章》、《我何有三首》、《新中国歌》、《落日行》、《红盟·四章》、《寄黄日葵北京四首》、《稗种行》、《坎幞篇》、《较场见菊口号》。

卷二·五言古诗：《离家之北京》《过黄河桥》《弔黄兴蔡

③ 康白情：《新诗短论》，载诸孝正、陈卓团编《康白情新诗全编》，花城出版社，1990，第226页。

锷二将军》《寄全鉴修天津》《东城根口号》《玉泉鱼何幸二首》《山东图书馆》《瑞仙阁我归期赋此报之》《小田道中》《三溪园》《有梦寄润斯》《中夜寄葆青》《纪梦慰阿母》《赠胡汝麟三首》。

卷三・七言古诗:《除夕诗》《放桨歌》《二十八度颂歌》。

卷四・五言律诗:《棲霞洞》《三竺晚归》《登南山》《游虎邱登冷香阁》《去日本赋怀》《多夜寄黄玄》《送潘力山伉俪归国》。

卷五・七言律诗:《蛩雷亭》《寄家》《黄鹤楼上酒兴》。

卷六・五言绝句:《灵隐山游》《琵琶湖》《疏水》《大阪城》《吉田山上》《永观堂》《岚山细雨》《偶成》《春夜》《答田汉》《读恽震长城图》《大树》《合林自巴黎狱中寄诗旋得坎拿大讯谓定狱三月徒刑用原韵寄慰四首》。

卷七・七言绝句:《解嘲》《天津桥忆家》《西湖》《风雨亭怀秋瑾》《苏小墓》《岳王坟》《题仕女美术照片四首》《明陵感怀》《塔硐公园口号》《赠宫崎滔天丈人》《赠宫崎龙介》《鸡鸣寺雅集》《南浔即景四首》《与润斯泛舟秦淮河》《自南京返上海行且去国德熙口口送我于车站不知涕泪何从也》《得润斯书读其寄怀绛霄蕴玉之作用原韵赋感分柬德熙》《再用原韵和润斯见寄》《寄别西川辉京都》《寄二姐玉如》《白樱花杂咏十一首》《曾琦示我巴黎病院口号五首即用原韵寄慰》《张梦久报我书转述王光祈语谓我诗有盛唐昔戏成二十八字报之》《乡愁四首和周永琪家在嘉陵山水间原韵题仕女画片三首》《悼翟蕴玉》。

康白情的《河上集》特色较为鲜明,首先,诗人有着足够的旧体诗写作自信。从诗歌体式来说，康白情的旧体诗中古体诗、近体诗皆有，不可谓体式不丰富。在新诗风行的年代，作为新派文人专门出版旧体诗集，而且按照诗歌体式进行分门别类，可以说康白情的做派显得较为自信。事实上，康白情旧学功底较好，在新诗评论时常以旧体诗词的美学标尺来做评论，北社编的《新诗年选》中康白情所写的评语就是典型，他的新诗写作也如此，比如其送别诗，如只读诗题会误以为是旧体诗，例如《送客黄埔》《送慕韩往巴黎》等。不过他对新旧诗的特质有清醒的认识，他说："旧诗大体遵格律，拘音韵，讲雕琢，尚典雅。新诗反之，自由成章而没有一定的格律，切自然的音节而不必拘音韵，贵质朴而不讲雕琢，以白话入行而不尚典雅。"[①] 这也就是说，他并没有完全以新诗来否定旧体诗的优点，其中对白话诗的认识也是以"质朴""雕琢""典雅"等旧诗美学来权衡的，他也多次赞美旧体诗的音乐之美。其《河上集》就是其诗学理念的展示。

从康白情远离文学侧身政治的情形来看，康氏对于政治还是很有兴趣的，旧体诗往往都是诗人心底感念的流露，因此，在其旧体诗中也多见跟政治有关的诗歌，或凭吊古人或抒发政见，例如：

---

① 康白情：《新诗短论》，载诸孝正、陈卓团编《康白情新诗全编》，花城出版社，1990，第 217 页。

《吊黄兴蔡锷二将军》

凭吊将军意，心伤敢自赊？贰臣犹根蒂，四海未桑麻。我亦楚人子，弹泪祝灵娲。

《风雨亭怀秋瑾》

十年浩气今犹在，剑草血花着意荣。芳草有情埋侠骨，暮蝉无那动秋声。

《岳王坟》

岳王坟后千年柏，劲与岳王坟土俦。几度怀公还自奋，等闲怕白少年头！

康白情的旧体诗有许多都表达与政治有关的抒情或议论，这三首诗不论是五古还是七绝，都写得中规中矩，都是藉纪念历史人物来抒发诗人的政治情怀，不论是“我亦楚人子，弹泪祝灵娲”，还是“几度怀公还自奋，等闲怕白少年头”，无不显现了康白情的英雄情结：有志于仕途或者说有志于像古代文人那样英雄少年仗剑去国。比如《河上集》有诗《寄家》，诗序中有“‘五四运动’既起，予鞅掌国事。疏作家信者逾半年”之语，诗的起首便是“半年莫怪无消息，南北奔驰为国忙”，可见康氏政治兴趣之浓厚，而且颇有领袖欲望。早在1916年写作的《解嘲》就有“男儿不怕羊裘薄，还典羊裘作酒钱。数得贼头六十四，攻成当在破瓜年”等句。而1918年的康氏写下“溅我黄儿千斗血，染红世界自由花”之诗句更是表明自己投身革命的志向。在康白情的诗中，“少年”一词也多次出现，如：“得诗复得信，想见少年风。少年足自乐，遑恤在泥中。”当然这种“少年”情结也可以理解成当时五四时期大学生的普遍情结，所以旧体诗中凡有“少年”一词就会格调高昂、意气风发，比如《过黄河桥》起首句本来是回望历史愁云惨淡，而一写到少年时，诗风为之一转，“……举手属黄河，平流且莫哀！中国有少年，紫气函谷来。五洋为尾闾，门户为君开，少年气如虹，驭日摘天英。风马复云车，驰骋返昆仑。少年无东西，少年无古今。少年复少年，生子又生孙”，“自古英雄出少年”的英雄情结、领袖欲望在康氏旧体诗中有较为重复的表现，这大概与五四革命浪潮以及康氏作为北大学生会领袖有着莫大的关系。

其二，善用现代词语接通旧体诗与现代生活的气息，而且其诗常深入浅出地表达现代思绪。不论是与政治有关的旧体诗还是纯粹表现现代生活的诗歌，涉及现代生活以及现代意识的旧体诗在《河上集》中也不少，例如：

《疏水》

隧道三十里，低头忽见村。曲流急于箭，船在半山行。

《合林自巴黎狱中寄诗旋得坎拿大讯谓定狱三月徒刑用原韵寄慰四首》之二

每念法兰西，常深自由梦。何如大战后，兵强法苦重。

《赠宫崎龙介》

人道君含革命血，我今所见亦如之。五侯娇惯石崇泆，想煞当年江户儿。

《寄别西川辉京都》

男性文明送我别，炮兵工厂突烟多。自言百字儿女号，如此文明且奈何？

《曾琦示我巴黎病院口号五首即用原韵寄慰》

放下未来兼过去，即今常在即今真。也须行道也行乐，艺术人生萃此身。

第一首《疏水》描写日本京都水利设施，诗前有长序言介绍，不过如无介绍，似乎只有“隧道”一词显示是现代设施，但查北大语料库即知《旧五代史》中早有关于此词的表述，如：“存节才入，晋军已至矣，乃分布守御。晋军四面攻斗，开地道以入城，存节亦以隧道应之。”如果说第一首展现现代生活还不够明显，那么在其余几首诗中“法兰西”“自由梦”“革命血”“兵工厂”等无不深具现代气息。在康氏旧体诗中这种新词新语的运用还是较多的，例如“富士山头、日本刀、巴黎、坎大拿、横滨港、东洋”等词汇都出现在了《河上集》中。当然，“每念法兰西，常深自由梦”以及“人道君含革命血，我今所见亦如之”“是自由魂，是劳动血。天地之心，有如此叶”等诗句的现代意识抒写已经突破了新词新语在旧体诗中的简单应用。以新词写旧体诗带来了平民之风，正如康白情自己所言：“我们却仍旧不能不于诗上实写大多数人底生活，仍旧不能不要使大多数人都能了解，以慰藉我们的感情。所以诗尽管是贵族的，我们还是尽管要作平民的诗。”①

其三，除了政治抒怀、现代意识的表达，康白情旧体诗也有许多典雅的清新之作。优美的实景描写与典雅的意境营造圆融地汇集，让旧体诗散发出现代新气息是康白情旧体诗的又一特色。在康白情看来，诗既要含蓄明了，又要能兴起一种美感，而且风格要高雅②，例如：

① 康白情：《新诗短论》，载诸孝正、陈卓团编《康白情新诗全编》，花城出版社，1990，第 230 页。

② 同上书，第 223-224 页。

《小田道中》

岛国秋雨后，烟笠遍亩中。溪草含情碧，山花刻意红。蛙声敲不断，还来庆吾农。

《三竺晚归》

山径迷来路，潺潺水激流。蟾园窥短树，蛩韵響（响）新秋。凉话僧初歇，悲歌客正愁。纵谈天下事，野渡待归舟。

《岚山细雨》

山愁野云对，岸迴孤蒿响。枫叶溢秋泪，堕我青衫上。

以上几首诗是无意之选，然而均为五言，可以说很有魏晋闲散超脱的风范，作为一个具有政治抱负、时刻将家国天下挂在心头的新派诗人、学生领袖，很难得能写出这种清丽婉转旖旎的古风。实际上，康氏的诗，不论新旧，在写景抒怀方面都是值得赞扬的，无论是《小田道中》所描写的雨后田头攒动的农民、含情溪草、红山花、鼓噪野娃组成的清丽景象，还是《三竺晚归》中山径小路、潺潺溪流、蟾园窥树、愁客悲秋等形成的迷蒙之色，无不让古典诗歌的清晰、端庄、典雅一一浮上诗头。连批评康白情的梁实秋也认为：“写景是《草儿》的作者所最擅长，天才所独到。”[①] 朱自清在新文学大系中说：“这时期康白情氏以写景胜，梁实秋氏称为‘设色的妙手’。”[②] 李思纯在评论其新诗时谈道：“白情有诗人的天才，他的驰骋奔放，心花怒开，使人读了，非常爽快。他是胆大的，纵感情的，他尤工于景物的描绘，《桑园道中》《暮登泰山》《江南》等诗，虽有时借用旧诗的词藻，但他的活鲜鲜的赤裸裸的神气相骨，却不是格律严谨的旧诗中所能有的。”[③] 李思纯的评论很到位，其实康白情新诗写景之所以出彩还是来源于其深厚的旧体诗写作功底，他的旧体诗写景抒怀比较符合古典诗学的美学要求，其诗发今人之古幽思，读来令人心旷神怡。不独五言写景优美，再如其七律《鼍雷亭》：“鼍雷亭上响鼍雷，堤锁碧潭一镜开。百代冠裳人尽去，半天晴雨我初来。山花带泣红于血，渟石能春老不摧。悬瀑怒飞知有意，奔流山外洗尘埃。”诗人绘声绘色极尽写景抒怀之能事，从声响到颜色的细微描写使得整首诗显得大开大合神采飞扬。康白情在新诗写作中也是不忘借镜旧体诗，他说：“新诗本不尚平仄清浊，但整理一两个平仄清浊就

① 梁实秋：《〈草儿〉评论》，载诸孝正、陈卓团编《康白情新诗全编》，花城出版社，1990，第264页。

② 朱自清：《中国新文学大系·诗集·导言》，上海文艺出版社，1980，第3页。

③ 李思纯：《会员通讯》，《少年中国》1920年第3期，第60页。

可以增自然之美。”[①]很显然，这种为新诗寻路的思考已经不受潜在的旧体诗影响了，可以说，旧体诗的美学诉求已经深入到康白情诗歌写作的自觉意识层面。

不过，康白情的旧体诗也存在一些瑕疵，比如，为了追求新异，诗句长短不一显得有失章法，例如1919年的《除夕》诗中有“去去去，出门去！围炉直干什么？乘兴访朴园，踏雪沿北河”的奇怪句式。当然，如果从积极的意义来看，这是诗人不拘一格直抒胸臆的表现。还有些诗，序言很长，诗却短，例如《游虎丘登冷香阁》《登南山》等，以《题画枫叶》为例，序言长达102字，诗却只有16字。虽然字句的长短并非衡量诗质的标准，但是为了求新而随心所欲打破必要的规则却并非诗歌创新的路径。而且，为了求新，康白情的旧体诗口语化倾向明显，虽然口语化并非不是诗歌创新的路径，但是过于口语化则容易使得诗歌脱离高雅陷入低俗之困境，例如“强颜还为笑，长辑致远游。雨肥慈笋坼，风扫白苹秋。声声珍重语，但听怕回头”(《离家之北京》)。再如，“梦君在南京，亦若在北京。下女呼饭熟，忽觉在东京。推枕影迷离，梧桐漏雨声。我欲问秋风，君院有梧桐”(《有梦寄润斯》)。这两首诗除了“雨肥慈笋坼，风扫白苹秋”“推枕影

---

① 康白情：《新诗短论》，载诸孝正、陈卓团编《康白情新诗全编》，花城出版社，1990，第221页。

迷离，梧桐漏雨声”稍有古典诗歌的味道，其他简直不忍卒读，其诗《山东图书馆》以“游罢大明湖，还访图书馆”开头，大伤古典诗之高雅品质。难怪胡适在《蕙的风》序言中还批评康白情的旧体诗，他说“白情《草儿》附的旧诗，很少好的”[①]。但胡适关于新诗的论断有其历史语境，需要辩证地看待。比如当朱自清在赞美俞平伯善于熔铸旧诗之美入新诗时说：“俞平伯氏能融旧诗的音节入白话，如《凄然》；又能利用旧诗里的情境表现新意，如《小劫》。”[②]而胡适对此却刚好抱着反对的态度，他在《蕙的风》序言中就批评俞平伯受旧体诗影响太重，其中举的例子就是这首《小劫》，胡适认为“这诗的音调，字面，境界，全是旧式诗词的影响”[③]。其实，倘若从新诗发展的整体历程来观察这种评论的差异，我们就不难理解新文学发生期的第一个十年，在新旧文化冲突这一特殊语境中，诗学分裂为何会如此明显了。

郭沫若（1892—1978），笔名沫若，原名郭开贞，四川乐山人。著名新派文学家、学者，在新诗领域有很大的影响力，其创作的新诗甚至被认为是新诗写作真正的开始，其诗

---

① 胡适：《〈蕙的风〉序》，载欧阳哲生编《胡适文集》第3卷，北京大学出版社，1998，第624页。

② 朱自清：《中国新文学大系·诗集·导言》，载赵家壁主编《中国新文学大系》，上海文艺出版社，1980，第8页。

③ 胡适：《〈蕙的风〉序》，载欧阳哲生编《胡适文集》第3卷，北京大学出版社，1998，第624页。

集《女神》被看作中国现代诗诞生的标志。朱自清认为郭沫若的新诗中有两样新东西："泛神论与二十世纪的动的和反抗的精神。"[①] 郭沫若认为中国的五四有如德国的狂飙时代，他还说"惠特曼的那种把一切的旧套摆脱干净了的诗风和'五四'时代的暴飙突进的精神十分合拍，我是彻底地为他那雄浑的豪放的宏朗的调子所动荡了"[②]。可以说，郭沫若《女神》开启了中国新诗的浪漫主义诗风，而郭沫若在旧体诗创作上也有着相当成就，按照他自己的说法，旧体诗的根基从七八岁就开始了。后来受外国文学的影响才逐渐走上了新诗写作的道路，但旧体诗的写作从没中断过，而且《女神》中的有些诗要么就是旧体诗，要么是过去旧体诗的改写，例如 1919 年所作《春愁》就是旧体诗，收入《女神》诗集中，《女神》中的《别离》就是以旧诗《残月黄金梳》为底本按照其原意改写的。郭沫若所作旧体诗的风格与鲁迅较为相似，他们都脱离了以往旧体诗浅斟低唱一己之悲欢的藩篱，虽也有遣诗友酬唱之作或悼亡忆旧等传统之作，但他们将更多的诗笔投向了新时代、新生活，感时抒怀、讽喻议论以其推动中国现代文明之进程。在新文学发生期的第一个十年，郭沫若的旧体诗创作与抗战后的写作量相比不算多，若按《郭沫若旧体诗

---

① 朱自清：《中国新文学大系·诗集·导言》，载赵家璧主编《中国新文学大系》，上海文艺出版社，1980，第 5 页。

② 郭沫若：《郭沫若全集》第 16 卷，人民文学出版社，1992，第 216 页。

系年注释》来看：1917年2首，1918年7首，1919年6首，1921年1首，1922年11首，1924年3首，1925年5首，1926年6首，共计41首，其中一些来源于郭沫若所写的剧本中，比如《在昔有豫让》。1918年第一首白话诗《死的诱惑》发表之后，郭沫若处于新旧并作的诗歌写作状态，试录几首以窥其貌：

1917年《夜哭》

忆昔七年前，七妹年犹小。兄妹共思家，妹兄同哭倒。今我天之涯，泪落无分晓。魂散魄空存，苦身死未早。有国等于零，日见干戈扰。有家归未得，亲病年已老。有爱早摧残，已成无巢鸟。有子才一龄，鞠育伤怀抱。有生不足乐，常望早死好。万恨催肺肝，泪流达宵晓。悠悠我心忧，万死终难了。

1918年《游太宰府》

艳说菅原不世才，梅花词调费安排。溪山尽足供吟啸，犹有清凉秋意催。

1918年《十里松原》

十里松原负稚行，耳畔松声并海声。昂头我向天空笑，天星笑我步难行。

1919年《春节纪实》

身居海外偷寻乐，心头依然念故乡。想到家中鸡与肉，口水流来万丈长。

1919年《春寒》

凄凄春日寒，中情惨不欢。隐忧难可名，对儿强破颜。儿病依怀抱，咿咿未能谈。妻容如败草，浣衣井之阑。蕴泪望长空，愁云正漫漫。欲飞无羽翼，欲死身如瘫。我误汝等耳，心如万箭穿。

1919年《少年忧患》

少年忧患深沧海，血浪排胸泪欲流。万事请从隗始耳，神州是我我神州。

1922年《哀时古调》

阮嗣宗，哭途穷。刘伶欲醉酒，挥袖两清风。嵇康对日抚鸣琴，腹中饥火正熊熊。一东，二东，人贱不如铜。

1926年《题刘海粟山水画》

艺术叛徒胆量大，别开蹊径作奇画。落笔如翻扬子江，兴来往往欺造化。此图九溪十八涧，溪涧何如此峻险？鞭策山岳入胸怀，奔来腕下听驱遣。石涛老人知此应一笑，笑说吾道不孤了。

1926年《过汨罗江感怀》

屈子行吟处，今余跨马过。晨曦映江诸，朝气涤胸科。揽辔忧天下，投鞭向汨罗。楚犹有三户，怀石理则那。

郭沫若在新文学发生期的第一个十年所作的旧体诗，大部分在日本写作，纵观这些诗最大的一个特点就是弥漫在诗中的哀怨、愁绪，与新诗写作《女神》《天狗》等众多篇制留给众人的叛逆精神面貌大相径庭。从1917年的《夜哭》到1924年的《采栗谣》，人们读到的都是诗人郭沫若的心酸生活，比如五言诗《夜哭》曾寄给宗白华看，宗白华在回信中说："你的旧诗，你的身世，都令我凄然。"[①] 确实，整首诗读来令人凄恻，一边是对家人们的思念与牵挂，另一边还忧思祖国之命运，1918年的《十里松原》正是其当时困顿生活的真实写照，以致郭沫若在1919年的新诗《夜步十里松原》中对之重写，虽然新诗的面貌将原诗中的酸楚有意遮掩，但还

① 宗白华：《宗白华致郭沫若》，载郭沫若《郭沫若全集》第15卷，人民文学出版社，1990，第28页。

是能看出诗人心底的战栗。其实，不仅是困顿，而且因中日关系，有日本妻子的郭沫若还背负着“汉奸”的罪名，这样内外交困的精神折磨让诗人在希望与绝望间摇摆。旧体诗《春愁》《春寒》无不显示了同样的主题，1924年再度返回日本所作的《采栗谣》更是直接以“儿尚无衣，安能顾口”来描写生活之艰辛，可以说，一个贫困潦倒的诗人形象在旧体诗中异常鲜明。我们知道，1919—1920年是郭沫若新诗井喷年，《凤凰涅槃》《天狗》《心灯》《无烟煤》《日出》《晨安》《立在地球边上放号》《雪朝》《女神》《匪徒颂》《湘累》《三个泛神论者》等都是此间所作，诗人自己也说：“在一九一九与一九二零之交的几个月间，我几乎每天都在诗的陶醉里。”[①]为何在新诗中郭沫若的诗风有如自由女神的叛逆一般，张扬而且富有战斗精神，而在旧体诗中诗人却显得毫无自信，如此颓唐？这与诗人郭沫若当时的处境有关，郭沫若在日本本来是学医，而且应该有很好的前程，但因为身体疾病学医无继，而且结婚生子，生活用度极为困难。自日本结婚之后郭氏就一直处在贫寒之中，后来数度往来上海，结果也是窘境不改，而且还遭遇了创造社的失败，虽然1919年诗人早已享盛名，可是经济上的窘迫如影随形，让郭沫若束手无策，徐志摩的日记也证明了郭氏当时生活之困顿。1923年徐志摩与

① 郭沫若：《郭沫若全集》第12卷，人民文学出版社，1992，第68页。

胡适、朱经农结伴访问郭沫若，亲眼目睹了困居上海的郭氏生活："久觅始得其居。沫若自应门，手抱襁褓儿，跣足，敝服，状殊憔悴，然广额宽颐，怡和可识。入门有客在，中有田汉，亦抱小儿，转顾间已出门引去，仅记其面狭长。沫若居至隘，陈设亦杂，小孩羼杂其间，倾跌须父抚慰，涕泗亦须父揩拭，皆不能说华语；厨下木屐声卓卓可闻，大约即其日妇。坐定寒暄已，仿吾亦下楼，殊不话谈，适之虽勉寻话端发济枯窘，而主客间似有冰结，移时不涣。沫若时含笑睇视，不识何意。经农竟噤不吐一字，实亦无从端启。"[①] 见此景，主客大概都非常尴尬，客人不知说什么好，而主人也是措手不及地窘迫，徐志摩也感叹"无怪其以狂叛自居"。我想徐志摩的这句感慨很能说明新旧诗中精神面貌差异的原因：从诗歌样式上来说，旧体诗适合个人吟唱、记生活琐事，而新诗却是面向新媒体与普罗大众见面，以郭沫若的性格，生活上困顿貌似不太方便写出来；其二，从诗人的万丈雄心来说，诗人内心涌动的雄浑豪放的诗意，在现实中无法得到实现只好托以诗词，旧诗写已物质困顿，而新诗则慰藉灵魂抒发喷薄的豪情。我们看其 1926 年之后所作的旧体诗，无论是《过汨罗江感怀》，还是《题刘海粟山水画》，与在日本时写作

① 徐志摩：《西湖记》，载韩石山编《徐志摩全集》第 5 卷，天津人民出版社，2005，第 285 页。

的旧体诗完全不同，一扫此前所作之阴霾，无不轻快、流畅，比如《过汨罗江感怀》就是在这样的心态下写出的："过汨罗江是二十五日的清早。江面并不宽，水也很浅。疑心到屈原何以会在这儿淹死。清早的太阳灿烂地照在江面上，在江岸的浅山中，骑在马上，做出了这样的一首旧诗。"[①] 可见当时诗人的心情非常愉悦。而 1926 年的郭沫若已经从新文学知名作家转向了著名的社会活动家，在文化上，从当年赞扬胡适诗歌成就、亲吻胡适的郭沫若摇身一变成为批判胡适的学者，展示在世人面前的是一副"真理在我手"的文化新权威面孔，且其在诗歌、小说、戏剧等各方面都取得了很大成就，在政治领域的郭沫若也比较成功，甚至于 1927 年当上了"北伐军总政治部副主任"。这种身份地位的变迁与日本时的窘境简直就是天壤之别，对于有着雄心壮志的郭沫若来说，这正是他想要的生活，精神上的愉快也带来其诗歌写作的明快之风。

如果说，贫寒是这十年郭沫若旧体诗给人最大的印象，那么其旧体诗中展现出来的忏悔意识也颇值得注意。若从诗歌艺术的角度讲，郭沫若的诗具有素朴的伤感，是及物的写作，而不像传统诗人那样春悲秋怨，诗中流露出的感情也真挚而感人。旅居日本，郭沫若的妻子安娜承担了巨大的现实与精神压力，面对生活的困局，郭沫若心里非常内疚，几次

① 郭沫若：《郭沫若全集》第 13 卷，人民文学出版社，1992，第 14 页。

因为现实的困顿差点寻死，1916 年的《寻死》就是当时的写照：“出门寻死去，孤月流中天。寒风冷我魂，孽恨摧吾肝。茫茫所处之，一步再三叹。画虎今不成，刍狗天地间。偷生实所苦，决死复何难！痴心念家国，忍复就人寰。归未入门首，吾爱泪汍澜。”而《夜哭》中“有生不足乐，常望早死好。万恨催肺肝，泪流达宵晓。悠悠我心忧，万死终难了”更是将这种悲情推到了极致。1922 年的《哀时古调》借历史人物的悲哀抒发自己的悲痛，虽是悲愤之作，但诗中颇有臧否天下之风范，辛辣讽刺溢满全诗。诗人说这首诗是《孤竹君之二子》的副产品，但“在可以暗示出当时中国的大势和我自己的心理上”[①] 比之更有意义，其“人贱不如铜”的悲叹正是作者困顿与压抑的写照。而不论诗人处境如何，妻子安娜都生死相随，因此，对妻子安娜的内疚之情常出现在诗句中。写于 1919 年的《春寒》面对“妻容如败草”尚在洗衣，内心犹如万箭穿心，写下“我误汝等耳，心如万箭穿”之句，但在这患难中，诗人对于安娜的感情是真挚的，因此，1924 年《纪行诗二十韵》中就有这样的诗句：“妻戴儿衣，女古埃及。涉足入水，凉意彻骨……我若有资，买山筑屋，长老此间，不念尘浊……”显然，诗人试图在平淡的旅行中寻找乐趣，还戏称妻子穿戴犹如古埃及女子，而“买山筑屋”之宏

① 郭沫若：《郭沫若全集》第 12 卷，人民文学出版社，1992，第 150 页。

愿更是诗人疼爱妻子的朴实写照。因此，郭沫若在新文学发生期的第一个十年的诗歌写作在两种诗体展现两种不同的风格：新诗勇猛豪放、旧体诗苦情且细腻。

就艺术水准而言，郭沫若的旧体诗写作也是有声有色，并没有完全被现实困顿所遮掩。首先，郭沫若的旧体诗在诗歌写作上娴熟应用各种体式，不论是古体诗还是近体诗都有创作。例如1918年《咏博多湾》之古体诗、1919年《谢芳邻》之七绝、1919年《春愁》之五言，1921年《暴虎辞》之杂言。其二，郭沫若的旧体诗也呈现了白话新诗的特征——口语化。比如《十里松原》中“昂头我向天空笑，天星笑我步难行”之句，以近乎歌谣的方式来呈现这样的心境，面对现实困顿时的自我解嘲与矜持超脱，还有《春节纪实》中的“想到家中鸡与肉，口水流来万丈长”之句也是如此，更有甚者《题刘海粟山水画》中的末句“石涛老人知此应一笑，笑说吾道不孤了”，简直违背了古典诗歌的底线，如此口语化写作于这首诗的前部形成了巨大的断裂，好似画蛇添足一般丑陋，这样的口语化写作无疑伤害了古典诗之美。其三，古人之爱国主要是忠于君王以及王朝，现代人的爱国是爱国家爱民族，现代旧体诗写作者的爱国主义意识随着辛亥革命的成功而得以转型，他们诗中的爱国意识也因此带上了强烈的现代意识，尤其是漂泊海外的游子。郭沫若的爱国热情在其旧体诗中贯穿始终，即便穷困潦倒之时也是如此，《哀古时调》就是典型，诗人借历史典故极尽辛辣讽刺之能事，而诗笔用力之处何尝又不是拳拳报国之心在流动。如《春愁》诗中“如何春日光，惨淡无明辉”之句，反映了在生活坎坷的幽怨之外贯穿的是诗人思乡爱国之烈焰。郭沫若身居国外耳濡目染明治维新后的现代日本新气息，现代意识在其旧体诗中也多有体现，例如 1924 年所作《日之夕矣》诗中有“欧非不远，世界如拳……如披星月，羁旅太空”之句。这样的句子在今人看来不过尔尔，但放在当时语境下，还是较为超前。《题刘海粟山水画》中更有诗句：“艺术叛徒胆量大，别开蹊径作奇画。”可以说，这种新词语与新思想在古典诗中的运用使得现代性表达在旧有的文学形式中得到了延伸。此外，郭沫若尤其擅长借用历史典故来讽刺现实抒发自己的赤子情怀，他 1922 年所作的《哀时古调》组诗颇有臧否天下之风范，典故与时政批评交融，辛辣讽刺溢满全诗。《少年忧患》中“少年忧患深沧海，血浪排胸泪欲流”一句则以豪放之风直抒诗人心中报效祖国的热情。眷念祖国、希望中国获得新生的期盼之情在《女神》《匪徒颂》《晨安》等新诗以及一些旧体诗中也都得到了充分展现。其四，郭沫若的旧体诗在郁闷幽怨之外又常有冲和之美，郭沫若说：“我自己本来是喜欢冲淡的人，譬如陶诗颇合我的口味，而在唐诗中我喜欢王维的绝诗，这些都应该是属于冲淡的一类。”[①] 他曾直言

① 郭沫若：《郭沫若全集》第 16 卷，人民文学出版社，1992，第 220 页。

对王维的《竹里馆》喜不自胜，他说："这是我从前最喜欢的一首诗，喜欢它全不矜持，全不费力地写出了一种极幽邃的境界。我很喜欢把这首诗来暗诵。"[①] 例如《游太宰府》《十里松原》等诗虽然写的是诗人愁苦的生活，但"溪山尽足供吟啸，犹有清凉秋意催"中的名士风范却值得敬佩，让人不禁想起王维的"独坐幽篁里，弹琴复长啸"。1925 年《春桃》中"人来花里花可知？花落舟中人欲痴。不愿辞花咏言归，原为花下春流水"之句就将冲和之美化作隽永的山水与热烈的情思。郭沫若谈及小时候读诗的感受："比较易懂的《千家诗》给予我的铭感很浅，反而是比较高古的唐诗很给了我莫大的兴会。唐诗中我喜欢王维、孟浩然，喜欢李白、柳宗元，而不甚喜欢杜甫，更有点痛恨韩退之。"[②] 试看 1915 年所作《晚眺》："暮鼓东皋寺，鸣筝何处家？天涯看落日，乡思寄横霞。"诗中古朴之风、素雅之思令人击节赞叹。还有 1916 年 8 月尚处于爱情蜜月之时所作的《游操山》："怪石疑群虎，深松竞奇古。我来立其间，日落山含斧。血霞泛太空，浩气荡肺腑。放声歌我歌，振衣而乱舞。舞罢道下山，新月云中吐。"这些诗与在日本婚后的苦情诗相比明显有着冲淡之美，显得从容而淡雅，深得王维之风，尤其"舞罢道下山，新月云中吐"

① 郭沫若：《郭沫若全集》第 12 卷，人民文学出版社，1992，第 103 页。
② 郭沫若：《郭沫若全集》第 11 卷，人民文学出版社，1992，第 41 页。

一诗，整首诗于豪放啸傲山林的诗情中又有节制与禅意，这大约与诗人当时优越的生活条件有关。其实，越是早年，郭沫若诗中的王维之风就越明显。如果说早期郭沫若的诗受王维影响较深，那么其在新文学发生期的第一个十年所写的旧体诗，随着阅历的增加，尤其是在历经日本艰难的生活之后，其诗风更靠近杜甫，无论是《春寒》的惨淡，还是《少年忧患》的悲愤，我们都能看见于贫寒之外诗人沉郁顿挫的笔调，尤其是1925年间作的组诗《在昔有豫让》，以奔放的诗史之笔将历史人物的英雄事迹描写得婉转动人。

虽无法确切地说郭沫若的旧体诗写作受新诗影响有多少，但是纵观其在新文学发生期的第一个十年所创作的诗，其朴实的语言与惊心动魄的文化典故恰到好处地结合在一起，这也显示了诗人善于新旧结合的诗歌写作理路。1920年郭沫若在给宗白华的信中写道："我想我们的诗只要是我们心中的诗意诗境的纯真的表现，命泉中流出来的Strain，心琴上弹出来的Melody，生的颤动，灵的喊叫，那便是真诗，好诗，便是我们人类的欢乐的源泉，陶醉的美酿，慰安的天国。我每逢遇着这样的诗，无论是新体的或旧体的，今人的或古人的，我国的或外国的，我总恨不得连书带纸地把他吞了下去，我总恨不得连筋带骨地把他融了下去。"[①] 也就是说，郭沫若善

① 郭沫若：《郭沫若全集》第15卷，人民文学出版社，1990，第13-14页。

于新旧缝合，无论古今中外只要是有益的成分都能为其所用。总的来说，郭沫若的旧体诗在以苦情为主色调的现实主义写作的同时，将“生活苦闷、儿女情长、去国怀乡、壮志抒怀、愤懑慷慨”等诸多古诗也多有展现的主题注入了现代意识，为推动旧体诗写作做出了贡献。

郁达夫（1896—1945），原名郁文，浙江富阳人，中国现代文学史上著名的小说家、散文家、诗人。作为新文人，其在写旧体诗的新文学家中是卓有成就者。笔者以为，郁达夫的旧体诗以清新的复古之风成功对抗了现代性带给世人普遍的单调、压抑与乏味之情绪，其现代旧体诗的抒写构建了新颖的、具有中国风的现代性。郁达夫只写有少量的新诗，而擅长于旧体诗写作，他甚至谦虚地说：“我不会作诗，尤其不会做新诗。”[①] 不过，在文学史专家刘大杰看来，五四以来旧体诗写得最好的诗人要数鲁迅和郁达夫。据其《自述诗》“九岁题诗四座惊，阿连少年便聪明”所言，可知郁达夫从小就有很好的诗学教育功底。郁达夫作诗较快，他说自己的诗“有余暇时为之，然大抵皆得来全不费工夫者也”[②]。其实，他从1911年起就开始将旧体诗习作投往报刊。1915年就在《神州日报》上以郁达夫名发表旧体诗，按照詹亚园统计，郁达

① 郁达夫：《郁达夫文集》第6卷，花城出版社，1983，第223页。

② 郁达夫：《郁达夫文集》第9卷，花城出版社，1983，第312页。

夫旧体诗今存近600首[①]，在新文学家中不独旧体诗创作数量较高，而且旧体诗的质量在诗坛也多受赞扬，其“曾因酒醉鞭名马，生怕情多累美人”之句更是近代旧体诗诗中金句、名满天下。钱仲联在近百年诗坛点将录中喻之为“地损星一枝花蔡庆”，赞扬他：新文学家而能诗，取法仲则，才华动人。1916年，郁达夫在日本结识了汉学家服部担风，并参加其主持的“佩兰吟社”组织的文学活动，并在《新爱知新闻》汉诗栏发表旧体诗。1919年写作旧体诗同时习作白话小说，1921年与郭沫若、成仿吾创立“创造社”，其后新文学创作开始成为郁达夫写作的中心。作为新文学家的郁达夫不反对写新诗但更青睐旧体诗写作，他认为旧体诗更为简洁明了，在《骸骨迷恋者的独语》中他直言：“讲到了诗，我又想起我的旧式的想头来了。目下在流行着的新诗，果然很好，但是像我这样懒惰无聊，又常想发牢骚的无能力者，性情最适宜的，还是旧诗；你弄到了五个字，或者七个字，就可以把牢骚发尽，多么简便啊。”在这篇文章中他还引述了自己在1920年写给孙荃的《病中作》为例：“生死中年两不堪，生非容易死非甘。剧怜病骨如秋鹤，犹吐青丝学晚蚕。一样伤心悲薄命，几人愤世作清谈。何当放棹江湖去，浅水芦花共结庵。”他认为这首诗如果用新诗来写则非常不经济

① 郁达夫：《郁达夫诗词笺注》，詹亚园笺注，上海古籍出版社，2006。

而且不容易说明白，不过他对于老文丐诗选派刻板仿古的旧诗写作非常反感，因为“他们的成见太深，弄不出真正的艺术作品来”。[①] 由此可见，郁达夫对于新旧诗写作有着清醒的认识。就新文学发生期的第一个十年而言，其旧体诗写作以1921年为界，前者是以日本所作为主，1922年以后主要是国内所作。詹亚园认为郁达夫在日本留学时所作处于作者旧诗写作的青春期，“才情勃郁，诗思如泉，创作了大量清词丽句的作品”，之后以国内活动为主，是旧诗写作的成熟期，“诗作的思想性艺术性都达到了一个很高的境界”。[②] 若以年份来计算，1917年—1927年间郁达夫有旧体诗作约120题、214首，其中1918年创作数量最多，1922年—1925年没有旧体诗，1926、1927只写了几首旧体诗。可以想见，创造社以及小说、文学评论等新文学活动挤占了诗人旧体诗写作的时间与空间，不过，1927年以后，诗人的旧体诗写作数量又有所回升。

从教育经历来看，虽然郁达夫在日本求学期间接触了西方文学，大量阅读了英、法、德等国文学作品，且1919年之后以其白话小说的创作实绩而在新文坛取得一席之地，但传

---

① 郁达夫：《骸骨迷恋者的独语》，载《郁达夫文集》，第3卷，花城出版社，1982，第123页。

② 詹亚园：《郁达夫诗词笺注·序言》，载郁达夫《郁达夫诗词笺注》，詹亚园笺注，上海古籍出版社，2006。

统文学对其影响似乎更大。在其散文中，郁达夫曾这样羡慕乱世中的文人："生在乱世，本来是不大快乐的，但是我每自伤悼，恨我自家即使要生在乱世，何以不生在晋的时候。我虽没有资格加入竹林七贤——他们是贤是愚，暂且不管，世人在这样的称呼他们，我也没有别的新名词来替代——之列，但我想我若生在那时候，至少也可听听阮籍的哭声。或者再迟一点，于风和日朗的春天，长街上跟在陶潜的后头，看看他那副讨饭的样子，也是非常有趣。"[①] 所以说郁达夫是一位传统文学思想较为浓重的新文学家，在他的精神世界里，传统士大夫文化深入骨髓。因此，其旧体诗的创作也多呈高古之风。不过，新文学的创作、域外新思想也为其诗歌的现代性探索带来了几多霞光。郁达夫虽然对新诗创作持谨慎态度而且没有几首新诗写作，但是他在新旧诗学方面提出的见解时至今日仍然具有启发意义。比如在郁达夫看来，新诗的优点在于可以自由表达新思想、新境界，旧诗却不方便，"除了声调韵律而外，若要讲到诗中所含之'义'，就是实体的内容，则旧诗远不如新诗之自在广博"，但是旧诗在意境方面则胜过新诗，"如冲澹，如沉着，如典雅高古，如含蓄，如疏野清奇，如委曲，飘逸，流动之类的神趣，新诗里要少得多"。这种差异在郁达夫看来原因不仅仅在于形式格律方面，"最大的

① 郁达夫：《郁达夫文集》第3卷，花城出版社，1982，第122页。

原因，还是在乎意识与时代之上”。在他看来，今人没有了古人的闲适、冲澹，古人的神韵气质就很难复制，今人做古诗也只能在说理上寻求新的成绩。[①]关于新旧诗的对比性观察真可谓真知灼见，这些诗学思想也必然影响到他的旧体诗写作。不过，作为新文学家，一方面受西学的浸染，一方面时代的思想风潮鼓荡，开拓了郁达夫写作的思想疆域。郁达夫认为：“五四运动最大成功，第一个要算‘个人’的发现。从前的人，是为君而存在，为道而存在，为父母而存在，现在的人才晓得为自我而存在。我若无何有乎君，道之不适于我者还算什么道，父母是我父母，若没有我，则社会，国家宗族等哪里会有。”[②]再去看郁达夫诗中对于自我的暴露，对于个人与国家的多重忧虑，我们不难发现，郁达夫是深具中国古典文化素养的现代作家。笔者以为，郁达夫的旧体诗堪称新文学家中高雅与新质并奏的典范。

从内容特色上讲，郁达夫的旧体诗的最大特色在于其不仅是诗人的精神史，同时也是时代的鲜明写照。新旧交融、勇于自曝的精神诗史风格尤值赞扬。小说《沉沦》所营造的多愁善感、苦闷窘迫、无所适从的零余者形象在其旧体诗中也多有体现，其实，郁达夫自己也说过，他的所写不过“只

---

① 郁达夫：《郁达夫文集》第6卷，花城出版社，1983，第224-225页。

② 同上书，第261页。

求世人能够了解我内心的苦闷就对了”[1]。他在这篇文章中指出，正是这个现代社会制造了小说主人公的悲剧。因为自己穷愁的人生经历，所以郁达夫许多诗常有寒士悲秋、怀才不遇之调，其间充满了以自我为主体意识的伤感与苦闷。仅以1917年为例，6月作《赠隆儿二首》有“几年沦落至西京，千古文章未立名”之句；7月作《谒岳坟》有诗“我亦违时成逐客，今来下马拜将军”之句；8月所作《春江感旧》其四中有“佳妇而今归帝子，腐儒自古苦酸寒”之句；10月作《题阴符夜读图后寄荃君三首》其三有“屠狗椎牛计总愚，青春潦倒在江湖”之句。虽然诗的内容是穷愁满身，但这些诗却多清瘦沉郁、婉丽多姿、饱含深情。如前所举1920年写给妻子的《病中作》就属旧诗典型，诗中抒发之才情勃发、无奈命运拨弄的沉郁深至令人一唱三叹，其“一样伤心悲命薄，几人愤世作清谈”的感叹，其“何当放棹江湖去，浇水桃花共结庵”的隐士情怀，读来让身居士大夫情怀的书生们共鸣不已。再看1920年所作《寄感两首》其二：“深闺静坐觉魂销，梅影横窗气寂寥。无奈夜长孤梦冷，书灯空照可怜宵。”这首诗虽是妻子孙荃修改诗中的第四首，但从改定后的诗来看，整首诗读来将人之孤寂清冷刻写得入木三分，首句的凄凉布景就奠定了全诗的情调，深闺独坐已是孤幽无助，“魂

① 郁达夫：《郁达夫文集》第7卷，花城出版社，1983，第156页。

消”当是思妇极度悲伤，也许回忆与情郎相会才能稍微驱赶寂寞，可是窗外的寂寥却将幽思之人拉回现实，长夜无眠孤梦冷，只有书灯相伴这可爱的夜晚。诗歌将古典诗歌中清冷、孤寂的意境以独守空房的女子托出，其词典雅清疏况味不已，可以说词尽而怅然之意无穷。1920 年《和某君》中“天津桥上啼鹃日，痛哭长沙陋贾生”则是作者怀才不遇的悲愤之叹。郁达夫的沧桑与失落之感常系于笔端，如 1919 年所作《静思身世，懊恼有加，成诗一首》，仅仅从诗题就能看出诗人当时的心境必定是烦闷懊恼不已。“匆匆半月春明住，心事苍茫不可云。父老今应羞项羽，诸生难肯荐刘蕡。秋风江上芙蓉落，旧垒巢边燕子分。失意到头还自悔，逢人怕问北山云。”写作此诗时，诗人正在北京，刚经历了外交官考试失利的挫折，因此，诗中对于自己的怀才不遇甚为愤懑，所以最后一句中“北山云”其实是指担心被人问及北京的考试结果。在郁达夫的诗中，这种因人生不得意而产生的飘零感在诗中始终挥之不去。1917 年《病后寄汉文先生松本君》之“今日穷途余一哭，同他才尽说江郎”；1918 年《寄和荃君原韵四首》之“谙尽天涯漂泊趣，寒灯永夜独相亲”；1919《梦过通天台》之“枕边风雨梦萧萧，零落乡关感未消”；1921《盐原日记诗钞八首》之“离人又动飘零感，泣下萧娘一曲歌”，这些在现代语境下产生的孤独、飘零、孤寂、愁闷在单调乏味的机械化、电子化时代中显得如此高古，而诗人清雅闲愁的格调对现代机械复制的反动正好构成了现代性的新构。

郁达夫受黄仲则诗的影响较大，钱仲联先生就持这种观点。郁达夫的小说《采石矶》就是以黄仲则为主人公，郁、黄二人在人生际遇上的相仿也是郁达夫喜欢其诗的缘由。郁达夫说："觉得感动我最深的，于许多啼饥号寒的诗句之外，还是他的那种落落寡合的态度，和他那一生潦倒后的短命的死。"[①] 也正是黄仲则虽穷愁潦倒但仍落拓不羁的名士范让郁达夫的诗充满了放荡不羁的诗酒之风，因此，人们觉得郁达夫之诗也有"颓废"之气。我们知道，在日本期间，郁达夫思想苦闷又找寻不到出路，在现实生活中又常因民族身份而受人歧视，借用郭沫若的话说便是："读的是西洋书，受的是东洋气。"[②] 因此，郁达夫常去烟柳之地寻找解脱，与日本女性的多情交往则成为诗人笔下的一个风景：1917 年在名古屋时郁达夫与后藤隆子有过密切交往，有诗存；1919 年，郁达夫偕留日学生陪同浙江教育视察团参观名古屋各中小学，宿于大松旅馆，遂与旅馆女侍者篠田梅野相识，亦有诗存。郁达夫与日本女子的相逢相爱正所谓"情不知所起，一往而深"。不过郁达夫之多情正如《别隆儿》附记中所言："如天外杨花，一番风过便清清洁洁，化作浮萍，无根无蒂，不即不

---

① 郁达夫：《郁达夫文集》第 6 卷，花城出版社，1983，第 113 页。

② 郭沫若：《郭沫若全集》第 15 卷，人民文学出版社，1990，第 140 页。

离。”1919 年《宿安倍川》诗中有“避寒寻梦宿清溪，云雨荒唐一夜迷”之句。还有很多诗是与日本女性的赠别诗，大多与此有关。郁达夫勇敢地将此类日常生活的私人事件写入诗中的勇气是令人佩服的，而这样的日常生活抒写其实也是现代意识的古典表达。

1917 年《赠隆儿》

我意怜君君不识，满襟红泪奈卿何。烟花本是无情物，莫倚箜篌夜半歌。

1918 年《赠看护妇某》

露滴蔷薇十字娇，为侬甘渡可怜宵。不留后约非无意，只恐相思瘦损腰。

1918 年《偕某某登岚山》

不怨开迟怨落迟，看花人正病相思。可怜逼近中年作，都是伤心小杜诗。烟景又当三月暮，多情虚负五年知。岚山倘有闲田地，愿向丛林借一枝。

1919 年《赠梅儿》

淡云微月恼方回，花雾层层障不开。好是春风沉醉夜，半楼帘影锁寒梅。

上引之诗，多与郁达夫的放达不羁的情爱相关联。上述诗中的隆儿、梅儿、看护妇等皆为诗人相爱过的女子，这组爱情诗有着浓情蜜意也有着月光般的忧伤在里面回荡。我们看到落拓不羁的生活方式只是暂时驱走了内心孤寂，酒色之后，郁达夫却发现了更大的虚无，甚至因此而产生强烈的自我谴责，他在《〈茑萝集〉自序》中说："唉唉，清夜酒醒，看看我胸前睡着的被金钱买来的肉体，我的哀愁，我的悲叹，比自称道德家的人，还要沉痛数倍，我岂是甘心堕落者？我岂是无灵魂的人？不过看定了人生的运命，不得不如此自遣耳。"所以许多诗又显得迷离而消沉，有些诗堪称香艳诗了，如 1918 年的《题画三首》中有"酒晕醉东风，肌透秦川锦。海上有仙山，梦压鸳鸯枕"之句；1921 年的《盐原日记诗抄》则更是露骨："细喘娇吁出浴初，云鬓依旧似新梳。香融汗粉罗巾拭，越显肌肤雪不如。"但作为现代文人的郁达夫并不隐晦对自己的私生活进行抒写，诗酒常系笔端，1918 年的《自述诗》就有"笑把金樽邀落日，绿杨城郭正春风"的自我显示。但即便是诗酒之作，诗人也会心忧天下，在《留别佩兰吟社同人》中就有所体现："高楼风雨忆平津，香草筵前酒几巡。何事离人肠欲断，旗亭月色夜来新。"所以这也形成郁达夫旧诗的另一特色：多情与忧愤爱国并存。

诗人的多情种子总是和报国壮志紧密相连，这种私密之趣与爱国忧民之思的缠绕式抒写其实也是郁达夫旧诗现代性抒写的一种表达。郁达夫的爱国思想较为浓郁，尤其是旅居日本低人一等的处境更是激发了诗人炽烈的爱国热情，1917年6月3日的日记饱含愤懑之志与爱国热忱："予已不能爱人，予夜不能好色，货与名更无论矣。然予有一大爱焉曰：爱国。予因爱我国，故至今日而犹不得死；予因爱我国，故甘受人嘲而不得厌；予因爱我国，故甘为亲戚兄弟怨而不之顾。国即予命也，国亡，则予命亦绝矣。"郁达夫甚至写道："予上无依闾之父母，下无待哺之妻孥，一身尽瘁，为国而已，倘为国死，予之愿也，功业之成与不成，何暇计及哉。"因此，郁达夫的诗中涌动着的爱国之情显得如此火热与忧愤，怀才不遇与伤国之难是此类诗的主题，1919年的《己未秋，应外交官试被斥，仓促东行，返国不知当在何日》最为典型："江上芙蓉惨遇霜，有人兰佩祝东皇。狱中钝剑光千丈，垓下雄歌泣数行。燕雀岂知鸿鹄志，凤凰终惜羽毛伤！明朝挂席扶桑去，回首中原事渺茫。"这首诗是郁达夫怀才不遇、忧愤之思的典型之作，诗首句以荷花遇霜来比喻自己考试落第，所谓"兰佩祝东皇"是诗人抒发去国忧愤之情，"钝剑"二句说自己才华了得可惜与项羽一样命运不济。《郁达夫传》中记载："郁达夫参加外交官应试时，自觉文章做得很好，议论精辟，外文更是考得特别好。应该说，他当时既有爱国热情，又精通日、德、英三国文字，中文功底更是异常扎实，完全可以成为一个合格的外交官员。可是，结果未被录取。后来一打听，才知道上次外交官应考中，那些有钱的考生纷纷用钱买通了考官，而郁达夫的长兄却不愿循私，所以郁达夫自然被排挤在外了。”所以郁达夫在当年 9 月 26 日日记中愤愤不平地写道：“庸人之碌碌者，反登台省；品学兼优者，被黜而亡！世事如斯，余亦安能得志乎？”此类爱国、忧愤之诗较多，尤其是所作于 1918 年的《感时》较为典型：“和战何年议始成，荆襄封戍尚连营。谋倾孤注终无补，乱到萧墙岂易平。南渡君臣争与敌，中原父老厌谈兵。题诗大有牢骚意，泣上新亭望帝城。”此诗写作时适逢留日归国学生联合北大等院校学生向总统冯国璋请愿要求废除“中日军事协定”，掀起罢课学潮，郁达夫亦积极响应。全诗读来令人悲从心涌。在郁达夫诗中这种个人忧愁始终与国难之思紧密联系，如 1919 年的七绝《过徐州》：“红羊劫后几经秋，沙草牛羊各带愁。独倚车窗看古垒，夕阳影里过徐州。”很显然，“沙草牛羊各带愁”不仅是诗人之愁，更是对国家民族的忧虑。诗中“红羊劫”是国难之喻，也有诗人以“红羊劫”影射洪秀全、杨秀清之造反带来的国难，这里大概指日本窃山东之事，总之，国难之忧伤是应为确指。在 1918 年的《题写真答荃君三首》中也有“红羊劫”：“荒坟不用冬青志，此是红羊劫岁图。”郁达夫自视奇高，因此诗中多有郁郁不得志以及对国事批评的表达。在 1921 年的《杂感八首》中诗人自比“俊逸灵奇宰相才，下和抱璞古今哀”，他悲叹“光范三书空伏阙，长沙一恸竟沉疴”；怒斥“将军原是山中盗，只解营私不解兵。举国内讧争利润，何人专战请长缨”；忧思“忍说神州似漏舟，达官各为己身谋”；面对伤痛的国难以及奸臣小人得势，诗人处处警语“茫茫大陆沉将了，寄语诸公早绝裾”；“终是马牛亡国隶，尔曹釜内且优游；”“国亡何处堪埋骨，痛哭西台吊谢翱。”在充满忧伤的爱国诗中，郁达夫的诗常是柔弱的色调，但也有慷慨激昂之诗，如1918年的《客感寄某两首》：“一夜秋风兰蕙折，残星孤馆梦无成。敢随杜甫憎时命，欲向田横放厥声。亦有宏才难致用，可怜浊水不曾清。明朝倘赴江头死，此意烦君告屈平。”

作为新文学家，郁达夫也会使用口语化的词语来写作旧体诗，使得旧诗在阅读时具有现代的流畅感，如1918年的《寄和荃君原韵四首》之“看来要在他乡老，落落中原几故人”；1918年的《山村首夏》之“一事诗人描不得，绿蓑烟雨摘新秧”；1919年的《新秋偶感》之“百年事业归经济，一夜西风梦石头”；1920年的《梦醒枕上作。翌日，寄荃君五首》之“万一青春不可留，自甘潦倒作情囚”，这些诗中“一事”“经济”“万一”等极具口语化的词汇让旧体诗读来生机勃勃，充满了现代生活的气息。不过，郁达夫诗中的田园气息也值得关注。

1917《游莫干山口占》

田庄来作客，本意为逃名。山静溪声急，风斜鸟步轻。路从岩背转，人在树梢行。坐卧幽篁里，恬然动远情。

1917年《春夜初雨》

小楼今夜应无睡，二月江南遍杏花。笑我浮生真若梦，年年春到苦思家。

这些诗无不韵味深长，深得唐诗风采，典雅深至，颇有遗世独立闲云野鹤归隐之风。以《春夜初雨》为例，首句“无睡”让人想到杜甫“灯影照无睡，心清闻妙香”，李商隐也有“惟有梦中相近分，卧来无睡欲如何”，浮生若梦让人想起李白的“浮生速流电，倏忽变光彩”之句。《游莫干山口占》读来更是让人生出“诗中有画”的曼妙感受，王维之风清晰可见。郁达夫的旧体诗还有一大特色：他爱在诗中多次使用某一具有古典文化内涵的词汇来抒发情感，深具文化内涵的词语在诗中的反复使用容易形成象征的意味。笔者细读1917—1927年间郁达夫的诗作，发现“青衫”“神州”“中年”“新亭”等词出现频率较多，试举例如下。

青 衫

《车窗闻燕语》(1917年)：青衫零落乌衣改，各向车窗叹式微。

《舟中读德诗人海涅集》(1917年)：嬉歌怒骂生花笔，泪洒青衫亦可哀。

《春江感旧四首》(1917年)：折来红豆悲难定，湿尽青衫泪不干。

《乘车赴东京过天龙川桥》(1917年)：十年湖海题诗客，依旧青衫过此桥。

《寄荃君》(1918年)：去年今日曾相见，红粉青衫两欲愁。

《赠别》(1918年)：伤离我亦天涯客，一样青衫有泪痕。

《晓发东京》(1918年)：白雪几能邀俗赏，青衫自古累儒冠！

《吴梅村》(1918年)：冬郎忍创香奁格，红粉青衫总断魂。

从上面简单的列举就会发现，“青衫”一词在1917年和1918年的诗作中居然分别出现了四次之多。青衫本意是青色的衣衫，在古典文化中常指没有功名的书生。白居易：“五十著青衫，试官无禄食。”（《伤唐衢二首》）吴伟业的：“青衫憔悴卿怜我，红粉飘零我忆卿。”（《琴河感旧》）可见，青衫一词在古典文化中常带有酸楚味道，郁达夫多将其用于与女性朋友的赠别诗中，表达相思之苦或是款款深情。《赠紫罗兰》中的“沧海曾经人未老，青衫初浣泪偷弹”其实也多取此意来表达心中郁郁不得志或多情书生的含义。再看“青山”。

青　山

《西归杂咏》（1917 年）：绿树青山数十程，思亲无计且西征。

《辞蓝亭留谢》（1918 年）：杨柳旗亭劳蜡屐，青山红豆羡闲身。

《秋夜怀人七首》（1920 年）：青山隐隐江南暮，小杜当年亦忆家。

很显然，“青山”一词的化用与郁达夫深受唐诗影响有关，唐代就有很多诗人也喜此词：孟浩然的《过故人庄》“绿树村边合，青山郭外斜”；杜牧的《寄扬州韩绰判官》“青山隐隐水迢迢，秋尽江南草未凋”；郁达夫 1920 年的《秋夜怀人七首》几乎照搬了杜牧的诗。再看“相思”。

相　思

《相思树三首》(1917 年)：为谁栽此相思树，远似愁眉近似腰。

《除夜奉怀》(1917 年)：多病所须唯药物，此生难了是相思。

《偕某某登岚山》(1918 年)：不怨开迟怨落迟，看花人正病相思。

《雪》(1919 年)：党氏帐中仍寂寞，文君炉下可相思？

《春闺两首》其一（1920 年)：梦来啼笑醒来羞，红似相思绿似愁。

郁达夫本为多情士子，儿女情长本是其诗歌抒写的主题之一，因此“相思”一词的高频率使用乃是本色当行。郁达夫在诗中还多次用“红豆”一词镶嵌、寄托诗人的相思情感，比如，1917 年的《春江感旧四首》：“折来红豆悲难定，湿尽青衫泪不干。”1918 年的《辞蓝亭留谢》：“杨柳旗亭劳蜡屐，青山红豆羡闲身。”语词的反复使用逐渐加深了诗歌的象征意义。再看“秋风”。

秋　风

《辞别》（1918 年）：马上河桥月上门，秋风杨柳最销魂。

《静思身世，懊恼有加，成诗一首，以别养吾》（1919 年）：秋风江上芙蓉落，旧垒巢边燕子分。

《秋夜怀人七首》（1920 年）：鸿雁西来插翅斜，秋风吹冷野芦花。

李白的《子夜秋歌》有“秋风吹不尽，总是玉关情”之句；其《秋登宣城谢朓北楼》中也有“人烟寒橘柚，秋色老梧桐”之语，可见“秋风”一词多令人感伤。郁达夫本多零余者心态，其诗中秋风也用来表达漂泊、孤零之情感。九一八事变后，郁达夫有诗“秋雨秋风遍地愁，戒严声里过徐州”，这种孤零的感觉，郁达夫有时则以“万里”表达：如“项王心事何人会，泣上天涯万里舟”（《西归杂咏十首》，1917 年）；“不鸣大鸟知何待，待溯天河万里舟”（《新秋偶感》，1919 年）。再看“中年”。

中　年

《偕某某登岚山》（1918 年）：可怜逼近中年作，都是伤心小杜诗。

《游人事山中，徘徊于观音像下者久之》(1919年)：地来上谷逃禅易，人近中年弃世难。

《新婚未几，病疟势危，斗室呻吟，百忧俱集。悲佳人之薄命，叹贫士之无能，饮泣吞声，于焉有作》(1920年)：生死中年两不堪，生非容易死非甘。

郁达夫在1927年以后写作的诗中也有“中年”一词的使用，例如“中年聊落意，累赘此微躯”(《中年次陆竹天氏韵》)；“旧梦豪华已化烟，渐趋枯淡入中年”(《和刘大杰》)，很明显，“中年”一词在郁达夫诗中充满了苦情、自嘲的色彩。

神　州

《寄和荃君》(1919年)：客里逢春懒上楼，无端含泪去神州。

《与文伯夜谈，觉中原事已不可为矣。翌日文伯西归，谓将去法国云》(1920年)：相逢客馆只悲歌，太息神州事奈何！

《杂感八首》(1921年)：忍说神州似漏舟，达官各为己身谋。

“神州”一词在古典诗中常与忧国忧民相联系，郁达夫诗中也不例外，如“旧事崖山殷鉴在，诸公何计救神州？”(《初秋杂感两首》，1916 年）、“茫茫烟水回头望，也为神州泪暗弹”（《席间口占》，1916 年）。

新 亭

《感时》（1918 年）：题诗大有牢骚意，泣上新亭望帝城。

《杂感八首》（1921 年）：士生乱世空弹铗，客到新亭漫举杯。

“新亭”典出自《世说新语·新亭对泣》：“过江诸人，每至美日，辄相邀新亭，藉卉饮宴。周侯中坐而叹曰：‘风景不殊，正自有山河之异！’皆相视流泪。唯王丞相愀然变色曰：‘当共勠力王室，克复神州，何至作楚囚相对！”[①] 可见“新亭”一词常与故国之思、忧国悲愤之情相连，郁达夫在“伤心王谢堂前燕，低首新亭泣后杯”（《毁家诗纪》）、“新亭大有河山感，莫作寻常宴会看”（《赠韩槐准》）、“欢联白社居千日，泪洒新亭酒一杯”（《胡迈来诗，会有所感，步韵以答》）等诗句中使用该词都是取此基调。

郁达夫是一位典雅深致的诗人，他不刻意隐瞒自己的风

① 刘义庆：《世说新语·新亭对泣》，沈海波评注，中华书局，2007，第 21 页。

流韵事，相反，他将生活的苦闷与女性的交往诉诸笔端，将内心的精神波动告诉世人，正如他所说："我的这抒情时代，是在那荒淫残酷、军阀专政的岛国里度过的。眼看到的故国陆沉，身受到的屈辱，与夫所感所思，所经所历的一切……我只觉得不得不写，又觉得只能照那么的写，什么技巧不技巧、词句不词句，都一概不管，正如人感到了痛苦的时候，不得不叫一声一样，又哪能顾得这叫出来的一声，是低音还是高音？或者和那些在旁吹打着的乐器之音和洽不和洽呢？"[①]因此，勇敢地将自己的苦闷、飘零甚至是性苦闷抒写出来，正是现代文人意识的自我彰显。

在此，我们不能不再谈谈郁达夫的古典诗学思想。晚唐诗风可以说是郁达夫诗学的主根基。晚唐诗风似乎很受乱世诗人喜爱，周作人也喜欢晚唐诗，他说："大沼枕山句曰：一种风流吾最爱，南朝人物晚唐诗。此意余甚喜之，古人不可见，尚得见此古物，亦大幸矣。"[②]郁达夫的诗学转益多师，但又偏向晚唐诗风。在《盛夏闲居，读唐宋以来各家诗，仿渔洋例成诗八首录七》中，郁达夫评点著名诗人的优长，他赞赏李商隐"义山诗句最风流"、温庭筠"中晚唯君近正音"、杜牧"销魂一卷樊川集"、陆游"慷慨淋漓老学庵"、元好问

---

① 郁达夫：《郁达夫文集》第7卷，花城出版社，1983，第250页。

② 周作人：《夜读抄·苦茶庵小文》，载《周作人自编文集》，河北教育出版社，2002，第198页。

“伤心怕读中州集”、吴伟业“红粉青衫总断魂”、钱谦益“狱中清句动人怜”，可以说，郁达夫的诗学观完全是转益多师，并非宗某一门一派。再如，《论诗绝句寄浪华》诗中有“遗山本不嫌山谷，无奈西昆学者狂。欲矫当时奇癖疾，共君并力斥苏黄”之句。可见，郁达夫反对宗派诗风，对于江西诗派无甚好感。而“少陵白也久齐名，诗圣诗仙一样评。读到离骚伤怨句，始知空阔谢宣城”，与杜甫的沉郁诗史之风相比，李白的飘逸显得空阔，显然，郁达夫更欣赏杜甫。而“销魂一卷樊川集，明月扬州廿四桥”则说明杜牧风格俊朗、词句清秀之诗风也深得郁达夫喜欢。郁达夫在诗中就多次以杜牧来自况诗才，《留别家兄养吾》中有“薄有狂才追杜牧，应无好梦到刘蕡”之句，再如《病后访担风先生有赠》中也有“略有狂才追杜牧，绝物功业比冯唐”之句。1917年8月，郁达夫寄给孙荃长信，论诗道：“杜樊川诗，虽多杨柳烟花，金钗红粉之句，然描神写意，各得其致，闺阁中之好伴侣也。温庭筠不遇终身，敏才逸思，徒消费于红薇斗帐之中。其诗哀而艳，其词雅而香，所谓百读不使人厌者，其唯八义集乎！”在《致郁华，陈碧岑》中郁达夫整体性地谈到他对中国古典诗歌的看法，他说：“吾嫂学诗，盛唐不及中唐，中唐不及晚唐，与其失之粗俗，宁失之纤巧，女人究竟不应作欲上青天揽日月语。弟意李杜诗竟可以不读，入手即应诵李义山，温八义诸人诗，在宋则欧阳永叔、曾南丰、陆剑南诸家诗可诵。元明人诗弟未曾披读，故不敢言，然如王世贞、李东阳诸家究不合便闺阁中人模仿。吴梅村诗风光细腻，唐宋诗之集大成者，家中有全集在，可取读之。……清朝诗唯王渔洋全集可诵，赵瓯北、袁子才诸家瑕不掩瑜。近人樊樊山、陈伯严诸人诗则大抵为画虎不成之狗矣。”[①] 郁达夫并不反对古诗诗式的“旧瓶装新酒”的诗歌革新之路，但谈到近体诗的态度时他说：“我是始终以渔洋山人的神韵，晚唐和元诗的艳丽，六朝的潇洒，为三一律……有时也颇爱西昆，但有时总独重香奁。明前后七子的模仿盛唐，公安竟陵的不怪奇而直承白苏李贺孟郊一派时的好句，虽然也很喜欢，但总觉得不如晚唐元季的诗来得有回味。”[②] 这些无不说明了郁达夫偏爱晚唐的诗学态度，但是，我们从这些诗学轨迹中不难发现，郁达夫对古典诗歌的一针见血式的批评充分显示了他在古典诗学上的造诣，并且已经形成了成熟的诗学认知体系，在诗学上追慕晚唐诗风，尤其是杜牧诗风，其作于1918的《病后访担风先生有赠》有“薄有狂才追杜牧，绝无功业比冯唐”之句便是很好的例证。

郁达夫对于新旧诗的诗学态度也颇值得关注，他说：“我不十分懂旧诗，因为所受的教育，完全是过渡时代的留学生

---

① 郁达夫：《郁达夫文集》第9卷，花城出版社，1983，第313页。
② 郁达夫：《郁达夫文集》第7卷，花城出版社，1983，第277页。

教育，对于中国学术的旧根底，当然是很欠缺的。不过自从执笔写写东西以来，语体诗却从来没有做过，并不是看不起语体诗而不屑做，实在是不会做，不敢做，却也不十分喜欢做。”[①] 如此看来，郁达夫对于新诗写作有谦逊式的避让心理。此外，在他看来，旧体诗不太适合表达现代生活中的宏大叙事，他说：“我更有一个偏见，就是以今体诗来咏现代的各种洪潮的起伏，终觉得是魄力不够，内容承受不下，仅仅以廿八字或五十六字来写出上海大战，徐州突围，武汉退出，似乎总感觉到不足一点的样子。”[②] 郁达夫还对未来旧体诗写作指了一条路：“旧诗各体之中，古诗要讲神韵意境，律诗要讲气魄对仗，近代人都不容易做好。唯有绝句，字数既少，更可以出奇制胜，故而作者较多，今后中国的旧诗，我想绝句的成绩，总要比其他体要来得好些，亦犹之乎词中的小令，出色的比较多，比较得普遍也。”[③] 其实他本人虽然以律诗居多，但其实绝句也不少，他的《寄梦二首》《春夜初雨》《西江杂咏十首》《自述诗》等都是优美的绝句。

我们在此一再强调的是，郁达夫的旧体诗具有特殊的价值：在恢复了古典诗典雅的同时，其诗歌语言却是平易晓畅，且郁达夫极力复原古典诗意在日常生活中的表现力，这一点

① 郁达夫：《郁达夫文集》第 7 卷，花城出版社，1983，第 276 页。

② 同上书，第 277-278 页。

③ 郁达夫：《郁达夫文集》第 6 卷，花城出版社，1983，第 225 页。

弥足珍贵。郑逸梅视郁达夫为“新文坛第一流”，认为其旧诗“虽未臻炉火纯青之候”，但与“一味以死文学无生命目之者”相比，则为此中之“佼佼者”。[①] 郑逸梅对郁达夫旧诗的评价不算高，但值得注意的是，她看到郁达夫旧诗中追寻新文学以及为生命歌唱的诗学努力是精确的。如果说借助马克思·韦伯文化理论，我们认定现代性是一个祛魅的过程，是一个远离神坛、发现自我、相信理性的过程，那么中国现代作家在西方现代性的启蒙下，不仅发现了作为个体“人”的存在与价值，同时也发现了现代日常生活的压抑与异化，中国传统文化的滋养让他们在对抗日常生活的单调、乏味中借助中国传统因子试图恢复闲适与诗意，事实上，“作为一个文化或美学概念的现代性，似乎总是与作为社会范畴的现代性处于社会对立中”[②]，尤其在中国现代化的语境之下，现代作家借镜传统的努力正是中国现代性建构的重要组成部分，从这一点上说，郁达夫等人旧体诗中对日常生活的古典诗意抒写恰恰是中国现代性抒写的建构，因为“诗意的栖息”正是反抗现代性对人异化的手段，而它本身也是现代性的诉求。在列斐伏尔看来，现代性作为意识形态“以某种矛盾的方式引

① 郑逸梅：《人物品藻录》，日新出版社，1946，第 75 页。

② 周宪、许钧：《现代性的五副面孔·现代性译丛总序》，载马泰·卡林内斯库《现代性的五副面孔》，顾爱彬、李瑞华译，商务印书馆，2002，第 3 页。

发了对它各个方面的争论；新事物的草率承诺直接和不惜任何代价地引发了向古风和怀旧风格的回归”[①]。从这一点上讲，笔者以为，郁达夫实则为新文学家写作旧体诗的花魁。司马长风曾如此对比郁达夫与鲁迅：“郁达夫只是一个哀哀而泣、幽幽而说的‘零余者’；鲁迅在其作品中如深隐在幕后、满身钢盔铁甲的战士，而郁达夫则是裸露台上、任人观赏的疯人；不惜捐生的武士固然是大勇之人，脱除一切隐饰、暴露自我也同样是大勇之人。”[②]我们认为，郁达夫以诗意的方式所展示的孤独、自我、伤感、愤懑、焦虑等现代情绪，其运用大众熟知的历史典故来抒发情感以及议论，咏史用典，凸显现代人的主体意识，为旧体诗的现代性抒写留下了最为浓重的一笔。

写作旧体诗的新文学家并非只有鲁迅、康白情、郭沫若、郁达夫等人，只是限于篇幅，笔者无法面面俱到，但鲁迅旧体诗的犀利批判意识、康白情左右逢源的新旧诗炫耀、郭沫若旧体诗的现代意识以及郁达夫以古典对抗现代从而形成的特异诗风都令笔者耳目一新。如果纵观新文学发生期的第一个十年的旧体诗创作，新文学家的旧体诗写作在主体上保持了旧体诗的古雅特质，但在思想层面大多引入了现代意识，

① 列斐伏尔：《现代性终结了吗?》，载周宪编《文化现代性精粹读本》，中国人民大学出版社，2006，第 76 页。

② 司马长风：《中国新文学史》上卷，昭明出版社，1975，第 158 页。

在语言形式上都有着白话诗写作的倾向，而新文学家新旧诗并作的情形基本是群体性现象。可以说，在新诗写作的时代背景下，旧体诗在新文人手中同样也得到了延续。新文人旧体诗写作主要得益于作家们良好的国学根基，尤其是古诗词作为中华高雅文化的符号早已内化到中国民众的血液之中。新文人写作旧体诗呈现出来的特点则需引起注意，其特点大致说来可以概述如下。

其一，良好的中国传统文化根基为新文人的旧体诗写作提供了便利，因此，新旧诗并作成为群体性特征。五四时期的诗人们都有着良好的旧体诗功底，例如诗人徐志摩 1911 年的日记中就有许多典雅的旧体诗词，试举一首，如《自遣》："人生岁月白驹过，应事牢骚记咏哦。书剑随身聊复耳，英雄得志又何如。未能报国心空热，许作平民福已多。窃叹我庐真自在，闲载花木醉高歌。"[①] 诗虽仍旧以旧诗之牢骚自遣，但明显感到诗中有一股新时代清新之风。许多新文学家在谈及自己的诗歌教育背景时都会提及当年旧体诗习得的经历，宗白华在《我和诗》中谈到自己十七岁时在青岛求学期间读到剑南诗钞，这是他读的第一部诗集，后来又读了"日本版的小字的王、孟诗集"，被王维的清丽淡远所吸引，他说："唐

① 徐志摩：《府中日记》，载韩石山编《徐志摩全集》第 5 卷，天津人民出版社，2005，第 188 页。

人的绝句，像王、孟、韦、柳等人的，境界闲和静穆，态度天真自然，寓秾丽于冲淡之中，我顶欢喜。后来我爱写小诗、短诗，可以说是承受唐人绝句的影响。”[①] 无独有偶，郭沫若在新诗写作鼎盛时期仍不忘谈论中国古典诗学对其诗歌创作的影响，在 1921 年致郁达夫的信中，郭沫若说：“今天在旧书中翻出几张司空图的《诗品》来，这本书我从五岁发蒙时读起，要算是我平生爱读书中之一，我尝以为诗的性质绝类禅机，总要自己去参透。参透了的人可以不立言诠，参不透的人纵费尽千言万语，也只在门外化缘。国内近来论诗的人颇多，可怜都是一些化缘和尚。不怕木鱼连天，究竟不曾知道佛子在那里。《诗品》这部书要算是禅宗的‘无门关’呢，他二十四品，各品是一个世界，否，几乎各句是一个世界。”[②] 后起新文学家施蛰存先生在《北山楼诗》序言中也提及自己的诗学启蒙之路：“余总角时，侍大人游寒山寺。见石刻枫桥夜泊诗，大人指授之，琅琅成诵、心窃好焉。年十二，大人授以诗古文辞。自杜甫兵车行杜牧阿房宫赋始、遂渐进于文学。求书自习之，五六载间，尽玉溪昌谷李杜元白而至於汉魏六朝，皆若可解悟，会心不远。独于当世名流、海藏散原石遗晚翠诸家，则往往不能逆其志。自愧才下，学或未

---

① 宗白华：《宗白华全集》第 2 卷，安徽教育出版社，第 150-151 页。

② 郭沫若：《郭沫若书信集》上册，中国社会科学出版社，1992，第 198-199 页。

至。”[①] 施蛰存的旧体诗习得过程较为典型地代表了新派文人的诗学教育过程。

其二，新文化运动的力量是巨大的，在其冲击下，很多人的诗歌创作确实出现了变迁，有的是新旧并作，而有的甚至放下了旧体诗写作。叶圣陶先生在中学时代就写旧体诗，并得到了王伯祥和顾颉刚先生赏识，但五四运动后很少作旧体诗，偶有一两篇也只是在朋友之间传阅，抗战之后旧体诗词才多了起来。[②] 由于五四带来的“文化冲击”而很少作旧体诗在当时成为群体性现象。汪静之在《蕙的风》自序中也提道：“我小时学写的是旧诗，‘五四’运动的第一年，开始读到‘新青年’杂志上的新诗，觉得很新鲜，只读了几首的时候，就学写起来。当时有一种错误的想法，以为新诗是从外国学来的，是和旧诗根本不同的，因此错误地认为必须把学过的旧诗抛弃干净（事实上仍不免有一点影响）。”[③] 汪静之所说的旧诗对新文人的影响极为客观，而将这种影响洗刷干净的想法也是当时的风潮，可见，新文化运动之下的新诗写作带给人们以巨大的冲击力，面对西学有着积极探索精神的人们勇敢地尝试新诗，而思想的革新不仅成为新诗的专利，而

---

① 施蛰存：《北山楼诗自序》，载刘凌、刘效礼编《施蛰存全集：北山诗文丛编》第 10 卷，华东师范大学出版社，2012，第 59 页。

② 孙玄常：《叶圣陶诗词选注・序言》，载陈次园、叶至善、王湜华编《叶圣陶诗词选注》，开明出版社，1991。

③ 汪静之：《蕙的风》，人民文学出版社，1957，第 2 页。

且也带给了旧体诗写作以现代思想的新颜。

其三，新文化运动虽然让一部分写作者暂时放下了旧体诗写作，然而，在新文化浪潮尤其是新诗写作的冲击下，旧体诗写作者也往往将新思想熔铸到了旧体诗写作中，沈从文先生曾经这样描述过那个时期的诗人："每一个作者，对于旧体诗词皆有相当的认识，却在新作品中，不以幼稚自弃，用非常热心的态度，各在活用的语言中，找寻使诗美丽完全的形式。且保守那与时代相吻合的思想，使稚弱的散文诗，各注入一种人道观念，作为对时代的抗议，以及青年人心灵自觉的呼喊。"[①] 这说明新文化进入到作家的意识形态中，即便创作旧体诗，现代意识也会内化到诗歌写作中。郭沫若以"楼前梭线路难通，龙马高车走不穷。铁笛一声飞过了，大家争看电灯红"来刻画现代都市生活。如果以旧体诗将现代生活描绘得生动有趣只是外在层面的显现，那么，现代国家的忧思则是那个时代旧体诗的最强音，如李大钊这首刊于 1919 年《言治》杂志的《逢君已恨晚》："逢君已恨晚，此别又如何？大陆龙蛇起，江南风雨多。斯民正憔悴，吾辈尚蹉跎。故国一回首，谁堪返太和？"全诗饱含革命志士为风雨神州忧虑的焦灼，更有为拯救神州危难的万丈豪情，神州几乎成为当时诗中"金词"，王国维也有此类诗："虎狼在堂室，徙戎复何

① 沈从文：《沈从文全集》第 16 卷，北岳文艺出版社，2002，第 122 页。

补？神州遂陆沉，百年委榛莽。寄语恒元子，莫罪王夷甫。”而推行“平民教育”的陶行知先生在1924年也写下《自勉并勉同志》：“人生天地间，各自有禀赋。为一大事来，做一大事去。多少白发翁，蹉跎悔歧路。寄语少年人，莫将少年误。”该诗满含教育为天下大事，以教育救国的爱国志向。虽然这两首诗在旧体诗中算不上好诗，可是在熔铸时代精神、舒展白话诗风方面，它们都是典型之作。正如学者王珂所言，在新时代之下，写作诗歌所负载的功能发生了巨大变化，在他看来“作诗便远远超越了文人修身养性的‘独善其身’之道，成为他们张扬个性，呼唤民主，鼓吹自由的‘兼济天下’的手段”[①]。不可否认的是，新文学家写作的旧体诗在诗质上是旧体的，精神气质也偏向旧体诗，但是，其白话语体与现代性思考构筑了新文学家旧体诗的现代性特质，这在新文学家写作的旧体诗中也是普遍的特征。

1919年　沈尹默《读子毂遗稿感题》

四海飘零定夙因，青山绿水最情亲。袈裟满渍红缨泪，爱国何如爱美人。

① 王珂：《百年新诗诗体建设研究》，三联书店，2004，第16页。

1920年 应修人《游鄮奥问生兰处村童争以兰赠我归后有作》

笑问幽兰何处生，幽兰生处路难行。采来几朵赠君尽，为报爱兰一片情。

1922年 刘大白《腰有一匕首》[①]

腰有一匕首，手有一樽酒；酒酣匕首出，仇人头在手。匕首复我仇，樽酒浇我愁；一饮愁无种，一挥仇无头。匕首白如雪，樽酒红如血；把酒奠匕首，长啸暮云裂！

1924年 蒋光慈《赠友》

阳春未到必经秋，天道循环有自由。冲出云围还是月，共君携手看浮沉。

可以说，以上摘录的几首小诗不仅在诗歌形式上谨守了旧体诗写作的要求，而且保持了旧体诗的文化气质。但是，

---

① 关于这首诗的写作日期有分歧：于有发的《新文学家旧体诗选注》（山东教育出版社，1987）注释显示该诗写作时间为1922年。但《白屋遗诗》（书目文献出版社，1984年）一书中显示该诗写作时间为1909年，笔者也认为1909年是该诗写作的准确时间，但考虑到于有发的书出版在后，而且在新文学发生期的第一个十年这首诗有留存与传播，且颇有旧体诗的现代风范，因此，作为案例在此进行列举。

在古典优雅的精神气质之外，我们也不难发现这些新派诗人所写的旧诗无不灵动活泼、具有蓬勃的现代生命力。其白话的风味令旧体诗也显得摇曳多姿，诗中不由自主地抒发现代人的思考的同时也因现代语体而变得更为流畅，像上举刘大白听说革命志士在北京暗杀权贵之后所作的《腰有一匕首》，该诗雄浑奇健，慷慨激昂，读来铿锵有力又韵味十足。可以说，刘大白的这首诗寓现代白话与古典韵味于一身，颇有气贯长虹的凛然正风；蒋光慈的“阳春未到必经秋，天道循环有自由”之句更是将现代意识直抒其间。显然，这一切与诗人们的现代性理念有着密切的关系。俞平伯在其《冬夜》的自序中说：“诗的心正是人的心，诗的声音正是人的声音。‘不失其赤子之心’的人，才是真正的诗人，不死不朽的诗人。”[①] 也就是说，在当时新诗人眼中，一首好诗必须是有着人道主义关怀的。在现代意识的关照下，旧体诗也萌发了新生命，笔者认为，这也是旧体诗在当今社会获得欢迎、得到延续的原因之一。

其四，新旧诗写作在新文学发生期的第一个十年有着双重的流动，一方面是旧体诗的许多诗学观念被引入到新诗写作中，另一方面，新诗不拘一格歌唱新时代新思想的做派也潜移默化地影响着旧体诗的创作，但总体上看，旧体诗对新诗写作的影响更大。尤其是在新诗理论建设方面，新诗人纷

① 俞平伯：《俞平伯全集》第 1 卷，花山文艺出版社，1997，第 13 页。

纷提出借镜旧诗音律的方法，例如，面对新诗音律美的缺失，朱自清提出的解决方案是："我们现在要建设新诗的音律，固然应该参考外国诗歌，却更不能丢掉旧诗、词、曲。旧诗、词、曲的音律的美妙处，易为我们理解、采用，而外国诗歌因为语言的睽异，就艰难得多了。"[①]不独朱自清提倡将旧体诗词的韵律引入新诗中，胡适、刘半农、闻一多、饶孟侃、梁宗岱、林庚等人无不重视格律对于新诗的重要性，朱自清认为旧体诗的音律妙处对于新诗写作而言易懂、好用，这反映了新旧诗之间逐渐从影响的焦虑走向了诗体的自信。此外，新文人的新诗集中许多诗歌的题目读起来让人感觉像旧体诗的诗题，这其实也是旧体诗对新诗影响的表现。比如俞平伯的《游皋山亭杂诗》、沈尹默的《月夜》、康白情的《送客黄埔》、陆志韦的《苜蓿五章》、梁宗岱的《晚祷》、刘延陵的《秋风》、宗白华的《晨兴》、闻一多的《忆菊》等无不具有旧体诗诗题特色。不过，为了区别新旧，新派文人纷纷提醒新旧之间的区别。王哲甫认为文学的新旧并非以是否使用白话文来做硬性的划分，他提出"新文学与旧文学的区别，决不是只白话文言的不同，乃在它们所含的内容本质的不同"[②]。这种调和的论调实际并不少，但鲁迅更深刻地指出要警惕旧的

---

① 俞平伯：《俞平伯全集》第 1 卷，花山文艺出版社，1997，第 10 页。

② 王哲甫：《中国新文学运动史》，载《民国丛书》编辑委员会编《民国丛书》第 50 册，上海书店出版社，1996，第 2 页。

东西借尸还魂，他说："近来有一句常谈，是'旧瓶不能装新酒'。这其实是不确的。旧瓶可以装新酒，新瓶也可以装旧酒，倘若不信，将一瓶五加皮和一瓶白兰地互换来试试看，五加皮装在白兰地瓶子里，也还是五加皮。这一种简单的试验，不但明示着'五更调''攒十字'的格调，也可以放进新的内容去，且又证实了新式青年的躯壳里，大可以埋伏下'桐城谬种'或'选学妖孽'的喽啰。"[①] 由此也可见旧文化生命力的强劲。而新瓶还是旧酒，新酒还是旧瓶的论争则持续引人思考。

其五，新文学家在写作旧体诗时会出现"遮掩"的文化现象。这里所谓遮掩，是指出版发表的时候作者常有非常谦虚的语言，而中心意思是写作者强调旧体诗的写作不过是自娱，不能入古典方家的法眼，或者强调旧体诗写作不过自娱而已并无发表之意，然而他们写作的新诗却有着主动发表的意识。茅盾在出版旧体诗词时就非常注意自己诗词格律的严整。朱自清在旧体诗集的自序中也说："画蚓涂鸦，题签入笥，敢云敝扫之珍，犹贤博弈之玩云尔。"[②] 事实上，朱自清自 1927 年以后基本就放弃了新诗写作，转而回到旧体诗的写作中去，貌似因为新文学家的身份，所以朱自清的自序显得如此谦卑。新诗人汪静之也有如此观点的自序："我当时把写

① 鲁迅：《鲁迅全集》第 5 卷，人民文学出版社，2005，第 343 页。

② 朱自清：《犹贤博弈斋诗钞·自序》，载朱乔森编《朱自清全集》第 5 卷，江苏教育出版社，1990，第 242 页。

白话新诗当做创作，是正经工作，偶然写一首绝句或小令词，只当做游戏，写新诗要留稿保存，写旧体诗词不留稿，不准备保存，更不发表。”[①]鲁迅先生的旧体诗向来受人称赞，而且他本人对于新诗写作也表示只是敲敲边鼓，但他也没有正式发表旧体诗的想法，与其他新文学家一样，写作旧体诗也是其自我的精神抒写，许广平在给许寿裳的信中就谈到：“迅师于古诗文，虽工而不喜作。偶有所作，系应友朋邀请，或抒一时性情，随书随弃，不自爱惜，生尝以珍藏请，辄遭哂笑。”[②]不论是把作旧体诗当做“游戏”，还是保存旧诗的建议遭“哂笑”，都说明新派文人对于旧体诗写作的暧昧态度，这种谦逊式的暧昧态度一方面折射了他们文化意识形态中对旧文化的有意识回避，而另一方面其“骸骨的迷恋”又证明新文学家的传统文化情结是无法回避的。此外，旧体诗成熟的写作机制以及易于操控的个人表达都助推了新文学家的旧体诗写作。在谈及新文学家返诸旧诗写作的原因时，钱理群曾这样分析：“和充分成熟与定型的传统诗词不同，新诗至今仍然是一个‘尚未成型’、尚在试验中的文体。因此，坚持新诗的创作，必须不断地注入新的创造活力与想象力；创造力稍有不足，就很可能回到有着成熟的创作模式、对本有旧学基

① 汪静之：《六美缘——诗因缘与爱因缘》，十月文艺出版社，1996，第11页。

② 许寿裳：《我所知道的鲁迅》，人民文学出版社，1953，第55页。

础的早期新诗人更是驾轻就熟了的旧诗词的创作那里去。”[①] 由于新诗体制不成熟，而旧诗体制完备，故而回到旧诗写作大概是新诗人重操旧业的表层原因。笔者认为，在新时代，新诗人在古典诗歌写作上的回归表面上看是对现代性的反动，实质上，他们的回归恰好是现代性的中国式抒写——以中国古典之美对抗现代化对人的异化，以旧诗的诗意来弥补新诗“诗意的不足”，形式的回归并不阻碍精神层面的新变。此外，更为深层的原因是中国古典文化深入骨髓的积淀以及文化本身强悍的时代适应性为现代旧体诗的抒写提供了大舞台。米沃什说：“如果古典主义只是一种过去的东西，则这一切都不值一哂。但事实上，古典主义不断以一种诱惑的方式回来，诱惑人们屈服于仅仅是优雅的写作。”[②] 如果将此观点放入中国新文学发生期的第一个十年的历史语境来考察，我们发现旧体诗的写作与新诗相比更充满诗意与韵味。在高雅、闲适的旧体诗写作成为了文化贵族的象征，而且这种吸引力还富有对抗现代性的魔力，因此，文化主体的想象性缝合了文体与意识形态的对接。

最后，值得注意的是，在新文学第一个十年里新旧体诗并作成为新文学家的群体性现象，这一现象为以后中国诗歌

---

① 钱理群：《论现代新诗与现代旧体诗的关系》，《诗探索》1999 年第 2 期，第 102 页。

② 切斯瓦夫·米沃什：《诗的见证》，黄灿然译，广西师范大学出版社，2011，第 89-90 页。

的繁荣奠定了诗歌写作不同取向的基础。郭沫若在 1921 年 8 月 26 日的上海《时事新报·学灯》上发表了为其带来声誉的新诗《女神》，而此后《女神》第三辑中就收入了 1919 年作的旧体诗《春愁》和 1921 年作的《暴虎辞》，此外还有一些旧体诗创作。康白情的《河上集》中很多诗都是 1919 和 1920 年所作，而这个时间段也是康白情新诗创作的高峰。可以说，新文学家在写作新、旧诗上出现显著差别：有的以新诗写作为重点，有的则新旧并作甚至旧体诗写作超过了新诗，其后，甚至有的新文学家完全退入了旧体诗写作阵营，新旧并作以郭沫若和康白情较为典型，退入旧体诗写作领地则以俞平伯、朱自清等人较为典型。就新文学发生期的第一个十年而言，郭沫若与康白情又代表了两种诗歌写作形势。众所周知，1919 年是新诗发展较为迅猛的一年，同为新诗人，郭沫若与康白情在写作旧体诗上的差别，首先表现在新旧诗创作的数量不同，二人在 1919—1920 年间都出现了井喷式的新诗创作现象，试以 1919—1920 年作为统计时间来观察二人新旧诗创作的数量就会发现问题。笔者以《康白情新诗全编》《河上集》为据进行统计发现，在 1919—1920 年间，康白情所作新诗 39 题，而旧体诗创作则达到了 49 题；按照《郭沫若旧体诗词系年注释》以及《郭沫若研究资料》中《郭沫若著译系年》统计，郭沫若的旧体诗写作 7 首，著、译新诗发表数量则为 65 首。显然，这一时段郭沫若的旧体诗明显不如新诗多，而且与前一阶段旧体诗写作相比出现了减少，郭沫若旧体诗写作与新诗的迅猛发表相比简直可以说处于停滞状态，他是抗战之后旧体诗创作数量才逐渐高涨，所以这一时期郭沫若代表了以新诗写作为重的一派，然而康白情在新旧并作时，新旧诗写作的数量基本相当甚至旧诗显得略多，因此，康白情代表了新旧并重的一派。郭沫若与康白情新旧诗写作的差异还有另外一层意义：郭沫若的“新”大于“旧”，说明新诗写作在郭氏心中的地位。胡适虽然在《尝试集》中也附带旧体诗，然而胡适的用意在于与旧体诗诀别，而康白情旧体诗创作数量甚至超过新诗，甚至将旧体诗从附录变成单独出版的诗集，这不得不让人猜想，康白情是否试图在新诗与旧诗两个写作领域同时获取文坛认可？新文学家叶紫在给张天翼的一封信中曾经谈到她写作旧体诗的缘由：“这里的几十位小学教师和东烘先生们……看不起做白话文的人，有的甚至看不懂语体文章。这样，你要想提着他们的头发，把他们从坟墓中拔出来做一点点与政府和抗战有利的工作，就非取得他们中间的地位和信仰不可。这样，我就不得不大开倒车，从这些古董平平仄仄去着手。……将来如果收成集子，就叫着《倒车集》。”[①] 如果说叶紫写作旧体诗的动机具有合理性，那么是否可以说，康白情

① 叶雪芬、舒其惠：《叶紫日记（摘选）》，《湖南师院学报（哲学社会科学版）》1981 年第 3 期，第 66 页。

代表了新文学家阵营的技艺炫耀心理？按照今天写诗的情形来看，如果能写一手漂亮的新诗，不一定能获得赞许，然而，如果新旧诗都写得很好，一定会获取广泛的赞赏，原因很简单，在人们看来，能够写新诗并不稀奇，但可以写工整的旧体诗词则是一种高雅的体现。从某种意义上讲，写作旧体诗成为文化人炫耀技能的途径。因此，郭、康二人在新旧诗写作上的差异已经埋下了新文人在诗歌写作选择上的分野因子，而随着新诗写作的成熟以及新文学占据文坛的统治地位，尤其是新文学进入教育界，旧体诗写作也越来越成为一种高雅技艺的展示。事实上，这对于旧体诗的现代发展而言并非福音。

总的来说，新文学家写作的旧体诗，以其古典诗歌高雅内质的坚守与现代性抒写的探索在旧体诗写作中留下了艰深的一笔。自叔本华、尼采等人高扬人本主义大旗以对抗理性与人道对人性的压抑以来，让人恢复人的自然属性已经成为现代性的一个重要命题，而反现代性成为现代性的一个部分已成为一种共识。我们在此特别赞同德国学者尧斯关于现代性的认识，他认为："美学意义上的现代，不是通过旧的或过去的来区分，而是通过经典、古典、永恒之美等不随时间而衰微而消亡的东西来区分。"[①] 的确，文学的现代性当然要表达

① 汉斯·罗伯特·尧斯：《现代性与文学传统》，载周宪编《文化现代性精粹读本》，中国人民大学出版社，2006，第 151 页。

现代人的现代体验，但经典、永恒的“旧”文学特质在新时代仍然受到欢迎，这恰好证明了现代性所具有的包容性、矛盾性以及追求人类共通美学价值的努力。旧体诗中特有的气质，无论是新文人还是旧派文人来抒写，他们都会有共同的典雅特征，古典诗歌在不同思想者手中所呈现出来的稳定特征本身就获得了超越时代的美学意义，而新生活、新时代、新思想在旧体诗中也得到了体现，这说明古典诗歌写作具有强大的文化弹性。特别要指出的是，新文学家的旧体诗对日常生活的诗意抒写充满了高古、闲适、颓废等古典诗歌共通的情感气息，这种古典诗歌的稳定特质在单调、乏味以及人被异化的现代恰好是反抗现代性的良药，而这一反抗本身也被包含在不断探索的现代性诉求之中，从这一点上来说，新文学家的旧体诗写作便具有了双重现代意义：复兴经典诗意与开拓现代新质。

参考文献

专著类

[1] 孔范今 . 近百年中国文学史论 [M]. 北京：人民文学出版社，2008.

[2] 罗振亚 . 中国现代主义诗歌史论 [M]. 北京：社会科学文献出版社，2002.

[3] 罗振亚 . 朦胧诗后先锋诗歌研究 [M]. 北京：中国社会科学出版社，2005.

[4] 罗振亚 . 20 世纪中国先锋诗潮 [M]. 北京：人民出版社，2008.

[5] 罗志田 . 乱世潜流：民族主义与民国政治 [M]. 上海：上海古籍出版社，2001.

[6] 罗志田 . 裂变中的传承：20 世纪前期的中国文化与学术 [M]. 北京：中华书局，2003.

[7] 罗志田 . 激变时代的文化与政治：从新文化运动到北伐 [M]. 北京：北京大学出版社，2006.

[8] 罗成琰 . 二十世纪中国文学的古今之争 [M]. 南昌：百花洲

文艺出版社，2008.

[9] 罗惠缙．民初“文化遗民”研究 [M]. 武汉：武汉大学出版社，2011.

[10] 梁淑安．中国文学家大辞典 [M]. 北京：中华书局，1997.

[11] 刘纳．嬗变——辛亥革命时期至五四时期的中国文学 [M]. 北京：中国社会科学出版社，1998.

[12] 刘梦芙．近现代诗词论丛 [M]. 北京：学苑出版社，2007.

[13] 刘世南．清诗流派史 [M]. 北京：人民文学出版社，2004.

[14] 刘福春，徐丽松．中国现代文学总书目•诗歌卷 [M]. 北京：知识产权出版社，2010.

[15] 刘士林 . 20 世纪中国学人之诗研究 [M]. 合肥：安徽教育出版社，2005.

[16] 刘福春．新诗纪事 [M]. 北京：学苑出版社，2004.

[17] 刘进才．语言运动与中国现代文学 [M]. 北京：中华书局，2007.

[18] 柳诒徵．柳诒徵说文化 [M]. 上海：上海古籍出版社，1999.

[19] 李欧梵．西潮的彼岸 [M]. 南京：江苏教育出版社，2005.

[20] 李怡．中国现代新诗与古典诗歌传统（增订版）[M]. 北京：北京大学出版社，2008.

[21] 李怡．现代性：批判的批判 [M]. 北京：人民文学出版社，2006.

[22] 李瑞明．雅人深致：沈曾植诗学略论稿 [M]. 哈尔滨：黑龙江人民出版社，2009.

[23] 李遇春．中国当代旧体诗诗词论稿 [M]. 武汉：华中师范大

学出版社，2010.

[24] 李继凯，史志谨．中国近代诗歌史论 [M]. 长春：吉林教育出版社，2006.

[25] 李德和．二十世纪中国诗人辞典 [M]. 北京：作家出版社，2006.

[26] 李秀云．中国新闻学术史（1834—1949）[M]. 北京：新华出版社，2004.

[27] 栾梅健．民间的文人雅集．南社研究 [M]. 上海：东方出版中心，2006.

[28] 廖大伟．近代人物研究：社会网络与日常生活 [M]. 上海：上海人民出版社，2012.

[29] 陆耀东．中国新诗史（1916—1949）[M]. 武汉：长江文艺出版社，2005.

[30] 龙泉明．中国新诗流变论（修订版）[M]. 北京：人民文学出版社，2003.

[31] 吕周聚．中国现代诗歌文体多维透视 [M]. 济南：山东人民出版社，2009.

[32] 马卫中，董俊珏．陈三立年谱 [M]. 苏州：苏州大学出版社，2010.

[33] 马亚中．中国近代诗歌史 [M]. 上海：复旦大学出版社，2011.

[34] 马亚中．暮鼓晨钟 [M]. 北京：中华书局，1997.

[35] 马尚瑞．北京古今名人辞典 [M]. 北京：新华出版社，1991.

[36] 龙榆生．中国韵文史 [M]. 上海：上海古籍出版社，2002.

[37] 裴效维．20 世纪中国文学研究•近代文学研究 [M]. 北京：北京出版社，2001.

[38] 钱基博．现代中国文学史 [M]. 上海：上海书店出版社，2004.

[39] 钱中文，刘方喜，吴子林．自律与他律：中国现当代文学论争中的一些理论问题 [M]. 北京：北京大学出版社，2005.

[40] 任访秋．中国近代文学史 [M]. 开封：河南大学出版社，1988.

[41] 孙玉石．中国现代诗歌艺术 [M]. 武汉：长江文艺出版社，2007.

[42] 孙玉石．中国现代诗学丛论 [M]. 北京：北京大学出版社，2010.

[43] 孙之梅．南社研究 [M]. 北京：人民文学出版社，2003.

[44] 桑兵．晚清民国的国学研究 [M]. 上海：上海古籍出版社，2001.

[45] 沈卫威．“学衡派”谱系：历史与叙事 [M]. 南昌：江西教育出版社，2007.

[46] 沈祖棻．沈祖棻赏析唐宋词 [M]. 武汉：长江文艺出版社，2008.

[47] 盛宁．现代主义•现代派•现代话语——对“现代主义”的再审视 [M]. 北京：北京大学出版社，2011.

[48] 生安锋．霍米•巴巴的后殖民理论研究 [M]. 北京：北京大学出版社，2011.

[49] 谭桂林．二十世纪中国文学的中西之争 [M]. 南昌：百花洲文艺出版社，2006.

[50] 谭正璧．中国文学家大辞典 [M]. 上海：上海书店出版社，1981.

[51] 谭正璧．中国文学进化史 [M]. 上海：光明书局，1929.

[52] 汪辟疆．汪辟疆说近代诗 [M]. 上海：上海古籍出版社，2001.

[53] 汪辟疆．光宣诗坛点将录笺注 [M]. 王培军，笺注．北京：中华书局，2008.

[54] 张一兵，周宪，张亚权．汪辟疆诗学论集 [M]. 南京：南京大学出版社，2011.

[55] 汪龙麟．中国近代文学史论 [M]. 北京：首都师范大学出版社，2008.

[56] 王瑶．中国文学研究现代化进程 [M]. 北京：北京大学出版社，1998.

[57] 王光明．现代汉诗的百年演变 [M]. 石家庄：河北人民出版社，2003.

[58] 王晓明．二十世纪中国文学史论 [M]. 上海：东方出版中心，2005.

[59] 王桧林，朱汉国．中国报刊词典（1815—1949）[M]. 北京：书海出版社，1992.

[60] 王风超．中国报刊史话 [M]. 北京：商务印书馆，1991.

[61] 王力．现代诗律学 [M]. 北京：中国人民大学出版社，2004.

[62] 王力．古体诗律学 [M]. 北京：中国人民大学出版社，2009.

[63] 王德威．抒情传统与中国现代性：在北大的八堂课 [M]. 北京：生活•读书•新知三联书店，2010.

[64] 王一川．中国现代性体验的发生：清末民初文化转型与文学 [M]. 北京：北京师范大学出版社，2001.

[65] 魏绍昌，管林，刘继献，郑方泽．中国近代文学词典 [M]. 郑州：河南教育出版社，1993.

[66] 伍启元．中国新文化运动概观 [M]. 合肥：黄山书社，2008.

[67] 吴井泉．现代诗学传统与文化阐释 [M]. 哈尔滨：黑龙江人民出版社，2009.

[68] 吴奔星，李兴华．胡适诗话 [M]. 成都：四川文艺出版社，1991.

[69] 吴海发．二十世纪中国诗词史稿 [M]. 北京：中国文史出版社，2004.

[70] 吴晓．意象符号与情感空间 [M]. 北京：中国社会科学出版社，1990.

[71] 吴欢章．中国现代分体诗歌史 [M]. 上海：上海大学出版社，2008.

[72] 温儒敏，陈晓明．现代文学新传统及其当代阐释 [M]. 北京：北京大学出版社，2010.

[73] 韦政通．传统与现代之间 [M]. 北京：中华书局，2011.

[74] 韦政通．中国文化与现代生活 [M]. 北京：中国人民大学出版社，2005.

[75] 许霆．趋向现代的步履：百年中国现代诗体流变综论 [M]. 南京：南京师范大学出版社，2008.

[76] 许全胜．沈曾植年谱长编 [M]. 北京：中华书局，2007.

[77] 许纪霖．启蒙如何起死回生：现代中国知识分子的思想困境 [M]. 北京：北京大学出版社，2011.

[78] 许纪霖，宋宏．现代中国思想的核心观念 [M]. 上海：上海人民出版社，2011.

[79] 徐鹏绪．中国近代文学史纲 [M]. 北京：中国社会科学出版社，2004.

[80] 徐友春．民国人物大辞典 [M]. 石家庄．河北人民出版社，2007.

[81] 熊辉．五四译诗与中国早期新诗 [M]. 北京：人民出版社，2010.

[82] 夏晓虹．觉世与传世——梁启超的文学道路 [M]. 北京：中华书局，2006.

[83] 谢冕等著．百年中国新诗史略:《中国新诗总系》导言集 [M]. 北京：北京大学出版社，2010.

[84] 解志熙．考文叙事录 [M]. 北京：中华书局，2009.

[85] 余虹．中国文论与西方诗学 [M]. 北京：三联书店，1999.

[86] 余虹．文学知识学 [M]. 北京：北京大学出版社，2009.

[87] 袁进．中国文学的近代变革 [M]. 桂林：广西师范大学出版社，2006.

[88] 袁可嘉．欧美现代派文学概论 [M]. 桂林：广西师范大学出版社，2003.

[89] 尹奇岭．民国南京旧体诗人雅集与结社研究 [M]. 北京：中

国社会科学出版社，2011.

[90] 叶维廉．中国诗学 [M]. 北京：人民文学出版社，2006.

[91] 余英时．文史传统与文化重建 [M]. 北京：生活 · 读书 · 新知三联书店，2004.

[92] 杨子才．民国六百家诗钞 [M]. 北京：长征出版社，2009.

[93] 杨联芬．二十世纪中国文学期刊与思潮 [M]. 南昌：百花洲文艺出版社，2006.

[94] 杨联芬．晚清至五四：中国文学现代性的发生 [M]. 北京：北京大学出版社，2003.

[95] 杨天石．哲人与文士 [M]. 北京：中国人民大学出版社，2009.

[96] 杨匡汉，刘福春．中国现代诗论 [M]. 广州：花城出版社，1985.

[97] 杨匡汉，刘福春．西方现代诗论 [M]. 广州：花城出版社，1988.

[98] 杨四平．中国新诗理论批评史论 [M]. 合肥：安徽教育出版社，2008.

[99] 杨景龙．古典诗词曲与现当代新诗 [M]. 郑州．河南文艺出版社，2004.

[100] 杨景龙．中国古典诗学与新诗名家 [M]. 北京：人民文学出版社，2012.

[101] 杨天石，王学庄．南社史长编 [M]. 北京：中国人民大学出版社，1995.

[102] 杨鸿烈．中国诗学大纲 [M]. 台北：台湾商务印书馆股份有限公司，1976.

[103] 俞剑华．陈师曾 [M]. 上海：上海人民美术出版社，1981.

[104] 郑敏．诗歌与哲学是近邻 [M]. 北京：北京大学出版社，1999.

[105] 章永乐．旧邦新造：1911—1917[M]. 北京：北京大学出版社，2011.

[106] 朱光潜．诗论 [M]. 上海：上海世纪出版集团，2005.

[107] 朱文华．中国近代文学潮流 [M]. 贵阳：贵州教育出版社，2004.

[108] 朱文华．风骚余韵论——中国现代文学背景下的旧体诗 [M]. 上海：复旦大学出版社，1998.

[109] 朱信泉，娄献阁．民国人物传 [M]. 北京：中华书局，2005.

[110] 朱自清．新诗杂话 [M]. 长沙：岳麓书社，2011.

[111] 朱自清．朱自清讲诗 [M]. 南京：凤凰出版社，2008.

[112] 张寅彭．民国诗话丛编 [M]. 上海：上海书店出版社，2002.

[113] 张隆溪．道与逻各斯：东西方文学阐释学 [M]. 冯川译，南京：江苏教育出版社，2006.

[114] 张新颖．20 世纪上半期中国文学的现代意识 [M]. 上海：复旦大学出版社，2009.

[115] 张三夕．诗歌与经验——中国古典诗歌论稿 [M]. 长沙：岳麓书社，2008.

[116] 张传敏．民国时期的大学新文学课程研究 [M]. 北京：人

民出版社，2010.

[117] 郑方泽 . 中国近代文学史事编年 [M]. 长春：吉林人民出版社，1983.

[118] 赵毅衡 . 重访新批评 [M]. 天津：百花文艺出版社，2009.

[119] 赵奎英 . 中西语言诗学基本问题比较研究 [M]. 北京：中国社会科学出版社，2009.

[120] 中国社会科学院文学研究所近代文学史料编辑部 . 近代文学史料 [M]. 北京：中国社会科学出版社，1985.

[121] 周作人 . 中国新文学的源流 [M]. 上海：上海书店出版社，1988.

[122] 周薇 . 传统诗学的转型：陈衍人文主义诗学研究 [M]. 上海：上海三联书店，2006.

[123] 周棉 . 中国留学生大辞典 [M]. 南京：南京大学出版社，1999.

期刊论文类

[1] 陈友康 . 旧体诗词复兴论 [J]. 宁夏大学学报（人文社会科学版），1999（4）.

[2] 陈友康 . 论老舍的旧体诗 [J]. 中央民族大学学报（哲学社会科学版），2004（6）.

[3] 陈友康 . 二十世纪中国旧体诗词的合法性和现代性 [J]. 中国社会科学，2005（6）.

[4] 陈友康．旧体诗词和现代社会相适应的成功探索——论厉以宁的旧体诗词 [J]. 云南师范大学学报（哲学社会科学版），2006（3）.

[5] 陈友康．在新的时代背景下重审现代诗词的价值和命运 [J]. 云南民族大学学报（哲学社会科学版），2011（5）.

[6] 常丽洁．早期新文学作家创作旧体诗的时代与文化根源 [J]. 北方论丛，2009（2）.

[7] 程郁缀．当代旧体诗词创作之刍议 [J]. 贵州社会科学，2009(8）.

[8] 蔡世平．当代旧体词创作的语言觉悟 [J]. 贵州社会科学，2009（8）.

[9] 陈玉兰，骆寒超．词的运思结构对新诗的影响 [J]. 河北学刊，2010（1）.

[10] 陈学祖．中国现代新诗诗人大学时期之唐宋诗词教育及其功能 [J]. 美育学刊，2011（3）.

[11] 陈梦熊．重读鲁迅《赠邬其山》诗 [J]. 南京师范大学文学院学报，2003（1）.

[12] 董培伦．新诗继承传统才能创新 [J]. 诗刊，2011（20）.

[13] 邓小军．现代诗词三大家：马一浮、陈寅恪、沈祖棻 [J]. 中国文化，2008（1）.

[14] 邓伟．论梁启超“诗界革命”的调适与定位 [J]. 北方论丛，2010（3）.

[15] 关爱和．同光体诗人的诗学观与创作实践 [J]. 文艺研究，2008（1）.

[16] 管林，管华 . 论康白情的旧体诗 [J]. 华南师范大学学报（哲学社会科学版），2007（4）.

[17] 葛春蕃 . 古今之际：晚清民国诗坛上的同光派 [D]. 上海：复旦大学，2007.

[18] 黄修己 . 现代旧体诗词应入文学史说 [J]. 粤海风，2001(3）.

[19] 黄修己 . 旧体诗词与现代文学的啼笑因缘 [J]. 中国现代文学研究丛刊，2002（2）.

[20] 贺国强，魏中林 . 论“诗人之诗”与“学人之诗”[J]. 学术研究，2009（9）.

[21] 胡峰 . 现代旧体诗词的现代意味——从现代旧体诗词的入史问题说起 [J]. 首都师范大学学报（社会科学版），2010（2）.

[22] 胡迎建 . 论陈三立诗奇境独创、锻炼求新 [J]. 文学遗产，2006（6）.

[23] 黄培 . 晚清民国时期中晚唐诗派及其诗歌史意义 [J]. 江西社会科学，2012（10）.

[24] 黄杰 . 凌云健笔开生面，古调新翻别有情——论郁达夫旧体诗的旧与新 [J]. 浙江学刊，2007（2）.

[25] 江腊生 . 20 世纪旧体诗词研究的回顾与前瞻 [J]. 学术论坛，2012（4）.

[26] 孔庆东 . 旧体诗与中国现代文学 [J]. 汕头大学学报（人文社会科学版），2005（5）.

[27] 刘纳 . 旧形式的诱惑——郭沫若抗战时期的旧体诗 [J]. 中

国现代文学研究丛刊，1991（3）.

[28] 吕家乡 . 新诗的酝酿、诞生和成就——兼论近人旧体诗不宜纳入现代诗歌史 [J]. 齐鲁学刊，2008（2）.

[29] 吕家乡 . 再论近人旧体诗不宜纳入现代诗歌史——以聂绀弩的旧体诗为例 [J]. 齐鲁学刊，2009（5）.

[30] 吕周聚 . 断裂还是继承——新体诗与旧体诗关系新论 [J]. 山西大学学报（哲学社会科学版），2009（6）.

[31] 李遇春 . 阿 Q • 屈原 • 江湖——论聂绀弩旧体诗的精神特征 [J]. 福建论坛，2008（3）.

[32] 李遇春 . 沈从文晚年旧体诗创作中的精神矛盾 [J]. 文学评论，2008（3）.

[33] 李遇春 . 叶圣陶旧体诗词风格的形成及其嬗变 [J]. 福建论坛，2009（5）.

[34] 李遇春 . 田汉旧体诗词创作流变论——兼论他与南社的诗缘 [J]. 文学评论，2012（2）.

[35] 刘梦芙 . 20 世纪诗词理当写入文学史——兼驳王泽龙先生“旧体诗词不宜入史”论 [J]. 学术界，2009（2）.

[36] 刘士林 . 现代学者旧体诗词创作与其学术之关系 [J]. 河北学刊，2006（5）.

[37] 梁艳青 . 民国旧体词变革的两种尝试——以胡适的白话词和陈柱的自由词为例 [J]. 河北大学学报（哲学社会科学版），2011(4）.

[38] 刘桂萍，周桂华 . 论刘大白旧体诗创作的两次转型 [J]. 中

国现代文学研究丛刊，2012（9）.

[39] 李仲凡 . 现当代旧体诗词研究的视野和方法 [J]. 海南大学学报（人文社会科学版），2008（6）.

[40] 李仲凡 . 新文学家旧体诗写作中的矛盾心态 [J]. 文艺理论与批评，2008（6）.

[41] 李仲凡 . 新文学家旧体诗的文学史意义 [J]. 社会科学家，2010（1）.

[42] 李仲凡 . 现代旧体诗词的非现代性 [J]. 求索，2008（12）.

[43] 刘士林 . 现代学人之诗的两种范式 [J]. 人文杂志，2005(3）.

[44] 李怡 . 鲁迅旧体诗新论 [J]. 中国现代文学研究丛刊，1997(2）.

[45] 刘瑞弘，冯静 . 新旧诗体在东北现代文学发展中的博弈与承传——以萧军的诗歌创作路程为例 [J]. 求索，2011（6）.

[46] 罗振亚 . 开放的“缪斯”——论中国现代主义诗歌对古典诗歌、西方现代派诗歌的接受 [J]. 社会科学辑刊，1996（5）.

[47] 罗振亚 . 对抗“古典”的背后——论穆旦诗歌的“传统性”[J]. 南开学报（哲学社会科学版），2007（3）.

[48] 罗振亚 . 重铸古典风骨——中国现代主义诗歌对传统诗歌接受管窥 [J]. 学术交流，2009（10）.

[49] 罗振亚 . 日本俳句与中国“小诗”的生成 [J]. 中国社会科学，2010（1）.

[50] 罗振亚 . 在“挑战”面前从容应对与积极反思 [J]. 西南大学学报（社会科学版），2012（1）.